U0603809

中华经典藏书

韩希明 译注

阅微草堂笔记

中华书局

图书在版编目(CIP)数据

阅微草堂笔记/韩希明译注. —北京:中华书局,2016.3
(2025.8 重印)
(中华经典藏书)
ISBN 978-7-101-11548-2

Ⅰ.阅… Ⅱ.韩… Ⅲ.①笔记小说-小说集-中国-清代
②《阅微草堂笔记》-译文③《阅微草堂笔记》-注释 Ⅳ.I242.1

中国版本图书馆 CIP 数据核字(2016)第 035124 号

书　　名	阅微草堂笔记	
译注者	韩希明	
丛书名	中华经典藏书	
责任编辑	刘胜利	
装帧设计	毛　淳	
责任印制	管　斌	
出版发行	中华书局	

（北京市丰台区太平桥西里 38 号　100073）
http://www.zhbc.com.cn
E-mail:zhbc@zhbc.com.cn

印　　刷	高教社(天津)印务有限公司	
版　　次	2016 年 3 月第 1 版	
	2025 年 8 月第 10 次印刷	
规　　格	开本/880×1230 毫米　1/32	
	印张 11⅝　插页 2　字数 200 千字	
印　　数	89001-92000 册	
国际书号	ISBN 978-7-101-11548-2	
定　　价	24.00 元	

前　言

　　《阅微草堂笔记》是清代鸿儒纪昀晚年所作的文言笔记志怪小说，也是他唯一面向大众的一部通俗作品。

　　纪昀（1724—1805），字晓岚，又字春帆，晚号石云，道号观弈道人，直隶河间府（今河北献县）人。纪昀历雍正、乾隆、嘉庆三朝，乾隆十九年（1754）中甲戌科进士，授翰林院庶吉士、编修，历任詹事府左春坊左庶子、福建学政、翰林院侍读、贵州都匀知府、《四库全书》总纂官、翰林院侍读学士、詹事府詹事、兵部侍郎、内阁学士、都察院左都御史、礼部尚书、兵部尚书、协办大学士、太子少保。嘉庆帝御赐碑文"敏而好学可为文，授之以政无不达"，谥号文达。

　　《阅微草堂笔记》记录了作者本人和亲友的家庭轶事，记载了作者亲身经历过的以及道听途说的各种新奇故事，包括官场见闻、炎凉世态、风土人情、京师风尚、边地民俗、奇闻轶事，从作者号称的"原生态"故事里，我们可以了解当时人们对神仙的信仰，对鬼神的态度，对婆媳关系、主仆矛盾的看法，窥见"人情练达即文章"的为官之道、做人技巧、处世哲学等等。作品也顺理成章透露了纪昀的博学。

　　作为朝廷的一个高官，纪昀在《阅微草堂笔记》记载各种稀奇古怪故事，着眼于民间的家长里短，并非是他个人的审美趣味低下，他一向反对偷窥，也告诫官员不要参与民众围观。在《阅微草堂笔记》里，他显得婆婆妈妈，小家子气十足，实际上，是想通过讲述这些故事以及对这些小故事的评点，表现纪昀的另外一种努力。作为生活在封建社会式微时期有着高度社会责任感的儒者，纪昀对当时社会的道德伦理状况怀着深深的焦虑。正如他自己再三强调的那样，是为了对民众进行伦理教化，才顺应当时民众的阅读需求，写了这样一本书。《阅微草堂笔记》传达了纪昀颇为艰辛的思考：完美意义上的人是什么样的，又有着什么样的生存意义和价值？作为社会人应该有着怎样的生存状态，又应该有着怎样的精神追求和理想信仰？

《阅微草堂笔记》描述了当时一些人的沉沦之状：把眼前的功名利禄看得高于一切，把美色、金钱、名誉、地位看得至高无上，怀着这种生活理想，一些人为了蝇头小利斤斤计较，追名逐利，为切身利益可能遭到侵犯而整天提心吊胆，终日、终月、终年甚至终生都陷入因此带来的烦恼与疲惫之中不能自拔。于是这一类人丧失了清醒的自主意识，无论是人生收获颇丰的，还是穷途潦倒的，都带着困惑、遗憾和痛苦走完人生。《阅微草堂笔记》的许多故事，表现了人们对命运和死亡的焦虑，对空虚的恍然，对曾经犯错的内疚和自责。纪昀试图让读者明白，比死更值得害怕的，一是活得没有意义，二是活得没有希望。纪昀意在鼓舞意志，建立信仰。

纪昀激烈抨击讲学家，指责他们热衷于宣扬儒学教义，其实他们本身并没有掌握教义内涵；饱读诗书的儒生们，精神生活浅层化；那些"质美而未学"的善良百姓，却懂得生活的深层涵义。

纪昀在《阅微草堂笔记》中流露出焦灼的情绪，原因是：他深知，底线伦理与终极价值同时具备的社会才是和谐的社会，可是他所面临的，是社会转型道德失范；很多人无视底线伦理，社会的基本稳定几乎都成了奢望。

在《阅微草堂笔记》中，鬼神无所不能，冥界清正公明。纪昀这样的描写，一方面表现了他对现实社会的失望，更重要的一方面，纪昀是想借冥间鬼神，让人们时时感受到对于死亡的恐惧，启发人们从"恐惧"和"死亡"出发扪心自问；通过反思唤醒自己，从沉沦中醒来，回到本真状态；自我决定生存方式，自主选择自己的命运；避免浑浑噩噩随波逐流；这样才能达到一个相对超脱的境界，不再靠尔虞我诈维持相互间的关系，不需要靠吹嘘粉饰确立自己的地位，保持独立人格，保持清醒的自我意识。这表现了纪昀对人的灵魂归宿全方位的关注。《阅微草堂笔记》中有着对死亡的遐想，对生命意义的追问，对人生意义的悟解等等，体现了儒学精神对人们的终极关怀。

纪昀的思考，有着积极的现实意义。如果每个人都能坚守底线伦理这个做人的基本维度，社会就能正常运转；每一个有道德价值的人愿意为自己生活和生存的群体奉献力量，付出更多的关注和关爱，就能实现全部社会的整体和谐。

事实上，纪昀所处的时代，延续两千年之久的封建专制和传统的伦理纲常已经无法行之有效地控制社会各阶层，也威慑不了群体和个人；随着明中叶以来资本主义生产关系的萌芽，传统的封建伦理道德规范受到了冲击和挑战，种种伦常隳落的现象层出不穷。尽管《阅微草堂笔记》堪称是儒学伦理的普及教本，面对毁灭这个社会制度的熊熊大火，纪昀几滴泪水的作用，可以被直接忽略。

《阅微草堂笔记》是志怪小说，大量篇幅描述鬼狐精怪。纪昀用"神道设教"作为小说创作所追求的宗旨，显然是为服务于统治阶级巩固社会制度、整饬社会秩序的需要。虽然纪昀一直在究竟有鬼无鬼这个问题上痛苦纠结，左右摇摆，但为了迎合时尚，吸引读者，《阅微草堂笔记》还是以鬼狐精怪故事为主，不过纪昀写鬼写狐原因更复杂一些：有时是作者觉得表达自己的愿望和理想更为便利，有时是为了避嫌，有时是出于无奈。

作为一个历史人物，中国现代民众对纪昀的第一次误读历时较长，自建国以来，纪昀一贯被认为是封建礼教的卫道士，是皇帝的御用文人。可是近年来，纪昀忽然有了相当高的知名度，这种知名度来自于热播的电视剧以及与纪昀相关的通俗出版物。通过取自于主要是野史笔记的历史素材，加上文学艺术表现手法的渲染，纪昀被演绎成为正义的化身，他机敏绝伦、刚正不阿，敢于讥讽皇帝、鞭笞佞臣，充满睿智，不仅铁嘴钢牙、铮铮傲骨，还多情风流。这实际上是对纪昀这个真实历史人物的第二次误读。

纪昀写作《阅微草堂笔记》，不厌其烦地一再讲述各种各样的家庭故事，传播当时的社会奇闻，似乎是放低了身段；他试图通过讲述和评点，改变人们的行为习惯，进而转变社会风气，又很有点充老大的意思。不过，无论是对民众意愿的僭夺，还是对统治思想的僭越，对于那样一个行将没落的帝国，都无济于事。而这本书之所以对于今天社会公众道德建设能够产生积极意义，是因为全书的基本指导思想是中华民族优秀传统文化的精髓部分，并不是纪昀的人格魅力亦或是说理技艺的高明。

本书是《阅微草堂笔记》的选本。注释和译文注意了严谨的学术精准，也注意适应现代读者的需求。与以往选本的不同之处是，这个选本仍然按照纪昀原著的框架，根据原作者在各卷的侧重点所选，因此，依然保存了《阅微草堂笔记》原著的基本风貌。囿于本人的水平，译注难免有疏漏或谬误，希望得到读者和方家的教正。

韩希明

乙未年孟夏于扬子江畔

目 录

卷一

滦阳消夏录一

乾隆三十八年（1773），纪昀时年 50 岁，乾隆皇帝正式下诏组建专门机构，开始对全国的图书典籍进行一次全方位大规模的整理辑录；随即，有关大臣奉旨办理，并确定将来图书典籍辑录成编时，定名为《四库全书》。次年，纪昀担任《四库全书》总纂官，统领编书之事。乾隆五十四年（1789），纪昀 66 岁，《四库全书》这项浩大的国家工程接近尾声，纪昀道德教化的个人十年工程——《阅微草堂笔记》的撰写却悄然开始。关于写作的缘由和目的，纪昀说得轻描淡写，其实，这些琐记杂忆，饱含着一个儒者认真的思考和沉重的责任感。"滦阳"，河北承德的别称，因承德在滦河之北，故名。"消夏"，避暑的意思。纪昀曾先后多次到承德避暑山庄校对、修改《四库全书》，撰写《阅微草堂笔记》时值夏天，故而因此题名。

乾隆己酉夏①，以编排秘籍，于役滦阳②。时校理久竟，特督视官吏题签庋架而已③。昼长无事，追录见闻，忆及即书，都无体例。小说稗官，知无关于著述；街谈巷议，或有益于劝惩。聊付抄胥存之④，命曰《滦阳消夏录》云尔。

【注释】

①乾隆己酉：乾隆五十四年（1789）。

②于役：语出《诗经·王风·君子于役》。行役，谓因公务奔走在外。滦阳：河北承德的别称，因在滦河之北，故名。1789 年夏，纪昀以校刊《四库全书》至承德避暑山庄。

③庋（guǐ）架：置放在架子上。

④胥：古代的小官。

【译文】

乾隆己酉年夏天，由于编排皇家藏书，我住在滦阳。当时早已校理完毕，只是督察相关官吏题写书签、上架而已。白天时间很长无所事事，便追述以往见闻，想到了就写下来，没有一定的体例。都是细小琐屑的故事，明知与著述无关；但是这些街谈巷议的内容，也许有益于劝诫。姑且叫负责抄写的小吏抄写了存放起来，题名为《滦阳消夏录》。

沧州刘士玉孝廉①，有书室为狐所据。白昼与人对语，掷瓦石击人，但不睹其形耳。知州平原董思任②，良吏也，闻其事，自往驱之。方盛陈人妖异路之理，忽檐际朗言曰："公为官颇爱民，亦不取钱，故我不敢击公。然公爱民乃好名，不取钱乃畏后患耳，故我亦不避公。公休矣，毋多言取困。"董狼狈而归，咄咄不怡者数日。刘一仆妇甚粗蠢，独不畏狐，狐亦不击之。或于对语时，举以问狐。狐曰："彼虽下役，乃真孝妇也。鬼神见之犹敛避，况我曹乎③！"刘乃令仆妇居此室，狐是日即去。

【注释】

①孝廉：汉武帝时设立察举考试任用官员的一种科目，明清时用来称呼举人。

②知州：一州的行政长官。

③曹：辈。

【译文】

沧州举人刘士玉家，有间书房被狐精占了。这个狐精大白天同人对话，扔瓦片石块打人，只是看不到它的形状。担任知州的平原人董思任，是个好官，听说这件事后，就亲自来驱逐狐精。正当他在大谈人与妖路数不同的道理时，忽然房檐那里传来响亮的声音说："您做官很爱护百姓，也不捞钱，所以我不敢打您。但您爱护百姓是图好名声，不捞钱是怕有后患，所以我也不躲避您。先生还是算了吧，不要说多了自找麻烦。"董思任狼狈地回去了，好几天都唉声叹气心情不好。刘士玉有一个女佣人长得粗粗笨笨的，只有她不怕狐精，狐精也不飞砖头瓦片打她。有人在与狐精对话时问起这件事。狐精说："她虽然是个卑贱的佣人，却是一个真正孝顺的女人呵。鬼神见到她尚且要敛迹退避，何况是我们这样的呢！"刘士玉就叫女佣人住在这间房里，狐精当天就离开了。

献县令明晟，应山人。尝欲申雪一冤狱，而虑上官不允，疑惑未决。儒学门斗有王半仙者①，与一狐友，言小休咎多有验②，遣往问之。狐正色曰："明公为民父母，但当论其冤不冤，不当问其允不允。独不记制府李公之言乎③？"门斗返报，明为憬然④。因言制府李公卫未达时，尝同一道士渡江。适有与舟子争诟者，道士太息曰："命在须臾，尚较计数文钱耶！"俄其人为帆脚所扫，堕江死。李公心异之。中流风作，舟欲覆。道士禹步诵咒⑤，风止得济。李公再拜谢更生。道士曰："适堕江者，命也，吾不能救。公贵人也，遇厄得济，亦命也，吾不能不救。何谢焉？"李公又拜曰："领师此训，吾终身安命矣。"道士曰："是不尽然。一身之穷达，当安命，不安命则奔竞排轧，无所不至。不知李林甫、秦桧，即不倾陷善类，亦作宰相，徒自增罪案耳。至国计民生之利害，则不可言命。天地之生才，朝廷之设官，所以补救气数也。身握事权，束手而委命，天地何必生此才，朝廷何必设此官乎？晨门曰⑥：'是知其不可而为之。'诸葛武侯曰：'鞠躬尽瘁，死而后已。成败利钝，非所逆睹。'此圣贤立命之学，公其识之。"李公谨受教，拜问姓名。道士曰："言之恐公骇。"下舟行数十步，翳然灭迹⑦。昔在会城，李公曾话是事，不识此狐何以得知也。

【注释】

①门斗：这里指官学中的仆役。

②休咎：善恶、吉凶的情况。

③制府：清代总督的尊称。

④悚（sǒng）然：惊悚貌。

⑤禹步：道士在祷神仪礼中常用的一种步法动作。

⑥晨门：看守城门的人。

⑦翳（yì）然：隐没，藏匿。

【译文】

献县县令叫明晟，是应山人。他曾经想要申雪一桩冤狱，却担心上司不答应，因而犹豫不定。县学有个差役叫王半仙的，交了一个狐友，这个狐友谈论过一些小的吉凶大多应验了，明晟派他前去询问。狐精正色说："明公是百姓的父母官，只应当论案件冤不冤，不应当问上司答应不答应。难道偏偏不记得总督李公的话吗？"差役回了这些话，明晟大吃一惊。于是说起总督李卫公没有显达时，曾经和一个道士一同渡江。恰巧有人跟船夫争吵，道士叹息说："性命就在顷刻之间了，还在计较那几文钱呐！"不一会儿，那人被船帆尾部扫了一下，掉到江里淹死了。李公心里觉得挺奇怪的。船行到江中间，起了风，眼看船要就翻了。道士踩着禹步念诵咒语，风停了，终于平安过了江。

李公再三拜谢道士的救命之恩。道士说："刚才那人掉到江里这是命，我救不了。您是贵人，遇到困厄还能平安渡江，也是命，我不能不救。何必要道谢。"李公又拜谢说："领受大师的训诫，我将终身听命。"道士说："也不全然如此。一生的困穷显达，应当安于命运，不安于命运就会奔走争斗、排挤倾轧，用上各种手段。人们不知道，李林甫、秦桧就是不倾轧不陷害好人，也能当上宰相，他们作恶，只是枉然给自己增加罪状罢了。至于国计民生的利和害，就不可以说听从命运。天地降生的人才，朝廷设置的官员，是用来补救气数和运会的。如果手里掌握着权力，却无所事事听凭命运的安排，那么天地何必降生这个人才，朝廷何必设置这个官职呢？《论语》里记载看守城门人的话说：'知道不行却努力去做。'诸葛亮说：'鞠躬尽瘁，死而后已。至于是否成功是否顺利，这不是能够预见的。'这是圣贤安身立命的学问，您要记住。"李公恭敬地接受教训，拜问他的姓名。道士说："说了担心您惊怕。"下船走了几十步，一下子隐灭不见了。过去在省城，李公曾经讲起过这件事，不知这个狐精是怎么知道的。

北村郑苏仙，一日梦至冥府，见阎罗王方录囚。有邻村一媪至殿前①，王改容拱手，赐以杯茗，命冥吏速送生善处。郑私叩冥吏曰："此农家老妇，有何功德？"冥吏曰："是媪一生无利己损人心。夫利己之心，虽贤士大夫或不免。然利己者必损人，种种机械，因是而生，种种冤愆②，因是而造；甚至贻臭万年，流毒四海，皆此一念为害也。此一村妇而能自制其私心，读书讲学之儒，对之多愧色矣。何怪王之加礼乎！"郑素有心计，闻之惕然而寤。郑又言，此媪未至以前，有一官公服昂然入，自称所至但饮一杯水，今无愧鬼神。王哂曰③："设官以治民，下至驿丞闸官，皆有利弊之当理。但不要钱即为好官，植木偶于堂，并水不饮，不更胜公乎？"官又辩曰："某虽无功，亦无罪。"王曰："公一生处处求自全，某狱某狱，避嫌疑而不言，非负民乎？某事某事，畏烦重而不举，非负国乎？三载考绩之谓何？无功即有罪矣。"官大踧踖④，锋棱顿减。王徐顾笑曰："怪公盛气耳。平心而论，要是三四等好官，来生尚不失冠带。"促命即送转轮王。观此二事，知人心微暧，鬼神皆得而窥，虽贤者一念之私，亦不免于责备。"相在尔室"⑤，其信然乎！

【注释】

①媪（ǎo）：年老的妇女。

②冤愆（qiān）：冤仇罪过。愆，罪过，过失。

③哂（shěn）：冷笑，讥笑。

④踧踖（cùjí）：恭敬而不安的样子。

⑤相在尔室：出自《诗经·大雅·抑》："相在尔室，尚不愧于屋漏。无日不显，莫予云觏；神之格思，不可度思，矧（shěn）可射思？"意思是看看你的

室内，在暗处也要光明磊落。什么都是显而易见的，不要以为别人看不见；神明的来临是不可猜度的，难道能任意猜透他吗？

【译文】

北村的郑苏仙，一天在梦中到了冥府，看见阎罗王正在审查登录被囚的鬼魂。有一位邻村的老太太来到殿前，阎罗王换了温和的脸色拱手相迎，赐给香茶，随后命令下属官吏赶快送她到一个好地方去投生。郑苏仙悄悄问身旁的冥吏："这是个农家老婆子，有什么功德？"冥吏说："这个老太太一生从来没有损人利己的心思。利己之心，即使是贤士大夫也难以避免。想要利己的人必定会损害别人，种种诡诈奸巧就因此发生，种种诬陷冤屈事件也因此制造出来；甚至遗臭万年，流毒四海，都是由于这种利己私心造成的。这样一个农村妇女能够自己控制私心，读书讲学的儒生们站在她的面前，很多人会面有愧色的。冥王格外尊敬她，又有什么好奇怪的呢！"郑苏仙一向是个很有心计的人，听了这番话心中一惊，立即醒了。郑苏仙又说，在农妇到阎罗殿以前，有一位官员身穿官服，昂昂然走进殿来，声称自己生前无论到哪里，都只喝一杯水，因此在鬼神面前心中无愧。阎罗王讥讽地微微一笑说："设置官职是为了治理民众的事情，就是管理驿站、河闸的下级官吏，都有该做不该做的事。仅仅认为不要钱就是好官，那么把木偶放在大堂上，它连一杯水也不用喝，不是更胜过你么？"这位官员又辩解说："我虽然没有功劳，但也没有罪过。"阎罗王说："你这个人不论干什么都只顾保全自己，某案某案，你为了避免嫌疑而不表态，这不是有负于百姓么？某事某事，你拈轻怕重而不去做，这不是有负于国家么？《舜典》中'三载考绩'是怎么说的？没有功劳就是罪过。"这位官员立即非常局促不安，不再像先前那样锋芒毕露了。阎罗王慢慢地转头看着他笑道："只怪你有点儿盛气凌人。平心而论，你也能算个三四等的好官，转生还能做一个士大夫。"随即命令把这位官员送到转轮王那里。看这两件事，可知人的内心深处有一点儿杂念，也都能被鬼神看穿，好人的一念之私，也免不了受到责备。"相在尔室"，这话真不假啊！

雍正壬子①，有宦家子妇，素无勃谿状②。突狂电穿牖，如火光激射，雷楔贯心而入③，洞左胁而出。其夫亦为雷焰燔烧④，背至尻皆焦黑⑤，气息仅属。久之乃苏，顾妇尸泣曰："我性刚劲，与母争论或有之，尔不过私诉抑郁，背灯掩泪而已，何雷之误中尔耶？"是未知律重主谋，幽明一也。

【注释】

①雍正壬子：雍正十年（1732）。

②勃谿（xī）：吵架，争斗。这里指婆媳争吵。

③楔（xiē）：楔入，把楔子插到物体里去。

④燔（fán）烧：焚烧。燔，烧，烤。

⑤尻（kāo）：屁股，脊骨的末端。

【译文】

雍正壬子年，有位官宦人家的媳妇，从来没有和婆婆争吵过。一天突然一道闪电穿过窗户，好像火光激射，贯通进这个媳妇的胸脯，洞穿左肋而出。她的丈夫也被闪电烧伤，从后背到臀部焦黑一片，只剩了一口气。过了好久，她的丈夫才苏醒过来，望着她的尸体哭道："我倔强直率，和母亲争吵几句是有的，你不过私下里和我说说心中的不愉快，背着灯抹抹眼泪而已，怎么雷电就误中了你呢？"他不知道主谋判刑重，这在阴间阳间都是一样的。

德州田白岩曰：有额都统者①，在滇黔间山行，见道士按一丽女于石，欲剖其心。女哀呼乞救。额急挥骑驰及，遽格道士手②，女嚄然一声③，化火光飞去。道士顿足曰："公败吾事！此魅已媚杀百馀人，故捕诛之以除害。但取精已多，岁久通灵，斩其首则神遁去，故必剖其心乃死。公今纵之，贻患无穷矣。惜一猛虎之命，放置深山，不知泽麋林鹿，膏其牙者几许命也④！"匣其匕首，恨恨渡溪去。此殆白岩之寓言，即所谓一家哭，何如一路哭也⑤。姑容墨吏，自以为阴功，人亦多称为忠厚；而穷民之卖儿贴妇，皆未一思，亦安用此长者乎？

【注释】

①都统：清代八旗驻防军长官称"将军"或"都统"。

②遽（jù）：急，仓猝。

③嗷（jiào）然：形容声音响亮、激越。

④劘（mó）：切，削。

⑤一家哭，何如一路哭：北宋著名政治家、文学家范仲淹的名言。范仲淹为相，锐意改革吏治，取诸路监司名册，将不称职者姓名一笔勾去。富弼在其侧云："十二丈则是一笔，焉知一家哭矣！"范仲淹回答说："一家哭，何如一路哭耶！"事见朱熹《五朝名臣言行录》卷七。

【译文】

德州田白岩说：有一个额都统，在云贵边界山间行走，看见有个道士把一个美艳的女子按倒在石头上，要想剖她的心。美女哀叫求救。额都统急忙打马奔过去，突然格开道士的手，美女子"嗷"地一声，化成一道火光飞去。道士顿着脚说："您坏了我的大事！这个精魅已经迷杀一百多人，所以想抓住杀了它消除祸害。但是它吸了很多人的精气，修炼年岁久了已经达到通灵，砍它的头则元神逃脱，所以必须剖出心才能置它于死地。您现在放走了它，留下无穷的后患。怜惜一只猛虎的性命，放在深山里，不知道沼泽山林中又有多少麋鹿要命丧在它的利牙之下啊！"说着把匕首插进鞘里，遗憾不迭地渡过溪水走了。这大概是田白岩说的寓言故事，也就是所谓一家哭泣，哪能比得上一方人哭泣。姑息宽容那些贪官污吏，自以为积了阴德，人们也称道他忠厚；却从不去想想穷苦百姓卖儿女卖妻子，这样的长者又有什么用呢？

　　献县吏王某，工刀笔，善巧取人财。然每有所积，必有一意外事耗去。有城隍庙道童①，夜行廊庑间，闻二吏持簿对算。其一曰："渠今岁所蓄较多②，当何法以销之？"方沉思间，其一曰："一翠云足矣，无烦迂折也。"是庙往往遇鬼，道童习见，亦不怖，但不知翠云为谁，亦不知为谁销算。俄有小妓翠云至，王某大嬖之③，耗所蓄八九；又染恶疮，医药备至，比愈④，则已荡然矣。人计其平生所取，可屈指数者，约三四万金。后发狂疾暴卒，竟无棺以殓。

【注释】

①城隍：守护城池的神。

②渠：方言。他。

③嬖（bì）：宠幸。

④比：等到。

【译文】

　　献县县衙有个小吏王某，精通刑律诉讼，善于巧取当事人的钱财。可是每当他有点儿积蓄时，必定发生一件意外事情将这些不该得的钱财耗去。城隍庙有个道童，一天夜里在走廊里，听见两个鬼吏拿着账簿核算账目。其中一个说："他今年积蓄比较多，该用什么办法给他消耗掉？"说完正低头沉思，另一个说："一个翠云就够了，用不着费多少周折。"这个庙里常常遇见鬼，道童也司空见惯，因此见二鬼核账也不害怕，只是不知翠云是谁，也不知道替谁计算消耗。不久，有一位名叫翠云的小妓女来到县城，县吏王某特别宠爱她，在她身上耗费了自己的八九成积蓄；又染上了恶疮，看病吃药破费许多，等到病疮痊愈，所有积蓄荡然无存。有人对王某平生巧取的钱财作过估计，能算得上来的，就大约有三四万两银子。可是，后来王某发疯病突然死去，竟然连装殓的棺材也没有。

陈云亭舍人言[①]：有台湾驿使宿馆舍[②]，见艳女登墙下窥，叱索无所睹。夜半琅然有声，乃片瓦掷枕畔。叱问是何妖魅，敢侮天使。窗外朗应曰："公禄命重，我避公不及，致公叱索，惧干神谴，惴惴至今。今公睡中萌邪念，误作驿卒之女，谋他日纳为妾。人心一动，鬼神知之。以邪召邪，神不得而咎我，故投瓦相报。公何怒焉？"驿使大愧沮，未及天曙，促装去。

【注释】

①舍人：官名。天子近旁轮番带刀侍卫之官，均由显官、功臣弟子担任。因而王公贵官的侍从宾客、亲近左右，通称"舍人"。对显贵子弟，也俗称"舍人"。

②驿使：本义为古代驿站传送朝廷文书者，但自唐代起，驿使的职责范围扩大，级别也各有高低。此处指朝廷派往台湾的特使。

【译文】

陈云亭公子说：有位台湾驿使住在驿站的房舍里，看见一位美女爬上墙头往下偷看，驿使呵斥她，走过去找，又不见了。驿使睡到半夜，听到"哐啷"一声响，却是一块瓦片扔到枕头边。他喝问是什么妖怪，敢来欺负皇上的使者。窗外朗声回答："你富贵显赫，我没来得及躲避你，以致遭到你的叱责查问，我怕被神灵训斥，心中惴惴不安直到现在。刚才你在梦中萌发邪念，误认为我是驿卒的女儿，打算日后娶来做妾。人心中一生出念头，鬼神就知道了。你的邪念招来了我这个邪鬼，神不能因此而归咎于我，所以我扔瓦片回应你。你恼火什么呢？"驿使极为惭愧，没到天亮就催促着整装离去了。

曹司农竹虚言①：其族兄自歙往扬州②，途经友人家。时盛夏，延坐书屋，甚轩爽。暮欲下榻其中，友人曰："是有魅，夜不可居。"曹强居之。夜半，有物自门隙蠕蠕入，薄如夹纸。入室后，渐开展作人形，乃女子也。曹殊不畏。忽披发吐舌，作缢鬼状。曹笑曰："犹是发，但稍乱；犹是舌，但稍长。亦何足畏！"忽自摘其首置案上。曹又笑曰："有首尚不足畏，况无首耶！"鬼技穷，倏然灭③。及归途再宿，夜半门隙又蠕动。甫露其首，辄唾曰："又此败兴物耶！"竟不入。此与嵇中散事相类④。夫虎不食醉人，不知畏也。大抵畏则心乱，心乱则神涣，神涣则鬼得乘之。不畏则心定，心定则神全，神全则沴戾之气不能干⑤。故记中散是事者，称"神志湛然，鬼惭而去"。

【注释】

①司农：清代以户部司漕粮田赋，故别称"户部尚书"
　为"大司农"。

②歙（shè）：地名。歙县，在今安徽省东南部。

③倏（shū）然：速度极快的样子。

④嵇中散：嵇康，三国时期魏国人，曹魏中散大夫，
　世称"嵇中散"。后因得罪钟会，为其构陷，被司
　马昭处死。

⑤沴（lì）戾：因气不和而生之灾害。引申为妖邪或瘟疫。

【译文】

　　户部尚书曹竹虚说：他的一位族兄从歙县到扬州去，
途经朋友家。当时正值盛夏，气候炎热，曹兄的朋友请他
到书房坐坐，书房宽敞凉爽。晚上，曹兄想要住在书房里，
朋友说："这间书房有鬼魅，夜间不能住。"可是这位曹兄
坚持要睡书房。到了半夜，有个东西从门缝中蠕动着进来
了，薄得像一张纸片儿叠成两层。进来后，这个怪物渐渐
展开变成人的形状，原来是一个女子。曹兄一点儿也不害
怕。女子忽然披头散发吐出很长的舌头，作出一副吊死鬼
的样子。曹兄笑着说："头发还是头发，只是稍微乱了点儿；
舌头还是舌头，只是稍微长了点儿。这有什么值得害怕！"
女子忽然把自己的头颅摘下来放到了书案上。曹兄又笑着
说："有脑袋尚且不足以惧怕，何况是无头呢！"鬼魅技穷，
突然不见了。曹兄由扬州返回时又住进了这间书房，半夜
时，门缝里又有东西蠕动着进来。怪物才一露头，就唾了
一口道："又是这个让人扫兴的东西！"怪物竟然没有再进

来。这与嵇中散的故事相类似。虎不吃醉汉，因为醉汉不知道害怕。大体上是因为害怕就会心乱，心乱就会神散，神一散鬼魅就可能趁机而入。不害怕就会心定，心定就神志集中，神志集中邪恶就侵犯不了。所以记载嵇康故事的人，说嵇康"神志清朗，鬼惭愧地离去了"。

旧仆庄寿言：昔事某官，见一官侵晨至，又一官续至，皆契交也，其状若密递消息者。俄皆去，主人亦命驾遽出。至黄昏乃归，车殆马烦，不胜困惫。俄前二官又至，灯下或附耳，或点首，或摇手，或蹙眉，或拊掌，不知所议何事。漏下二鼓，我遥闻北窗外吃吃有笑声，室中弗闻也。方疑惑间，忽又闻长叹一声曰："何必如此！"始宾主皆惊，开窗急视，新雨后泥平如掌，绝无人踪。共疑为我呓语。我时因戒勿窃听，避立南荣外花架下，实未尝睡，亦未尝言，究不知其何故也。

【译文】

我过去的老仆人庄寿说：以前服侍某位官员，有一天天快亮时看见一个官员来了，紧接着又一个官员也到了，都是至交，看样子好像在秘密传递消息。不一会儿都走了，主人也立即叫人驾车马出门。到傍晚才回来，人困马乏，疲惫不堪。不一会儿，那两个官员又来了，三个人在灯下或咬耳朵，或点头，或摇手，或皱眉，或鼓掌，不知道所商议的是什么事情。天交二更，我远远地听到北窗外面有吃吃的笑声，屋里的人却没有听到。正在疑惑之间，忽然又听得长叹一声，说："何必如此！"客人和主人这才惊起，急急开窗察看，外面刚刚下过一场雨，泥地平整如手掌，绝对没有人的脚印。大家都怀疑是我在说梦话。我当时因为主人吩咐不要偷听，所以避在南房屋檐外的花架下，根本没有睡，也不曾说什么，最终也不知道是什么缘故。

南皮疡医某①，艺颇精，然好阴用毒药，勒索重赀②。不餍所欲，则必死。盖其术诡秘，他医不能解也。一日，其子雷震死。今其人尚在，亦无敢延之者矣。或谓某杀人至多，天何不殛其身而殛其子③？有佚罚焉。夫罪不至极，刑不及孥；恶不至极，殃不及世。殛其子，所以明祸延后嗣也。

【注释】
①南皮：地名。在今河北东南部，沧州以南。
②赀：同"资"。
③殛（jí）：诛杀，致死。

【译文】
南皮有个专治疮痈的某医生，医术很高，不过，这个医生总是喜欢暗中下毒药，向患者勒索很多钱财。如果不满足他的要求，必死无疑。因为他下毒药的手法很诡秘，别的医生谁也不能解救。有一天，他的儿子被雷电击死了。现在某医生还活着，但已经没人敢请他看病。有人说他杀了许多人，老天为什么不诛杀他本人却击死了他儿子？看

来上天的刑罚也有失当。犯罪没达到极限，刑罚就牵连不
到妻子儿女；作恶达不到极端，祸殃就连累不到后世子孙。
老天诛杀他的儿子，正说明他罪大恶极，受到了祸延后嗣
的最重惩罚。

卷二

滦阳消夏录二

　　写作《阅微草堂笔记》，纪昀一开始就设定了自己创作的出发点是"劝惩"与"风教"；对于预期的阅读效果，纪昀这样说："小说稗官，知无关于著述；街谈巷议，或有益于劝惩"，表明"大旨期不乖于风教"。为什么创作小说来体现"劝惩"与"风教"的宗旨？纪昀曾经这样说过，那些严肃认真的言论，听起来常常使人厌倦，而那些涉及神鬼的稀奇古怪故事，喜欢的人一定会传来传去，他注重于读者不同的阅读态度。"滦阳消夏录"曾有过一个三卷抄本，这个三卷本相当于现在的卷一、卷二的内容。卷末有纪昀自己写的两首诗，还有刘墉写的跋。其实，刘墉还曾写诗与纪昀的自题诗相唱和，最早表现了对纪昀创作的概括与肯定。这也是纪昀作品水平高下的一个佐证。

相传有塾师，夏夜月明，率门人纳凉河间献王祠外田塍上①。因共讲《三百篇》拟题②，音琅琅如钟鼓。又令小儿诵《孝经》③，诵已复讲。忽举首见祠门双古柏下，隐隐有人。试近之，形状颇异，知为神鬼。然私念此献王祠前，决无妖魅，前问姓名，曰毛苌、贯长卿、颜芝④，因谒王至此。塾师大喜，再拜，请授经义，毛、贯并曰："君所讲，适已闻，都非我辈所解，无从奉答。"塾师又拜曰："《诗》义深微，难授下愚。请颜先生一讲《孝经》可乎？"颜回面向内曰："君小儿所诵，漏落颠倒，全非我所传本。我亦无可着语处。"俄闻传王教曰："门外似有人醉语，聒耳已久⑤，可驱之去。"余谓此与爱堂先生所言学究遇冥吏事，皆博雅之士，造戏语以诟俗儒也。然亦空穴来风，桐乳来巢乎⑥？

【注释】

①献王祠：西汉景帝刘启之子，武帝刘彻之异母兄刘德，公元前155年被封为河间王，因其"聪明睿智"，谥号曰"献"，故称之为"河间献王"。明嘉靖十三年（1534），曾在墓上建有河间献王祠，后经隆庆、乾隆、道光等多次重修，历经风雨，至1946年献王祠被毁。田塍（chéng）：田间的土埂子，小堤。

②《三百篇》：指《诗经》。《诗经》诗歌总数约三百，故称。

③《孝经》：古代儒家的伦理学著作。传说是孔子自作，但南宋时已有人怀疑是出于后人附会。纪昀在《四库全书总目》中指出，该书是孔子"七十子之徒之遗言"，成书于秦汉之际。自西汉至魏晋南北朝，注解者及百家。

④毛苌（cháng）：西汉赵（今河北邯郸）人，相传是古文诗学"毛诗学"的传授者。由于承继传播《诗经》的伟大贡献，受到历代官方及民众的尊敬。贯长卿：西汉赵人，与毛苌一同受诗于毛亨。颜芝：西汉河间（今属河北）人，据说秦始皇焚书的时候，他把《孝经》藏起来，到他的儿子颜贞才把《孝经》拿出来，叫做《今文孝经》。

⑤聒（guō）：声音吵闹，使人厌烦。

⑥桐乳来巢：桐子附着在叶上，形状如箕，鸟儿喜欢当作鸟窝。桐乳，桐子，状如乳形，故名。

【译文】

相传曾经有个学塾的老师，趁着夏夜月光明亮，带着他的学生在河间献王祠堂外的田埂上乘凉。他先讲《诗经》押题，声音响得像敲钟打鼓。又叫小孩子诵读《孝经》，朗读完了又讲解。塾师忽然抬头看见祠堂门前的两棵古柏树下，隐隐约约好像有人。试试探探走近一看，只见形状颇为奇怪，知道是神鬼。然而心中思量，在这样的献王祠前面不会有妖怪鬼魅，于是上前询问那些人的姓名，对方回答说是毛苌、贯长卿、颜芝，因为拜见献王到了这里。塾师大喜，再次叩拜请求传授经文义理，毛苌、贯长卿齐声回答："你所讲的我们刚才已经听到，都不是我等所能理解的，无从奉答。"塾师又下拜说："《诗经》义理深奥精微，难以传授像我这样极愚蠢的人。请颜先生给我讲一讲《孝经》可以吗？"颜芝转过脸去朝着祠堂门里说："刚才小孩子朗诵的《孝经》，句子漏落、次序颠倒，全然不是我所传的版本。我也不知从何讲起。"忽而听到献王传出话说："门外好像有人喝醉了酒说话，吵闹很久了，可以赶走。"我认为这个故事和爱堂先生说的老儒生碰到阴间小吏的事一样，都是高雅有识之士编的笑话，嘲笑那些志趣不高、目光短浅的读书人。但是就像门户有缝就有风，就像桐叶引来鸟雀筑巢，流言蜚语也不是凭空而来的吧？

先姚安公性严峻[①]，门无杂宾。一日，与一褴缕人对语，呼余兄弟与为礼，曰："此宋曼珠曾孙，不相闻久矣，今乃见之。明季兵乱，汝曾祖年十一，流离戈马间，赖宋曼珠得存也。"乃为委曲谋生计。因戒余兄弟曰："义所当报，不必谈因果。然因果实亦不爽。昔某公受人再生恩，富贵后，视其子孙零替，漠如陌路。后病困，方服药，恍惚见其人手授二札，皆未封。视之，则当年乞救书也。覆杯于地曰：'吾死晚矣！'是夕卒。"

【注释】

①姚安公：纪容舒，字迟叟。清康熙五十二年（1713）恩科进士，曾供职刑部和户部，做过云南姚安知

府，故称"姚安公"。

【译文】

先父姚安公生性严厉，门前没有杂七杂八的宾客。一天，姚安公同一个衣衫破烂的人说话，叫我们兄弟向他行礼，说："这是宋曼珠的曾孙，好久没有消息了，今天才见面。明末时兵荒马乱，你们的曾祖父年十一岁，在战乱中流浪，幸亏宋曼珠才活了下来。"于是想方设法替他谋求生计。并告诫我们兄弟说："从道义上讲应当报答的，就不必谈论因果报应。但是因果实际上也不会有差错。过去某公受别人的救命大恩，富贵以后，看到恩人的子孙零落，他竟冷漠得像个陌路之人。后来某公病得很厉害，正在吃药，恍恍惚惚看到恩人亲手交给他两封信，都没有封口。一看，却是当年他写的求救信。他把杯子扣在地上说：'我死得晚了！'这天夜里就死了。"

南皮张副使受长官河南开归道时，夜阅一谳牍①，沉吟自语曰："自刭死者②，刀痕当入重而出轻。今入轻出重，何也？"忽闻背后太息曰："公尚解事。"回顾无一人。喟然曰③："甚哉，治狱之可畏也！此幸不误，安保他日之不误耶？"遂移疾而归。

【注释】

①谳（yàn）牍：据以审判定罪的案卷。

②刭（jǐng）：用刀割颈。

③喟（kuì）然：叹气的样子。

【译文】

南皮人张受长副使做河南开归道道员时，有一天夜里看一份断案的卷宗，他沉吟着自言自语地说："用刀割颈自杀死的，刀痕应当进去时重而拔出来时轻。这个案子却是进去时轻而拔出来时重，为什么呢？"忽然听到背后叹息一声说："您还算明白事理。"他回头看，却并没人。他长叹了口气说："真是不得了，审理案件真可怕啊！这次幸运不出错，怎么能够保证以后的日子不出错呢？"于是托病辞了官。

景城有刘武周墓^①，《献县志》亦载。按，武周山后马邑人，墓不应在是，疑为隋刘炫墓^②。炫，景城人。《一统志》载其墓在献县东八十里。景城距城八十七里，约略当是也。旧有狐居之，时或戏魋醉人^③。里有陈双，酒徒也。闻之愤曰："妖兽敢尔！"诣墓所，且数且詈^④。时耘者满野，皆见其父怒坐墓侧，双跳踉叫号。竞前呵曰："尔何醉至此，乃詈尔父！"双凝视，果父也，大怖叩首。父径趋归。双随而哀乞，追及于村外。方伏地陈说，忽妇媪环绕，哗笑曰："陈双何故跪拜其妻？"双仰视，又果妻也，愕而痴立。妻亦径趋归。双惘惘至家^⑤，则父与妻实未尝出。方知皆狐幻化戏之也，惭不出户者数日。闻者无不绝倒。余谓双不詈狐，何至遭狐之戏，双有自取之道焉。狐不魋人，何至遭双之詈？狐亦有自取之道焉。颠倒纠缠，皆缘一念之妄起。故佛言一切众生，慎勿造因。

【注释】

①刘武周：在隋末群雄竞起的纷乱形势中，刘武周率
　先起兵，依附突厥，图谋帝业。进而"率军南向以
　争天下"，占据了有充足食粮和库绢的晋阳，攻陷
　河东大部地区，威逼关中。终被李世民所灭。

②刘炫：字光伯，河间景城（今河北献县东北）人，
　隋经学家。刘献之的三传弟子。开皇（581—600）
　中，奉敕修史。后与诸儒修定五礼，所提出的《春
　秋》规过之论，对后世影响大。

③戏㺒（nǎo）：戏弄。

④詈（lì）：骂，责备。

⑤惘惘：迷迷糊糊貌，懵懵懂懂。

【译文】

　　刘武周的墓在景城，《献县志》也有记载。按，刘武周
是太行山北马邑人，墓不应该在这里，所以景城的墓可能
是隋代刘炫的。刘炫是景城人。《一统志》记载，刘武周的
墓在献县东八十里处。景城离县城八十七里，估计这种说
法差不多。过去墓里住着狐狸，经常戏弄醉鬼。有个乡民
陈双，是个酒徒。听说后气愤道："妖兽胆敢这样！"他到
了墓地，一边数落一边骂。当时地里都是干活的人，都看
见陈双的父亲怒气冲冲地坐在墓边，陈双跺脚大骂。大伙
儿争相走过来呵斥他："你怎么醉成这样，还骂你父亲！"
陈双仔细一看，真的是父亲，吓得赶紧叩头。父亲没理他，

往回走了。陈双跟随着哀求父亲不要走，到了村外才追上。他正趴在地上说明原委，忽听一群妇女围着笑道："陈双，为什么拜你的妻子？"陈双抬头一看，面前果然是妻子，他惊讶地呆呆站着。妻子也径直回去了。陈双懵懵懂懂地回了家，得知父亲和妻子二人根本没有出去过。这才知道是狐精变化了戏弄他，羞惭得好几天不出门。听到这事的人无不笑得前仰后合。我认为，陈双不骂狐狸，何至于被狐狸戏弄，陈双是自作自受。狐狸如果不戏耍人，何至于遭陈双谩骂？狐狸也是自作自受。恩怨纠纷，颠倒错乱，皆因一念之差。所以佛说，一切生灵，千万不要惹是生非、制造结怨的因由。

顾员外德懋，自言为东岳冥官，余弗深信也。然其言则有理。曩在裘文达公家①，尝谓余曰："冥司重贞妇，而亦有差等：或以儿女之爱，或以田宅之丰，有所系恋而弗去者，下也；不免情欲之萌，而能以礼义自克者，次也；心如枯井，波澜不生，富贵亦不睹，饥寒亦不知，利害亦不计者，斯为上矣。如是者千百不得一，得一则鬼神为起敬。一日，喧传节妇至，冥王改容，冥官皆振衣伫迓②。见一老妇儢然来③，其行步步渐高，如蹑阶级。比到，则竟从殿脊上过，莫知所适。冥王怃然曰：'此已升天，不在吾鬼箓中矣。'"又曰："贤臣亦三等：畏法度者为下；爱名节者为次；乃心王室，但知国计民生，不知祸福毁誉者为上。"又曰："冥司恶躁竞，谓种种恶业，从此而生，故多困踬之④，使得不偿失。人心愈巧，则鬼神之机亦愈巧。然不甚重隐逸，谓天地生才，原期于世事有补。人人为巢、许⑤，则至今洪水横流，并挂瓢饮犊之地，亦不可得矣。"又曰："阴律如《春秋》责备贤者，而与人为善。君子偏执害事，亦录以为过；小人有一事利人，亦必予以小善报。世人未明此义，故多疑因果或爽耳。"

【注释】

①曩（nǎng）：以往，从前。

②迓（yà）：迎接。

③儽（léi）然：疲惫或颓丧的样子。

④困踬（zhì）：谓事情不顺利，处于困境。

⑤巢、许：巢父、许由，历史上两位隐士。传说尧禅让帝位，这两位隐士不接受。许由觉得尧的劝说弄脏了耳朵，便跑到水边去洗耳。巢父比许由更决绝，觉得许由洗耳污染了牛犊的饮水，牵着牛犊往上游走去。事见晋代皇甫谧的《高士传》。

【译文】

　　员外顾德懋自己说他是东岳的冥官，我不怎么相信。但他说的话却有些道理。以前在裘文达公家，他对我说："地府里很看重贞妇烈女，但也分等级：或因儿女之情，或因公婆家田产丰厚，有所留恋而不改嫁的，为下等；情欲免不了有所萌动而能以礼义克制自己的，是中等；心如枯井，感情不生波澜，不向往富贵，饥饿寒冷也无所谓，也不计较利害的，这是上等。这样的在千百个人中也找不到一个，如果是这样的人，鬼神也起敬。有一天，闹嚷嚷传说节妇到了，阎王神情严肃，阴官们都抖抖衣服站起来迎接。只见一位老妇人很疲惫地走来，她好像脚下踩着台阶，步步登高。等到了阎王殿，竟从殿顶上走过去，不知要去哪儿。阎王惊愕地说：'这个人已经升天，不在我们鬼界的名录中了。'"顾德懋又说："贤臣也分三等：害怕法度的是下等；爱惜名声气节的是中等；忠心于朝廷，只知国计民生大事，不计较祸福毁誉的为上等。"他还说："地府厌恶为追求名利而竞争，认为种种罪孽都是因此而产生的，所以往往让这种人不顺利，叫他得不偿失。人心越是奸诈，鬼神的安排也就越是巧妙。但是地府不怎么看重隐士，认为天地造才，本来是希望这种人对世事有所补益。如果人人都去当巢父、许由，那么至今这个世界仍然是洪水泛滥，连挂瓢的树、让牛犊饮水的地方也不会有了。"又说："阴间的法度像《春秋》求全责备贤者一样，但是强调善意帮助别人。君子由于过分的固执妨害了什么事情，会作为过失被记录下来；小人做一件有利于别人的事，也一定会用小的好处来报答他的善行。世上的人不明白这个道理，所以往往怀疑因果报应也许有误。"

朱青雷言：有避仇窜匿深山者，时月白风清，见一鬼徙倚白杨下，伏不敢起。鬼忽见之，曰："君何不出？"栗而答曰："吾畏君。"鬼曰："至可畏者莫若人，鬼何畏焉？使君颠沛至此者，人耶鬼耶？"一笑而隐。余谓此青雷有激之寓言也。

【译文】

朱青雷说：有个人，为了躲避仇家，逃到了深山里，当时，月明风清，他看见一个鬼在白杨树下来来回回走，吓得伏在地上不敢起来。鬼忽然发现了他，问道："你怎么不出来？"他颤抖着回答："我害怕你。"鬼说："最可怕的就是人了，鬼有什么可怕的呢？让你颠沛流离逃窜到此地的，是人还是鬼呢？"说完一笑就不见了。我认为这是朱青雷有感而发编造的寓言。

先姚安公有仆，貌谨厚而最有心计。一日，乘主人急需，饰词邀勒，得赢数十金。其妇亦悻悻自好，若不可犯，而阴有外遇。久欲与所欢逃，苦无资斧①。既得此金，即盗之同遁。越十馀日捕获，夫妇之奸乃并败。余兄弟甚快之。姚安公曰："此事何巧相牵引，一至于斯！殆有鬼神颠倒其间也。夫鬼神之颠倒，岂徒博人一快哉！凡以示戒云尔。故遇此种事，当生警惕心，不可生欢喜心。甲与乙为友，甲居下口，乙居泊镇，相距三十里。乙妻以事过甲家，甲醉以酒而留之宿。乙心知之，不能言也，反致谢焉。甲妻渡河覆舟，随急流至乙门前，为人所拯。乙识而扶归，亦醉以酒而留之宿。甲心知之，不能言也，亦反致谢焉。其邻媪阴知之，合掌诵佛曰：'有是哉，吾知惧矣。'其子方佐人诬讼，急自往呼之归。汝曹如此媸可也。"

【注释】

①资斧：旅费，盘缠。

【译文】

先父姚安公有个仆人，外表厚道老实，实际最有心计。一天，他趁主人急着要办成事，夸大其辞巧言勒索了几十两银子。他的妻子也整天洋洋得意自视甚高，一副凛然不可侵犯的样子，暗地里却有外遇。早有跟相好私奔的想法，苦于没有路费。家里有了这笔钱，就偷了银子两人逃走了。十多天后，两人被抓获，夫妇二人的坏事一同败露。我们兄弟几个觉得很痛快。姚安公说："两事互相牵连，怎么这么巧！可能有鬼神在里面起作用。鬼神让事情转换结局，难道就是为了让人开开心么！这都是向人示警。所以遇到这种事应当生警惕心，不应该只生欢喜心。甲和乙是朋友，甲住下口，乙住泊镇，相距三十里。乙的妻子有事到甲家，甲把她灌醉了留她住了一夜。乙知道了却说不出口，反而向甲表示谢意。甲的妻子渡河翻了船，被急流冲到乙的门前，被人救上了岸。乙认出是甲妻，扶回家，也用酒灌醉她留下住了一夜。甲心里知道也说不出口，也反而表示谢意。邻居老太太暗中知道了这件事，合掌念经道：'有这种事啊，太可怕了。'她的儿子正帮人作伪证打官司，她急忙亲自赶过去把儿子叫了回来。你们能做到老太太这一步，就可以了。"

卷三

滦阳消夏录三

本卷写了不少新疆见闻。乾隆三十三年（1768），扬州两淮盐运使司亏空一千万两盐税案发，纪昀通风报信，结果以漏泄通信获罪。7月24日，乾隆帝发旨："纪昀瞻顾亲情，擅行通信，情罪亦重，着发往乌鲁木齐效力赎罪。"纪昀在戍两年多，颇多见闻及感慨，《阅微草堂笔记》用不少篇幅记录了新疆风情和奇闻轶事。纪昀为人们展示了独特的景观：他描绘了新疆地区别样的风景、不同的风俗；描述了新疆奇异的物事，动物有巨蝎、巴蜡虫、长角的蟒蛇、彪悍的野牛野猪，被蒙上神秘色彩的类人生物，甚至还有形状类似传说中刑天的生物；植物有雪莲、茜草、万年松、葡萄、哈密瓜；手工艺品有自然天成的玉佩，巧夺天工的玉梅等等。纪昀还作了实地考证，纠正了以往传说的附会之词。另外，还记载了当时新疆居民的组成以及大致的生存状态、经济恢复和发展情况，还有平定西域几次大的征战。但纪昀显然忽略了新疆民族对汉文化的吸收及与内陆的交流等因素，同时由于匮乏自然科学知识，因而有时神秘化，如对雪莲的描写；有时则妖魔化，如说到辟展其地沙碛中独行之人，往往闻呼姓名，一应则随去不复返；在说到意外发现小脚绣花鞋、解释新疆的大风等等情况时，表现出理论阐释上的窘迫，令读者视新疆为怪异之地。

俞提督金鳌言①：尝夜行辟展戈壁中②，戈壁者，碎沙乱石不生水草之地，即瀚海也。遥见一物，似人非人，其高几一丈，追之甚急。弯弧中其胸，踣而复起③。再射之始仆。就视，乃一大蝎虎。竟能人立而行，异哉。

【注释】

①提督：官名。"提督军务总兵官"的简称，为地方的高级军事长官，受"总督"或"巡抚"指挥，从一品。

②辟展：今新疆鄯善。

③踣（bó）：跌倒。

【译文】

提督俞金鳌说：他曾经在辟展的戈壁中夜间赶路，戈壁，是碎沙乱石不生水草的地方，就是瀚海。远远地望见一物，像人却不是人，身高将近一丈，追赶他追得很急。俞提督弯弓射中它的胸部，它倒下去后又爬了起来。射中第二箭它才趴下不动了。靠近一看，是一只大蝎虎。它竟然能像人一样直立行走，真是怪事。

昌吉叛乱之时①，捕获逆党，皆戮于迪化城西树林中，迪化即乌鲁木齐，今建为州。树林绵亘数十里，俗称之树窝。时戊子八月也②。后林中有黑气数团，往来倏忽，夜行者遇之辄迷。余谓此凶悖之魄，聚为妖厉，犹蛇虺虽死③，馀毒尚染于草木，不足怪也。凡阴邪之气，遇阳刚之气则消。遣数军士于月夜伏铳击之，应手散灭。

【注释】

①昌吉叛乱：1768 年 8 月，昌吉屯官置酒山坡犒劳劳
　作的屯民（流人遣犯），期间屯官强迫屯民妻子唱
　歌，激发屯民事变，杀死屯官，抢劫了军装库，然
　后占领了宁边城。

②戊子：乾隆三十三年（1768）。

③虺（huǐ）：古书上说的一种毒蛇。

【译文】

　　昌吉叛乱的时候，被抓住的那些叛乱兵士，都杀死在
迪化城西面的树林子里，迪化，就是乌鲁木齐，现今建为州。
树林连绵不绝，俗称为"树窝"。那是乾隆戊子年八月的事。
后来林中有几团黑气，速度很快地来来回回移动，夜间赶
路的碰上就迷路。我认为这是凶恶悖逆的魂魄聚集而成为
凶险怪异之气，就像是毒蛇虽然死了，馀毒还沾染在草木
上一样，没有什么好奇怪的。凡是阴邪之气，遇到阳刚之
气就消散了。我派遣了几个军士在有月亮的夜里埋伏，用
火枪射击黑气，黑气应声而散了。

　　乌鲁木齐关帝祠有马，市贾所施以供神者也。
尝自啮草山林中①，不归皂枥②。每至朔望祭神③，
必昧爽先立祠门外④，屹如泥塑。所立之地，不失
尺寸。遇月小建⑤，其来亦不失期。祭毕，仍莫知
所往。余谓道士先引至祠外，神其说耳。庚寅二月

朔^⑥，余到祠稍早，实见其由雪碛缓步而来^⑦，弭耳竟立祠门外^⑧。雪中绝无人迹，是亦奇矣。

【注释】

①啮（niè）：咬，食。

②皂枥：马厩，养马的地方。

③朔望：朔日与望日，即农历每月初一和十五。

④昧爽：拂晓，黎明。昧，暗，不明。

⑤小建：农历的小月，一月29天。大建一月30天。

⑥庚寅：乾隆三十五年（1770）。

⑦碛（qì）：砂，沙石。

⑧弭（mǐ）耳：犹帖耳，指安顺貌。

【译文】

乌鲁木齐关帝祠有一匹马，是市场上的商人布施给祠里供神的。这匹马自己到山林里吃草，而不回马厩。每当初一、十五祭神，黎明前马必定先回到祠门前，屹立着像泥塑一样。每次都站在一个地方，尺寸都不差。遇到小的月份，它也没有错过初一、十五这两个日子。祭神完毕，又不知到哪儿去了。我认为是道士在祭神前把马牵到了祠门外，故意神化那种说法而已。乾隆庚寅年二月初一，我到关帝祠稍微早了些，真的看见那匹马踏着残雪缓步而来，垂下耳朵站在祠门外。雪上绝对没有人的脚印，这也够奇怪的了。

乌鲁木齐，译言好围场也。余在是地时，有笔帖式名乌鲁木齐①。计其命名之日，在平定西域前二十馀年。自言初生时，父梦其祖语曰："尔所生子，当名乌鲁木齐。"并指画其字以示。觉而不省为何语；然梦甚了了，姑以名之。不意今果至此，意将终此乎？后迁印房主事，果卒于官。计其自从征至卒，始终未尝离是地。事皆前定，岂不信夫！

【注释】

①笔帖式：翻译满汉文书的官员。

【译文】

乌鲁木齐，翻译成汉语就是好围场的意思。我在这个地方时，有个笔帖式，名叫乌鲁木齐。算起来起这个名字时，是在平定西域前二十多年。他说他刚出生时，父亲梦见祖父对他说："你的儿子，应该叫乌鲁木齐。"并用指头画出这几个字给他父亲看。他父亲醒来后不明白这几个字的意思；但是梦境却记得清清楚楚，就姑且给儿子起了这个名。不料他今天果然到了乌鲁木齐，我想难道他要终老在此地吗？乌鲁木齐后来升任印房主事，果然死在官职上。自从他从军来这儿到死去，始终也没离开过这儿。事情都是前定的，难道不是真的么！

乌鲁木齐又言：有厮养曰巴拉①，从征时，遇贼每力战。后流矢贯左颊，镞出于右耳之后②，犹奋力斫一贼③，与之俱仆。后因事至孤穆第，在乌鲁木齐、特纳格尔之间。梦巴拉拜谒。衣冠修整，颇不类贱役。梦中忘其已死，问："向在何处，今将何往？"对曰："因差遣过此，偶遇主人，一展积恋耳。"问："何以得官？"曰："忠孝节义，上帝所重。凡为国捐生者，虽下至仆隶，生前苟无过恶，幽冥必与一职事；原有过恶者，亦消除前罪，向人道转生。奴今为博克达山神部将④，秩如骁骑校也。"问："何往？"曰："昌吉。"问："何事？"曰："赍有文牒⑤，不能知也。"霍然而醒，语音似犹在耳。时戊子六月⑥。至八月十六日而有昌吉变乱之事，鬼盖不敢预泄云。

【注释】

①厮养：负责砍柴做饭、做粗杂活的男性杂役。

②镞（zú）：箭头。

③斫（zhuó）：砍。

④博克达山：又称"雪山"、"雪海"等。"博格达"蒙古语意为神灵，故称。清代乾隆帝赐名"福寿山"，清政府每年春秋由迪化最高长官率领文武官员遥祭。

⑤赍（jī）：带着。

⑥戊子：乾隆三十三年（1768）。

【译文】

乌鲁木齐又说：有个杂役叫巴拉，从军出征时，每次遇到敌人都奋力作战。后来一次战斗中，流矢穿过他的左颊，箭头从右耳后透出来，他还奋力砍中一个敌人，两人一起倒下了。后来乌鲁木齐到孤穆第办事，在乌鲁木齐、特纳格尔之间。梦见巴拉来拜见。他衣冠齐整，一点儿不像地位低下的杂役。乌鲁木齐在梦里忘了他已经死了，问："一向在什么地方，如今要上哪儿去？"巴拉说："奉命出去办事路过这儿，偶然遇到了主人，来叙叙长久怀念的情意。"问："怎么当了官？"他说："上帝很看重忠孝节义。凡是为国捐躯的人，即便是地位卑贱的仆从奴隶，假如生前没有做过坏事，阴间里必给他一份差事；生前做过坏事的，也可以抵偿所犯的罪过，到人间去转世。奴才现在任博克达山神的部将，官衔相当于骁骑校。"问："到哪儿去？"回答说："昌吉。"问："去办什么事？"回答说："带有文书，我不能知道里面写着什么。"乌鲁木齐猛然醒过来，话音似乎还在耳旁。这时是乾隆戊子年六月。到了八月十六日就发生了昌吉变乱，大概是鬼不敢事先泄露这个消息。

昌吉筑城时，掘土至五尺馀，得红纻丝绣花女鞋一，制作精致，尚未全朽。余乌鲁木齐杂诗曰："筑城掘土土深深，邪许相呼万杵音①。怪事一声齐注目，半钩新月藓花侵。"咏此事也。入土至五尺馀，至近亦须数十年，何以不坏？额鲁特女子不缠足②，何以得作弓弯样，仅三寸许？此必有其故，今不得知矣。

【注释】

①邪许（yéhǔ）：拟声词。众多人齐用力时的呼喊声。

②额鲁特：清时西部蒙古各部的总称。明代称"瓦

剌",17世纪后期称"卫拉特",又称"厄拉特"、"厄鲁特"。

【译文】

昌吉修筑城墙时,挖土挖到五尺多深,挖出一只红绉丝的绣花女鞋,做得很精致,还没有完全朽烂。我在《乌鲁木齐杂诗》中写道:"筑城掘土土深深,邪许相呼万杵音。怪事一声齐注目,半钩新月藓花侵。"就是吟咏这件事情的。入土到了五尺多,时间离现在也要几十年,为什么没有烂坏?额鲁特女子不缠脚,这只鞋怎么做成弯弓的样子,还只有三寸光景?这里面必定有缘故,如今不得而知了。

乌鲁木齐深山中,牧马者恒见小人高尺许,男女老幼,一一皆备。遇红柳吐花时,辄折柳盘为小圈,着顶上,作队跃舞,音呦呦如度曲。或至行帐窃食,为人所掩,则跪而泣。縶之,则不食而死。纵之,初不敢遽行,行数尺辄回顾。或追叱之,仍跪泣。去人稍远,度不能追,始蓦涧越山去。然其巢穴栖止处,终不可得。此物非木魅,亦非山兽,盖僬侥之属①。不知其名,以形似小儿,而喜戴红柳,因呼曰红柳娃。邱县丞天锦,因巡视牧厂,曾得其一,腊以归②。细视其须眉毛发,与人无二。知《山海经》所谓靖人③,凿然有之。有极小必有极大,《列子》所谓龙伯之国④,亦必凿然有之。

【注释】

① 僬侥（jiāoyáo）：古代传说中的矮人。

② 腊：冬天（多在腊月）腌制后风干或熏干的肉。

③《山海经》：先秦神话传说的重要古籍。包括《山经》《海经》两部分，共十八卷。内容包罗万象，主要记述古代神话、地理、动物、植物、矿产、巫术、宗教、古史、医药、民俗、民族等。具有较高的文献价值。峥（jìng）人：古代传说中的一种矮人。

④《列子》：又名《冲虚经》（于前 450 至前 375 年所撰），是道家重要典籍。《汉书·艺文志》著录《列子》八卷，早佚。今本《列子》八卷，从思想内容和语言使用上看，可能是后人根据古代资料编著的。龙伯之国：古代传说中的大人国。

【译文】

乌鲁木齐的深山里，牧马人经常见到一种小矮人，高一尺左右，男女老幼全都有。遇到红柳开花时，就折下柳枝盘成小圈，戴在头上，列队跳跃舞蹈，发出"呦呦"的声音，就像按着曲谱歌唱。有时小矮人到行军的帐篷里偷食物，被人逮住，就跪下哭泣。捆住它，就绝食而死。放了它，起初不敢立刻就走，走了几尺，就回头看，要是追上去呵叱它，仍旧跪下哭泣。离开人稍远些，估计追不上了，才跳过山涧越过山峰逃走。但是它们的巢穴住处，始终找不到。这东西不是树木成精，也不是山中怪兽，大概是传说中矮人国的僬侥之类。不知道它们的名称到底是什么，因为形状像小孩儿而喜欢戴红柳，因此叫作"红柳娃"。县丞邱天锦因为巡视牧场，曾经捉到一个，做成标本带了回来。细看他的须眉毛发，同人没有两样。知道《山海经》里所说的诤人，确凿无疑是有的。有极小的必然有极大的，《列子》里所说的龙伯之国，也必然确凿无疑是有的了。

塞外有雪莲，生崇山积雪中，状如今之洋菊，名以莲耳。其生必双，雄者差大，雌者小。然不并生，亦不同根，相去必一两丈。见其一，再觅其一，无不得者。盖如兔丝、茯苓，一气所化，气相属也。凡望见此花，默往探之则获。如指以相告，则缩入雪中，杳无痕迹，即刭雪求之①，亦不获。草木有知，理不可解。土人曰："山神惜之。"其或然欤？此花生极寒之地，而性极热。盖二气有偏胜，无偏绝，积阴外凝，则纯阳内结。坎卦以一阳陷二阴之中，剥、复二卦，以一阳居五阴之上下，是其象也。然浸酒为补剂，多血热妄行。或用合媚药，其祸尤烈。盖天地之阴阳均调，万物乃生。人身之阴阳均调，百脉乃合。故《素问》曰②："亢则害，承乃制。"自丹溪立"阳常有馀，阴常不足"之说③，医家失其本旨，往往以苦寒伐生气。张介宾辈矫枉过直④，遂偏于补阳，而参蓍桂附，流弊亦至于杀人。是未知《易》道扶阳，而乾之上九，亦戒以"亢龙有悔"也。嗜欲日盛，羸弱者多，温补之剂易见小效，坚信者遂众。故余谓偏伐阳者，韩非刑名之学⑤；偏补阳者，商鞅富强之术⑥。初用皆有功，积重不返，其损伤根本，则一也。雪莲之功不补患，亦此理矣。

【注释】

①劚（zhú）：古同"斸"，挖。

②《素问》：《黄帝内经素问》，简称《素问》，是现存最早的中医理论著作。相传为黄帝所作，大约成书于春秋战国时期。原来九卷，后经唐王冰订补，改编为二十四卷，计八十一篇，定名为《黄帝内经素问》。所论内容十分丰富，以人与自然统一观、阴阳学说、五行说、脏腑经络学为主线，论述摄生、脏腑、经络、病因、病机、治则、药物以及养生防病等各方面的关系，集医理、医论、医方于一体，保存了《五色》《脉变》《上经》《下经》《太始天元册》等二十多种古代医籍，阐发了古代的哲学思想，强调了人体内外统一的整体观念，从而成为中医基本理论的渊源。

③丹溪：朱丹溪（1281—1358），字彦修，名震亨，元代著名医学家，人们尊称他为"丹溪翁"。朱丹溪倡导滋阴学说，创立丹溪学派，对祖国医学贡献卓著。

④张介宾（1563—1640）：字会卿，号景岳，别号通一子，明代医学家。著有《类经》三十二卷，将《内经》分门别类，详细阐释，多有发微。

⑤韩非（约前281—前233）：战国末期韩国人。师从荀子，是古代著名的哲学家、思想家、政论家和散文家，法家思想的集大成者，后世称"韩子"或"韩非子"。刑名之学：战国时以申不害为代表人物的学派，主张循名责实，慎赏明罚。韩非亦尚此学说。

⑥商鞅（？—前338年）：战国时期政治家、改革家、思想家，法家代表人物，卫国（今河南安阳黄梁庄镇一带）人，卫国国君的后裔，又称"卫鞅"、"公孙鞅"。后因在河西之战中立功获封于商十五邑，号为商君，故称之为"商鞅"。商鞅通过变法改革将秦国改造成富裕强大之国，史称"商鞅变法"。

【译文】

塞外有雪莲，生长在高山的积雪里，形状与现在的洋菊相似，以莲为名而已。必定成双成对生长，雄的稍微大些，雌的小些。但是雌雄二莲不是并在一起生长，也不是生长在同一根上，两者的距离总是要有一二丈远。见到其中一株，再寻找另一株，没有找不到的。大概就像兔丝、茯苓一样，都是同一种气化育出来的，所以二者气息相同。发现雪莲花，悄然不作声，前往采摘，必定能得。如果大呼小叫，用手指点告诉同伴，它就会缩进雪里，一点儿痕迹也不留下，就是挖开雪也找不到。草木有灵，这从情理上无法解释。当地人说："这是由于山神爱惜雪莲。"也许是这样吧？这种花生在极寒的地方，性却极热。阴阳二气有一方偏胜的情况，却没有偏到绝灭了一方的情况，阴气在外面凝聚，阳气就在内部集结。坎卦是一个阳爻夹在两个阴爻中间，剥和复二卦是一个阳爻居于五个阴爻的上方或下方，这就是雪莲的卦象。用雪莲泡酒作补药，服用后往往血热，生理机能紊乱。有人用雪莲做春药，害处尤为严重。天地间阴阳二气协调，万物才能正常生长。人身内部阴阳二气协调，各个系统才能正常运行。所以《素问》说："过分了就有害，持续发展就能控制。"自从朱震亨提出"阳常有馀，阴常不足"的说法，医生没有理解这句话的本来意思，往往用苦寒药杀伐生气。张介宾等人矫枉过正，于是又偏重于补阳驱阴，大量使用人参、蓍草、肉桂、附子等补药，这种做法的弊端简直等于杀人。这是不懂得《易经》学说，虽然主张扶阳，但也并非毫无限制，对乾卦中的上九一爻，就已作出"亢龙有悔"的告诫。世人的奢望和嗜欲日益强烈，体弱的居多，不少人被嗜欲拖垮身体，补药容易见到效果，所以坚信的人越来越多。因此，我认为偏重杀伐阳气，好似推行韩非的刑名之学；而偏重补益阳气，如同实行商鞅的富国之术。开始用的时候都可见到功效，但积重不返，必定会损伤根本，弊病是相同的。雪莲不能用来补亏损，也是这个道理。

唐太宗《三藏圣教序》[①]，称风灾鬼难之域，似即今辟展土鲁番地。其地沙碛中，独行之人，往往闻呼姓名，一应则随去不复返。又有风穴在南山，其大如井，风不时从中出。每出，则数十里外先闻波涛声，迟一二刻风乃至。所横径之路，阔不过三四里，可急行而避。避不及，则众车以巨绳连缀为一。尚鼓动颠簸，如大江浪涌之舟。或一车独遇，则人马辎重皆轻若片叶，飘然莫知所往矣。风皆自南而北，越数日自北而南，如呼吸之往返也。

余在乌鲁木齐，接辟展移文，云军校雷庭，于某日人马皆风吹过岭北，无有踪迹。又昌吉通判报，某日午刻，有一人自天而下，乃特纳格尔遣犯徐吉，为风吹至。俄特纳格尔县丞报，徐吉是日逃。计其时刻，自巳正至午，已飞腾二百馀里。此在彼不为怪，在他处则异闻矣。徐吉云，被吹时如醉如梦，身旋转如车轮，目不能开，耳如万鼓乱鸣，口鼻如有物拥蔽，气不得出，努力良久，始能一呼吸耳。

按，《庄子》称"大块噫气②，其名为风"。气无所不之，不应有穴。盖气所偶聚，因成斯异。犹火气偶聚于巴蜀，遂为火井，水脉偶聚于于阗，遂为河源云。

【注释】

①唐太宗《三藏圣教序》：唐太宗为表彰玄奘法师赴西域各国求取佛经、回国后翻译三藏要籍而写的序言。

②噫气：气壅塞而得通，吐气。

【译文】

唐太宗在《三藏圣教序》中说的风灾鬼难地区，好像就是如今辟展的吐鲁番。在吐鲁番沙漠中独自行走的人，往往听见叫自己的名字，一回答就随着叫声而去，不再回来了。又有风穴在天山，像井那么大，风不时从里面刮出来。每次风刮出来，在数十里之外的地方，先听到波涛声，过了一两刻钟风才来到。风所经过的地域直径不过三四里宽，人可以赶紧跑着躲避。躲避不及，就把许多车用粗绳连结在一起。即使这样也被风刮得上下颠簸，好像在大江浪涛上的船。如果只有一辆车遇到了风，那么连车马带人和货物，都会被风卷起来，轻得像树叶一样，飘飘然不知给刮到哪儿去了。这种风都是从南往北刮，过了几天又从北往南刮，好像呼吸的吐气吸气。

我在乌鲁木齐时，接到辟展转来的公文，说军校雷庭在某日，连人带马都被风刮过岭北，没有踪迹。又，昌吉的通判报告，某天午时，有一个人从天上掉下来，是特纳格尔遣送的犯人徐吉，被风刮来了。不久，特纳格尔的县丞报告，徐吉于当天逃走。一算时间，则从九点到十二点，他已经飞了二百多里地。这事在这个地方不奇怪，如果在别的地方可就成了异闻了。徐吉说，被风刮着时如醉如梦，身子像车轮子一样旋转不停，眼睛睁不开，耳边好像有万鼓乱鸣，嘴和鼻子好像被什么堵住了，喘不过气来，使了好半天的劲儿，才能喘过一口气来。

按，《庄子》中说"天地呼气，它的名字叫风"。气无所不到，不应该有孔穴。大概是气偶然聚在一起，因此产生了这种反常现象。就像火气偶然聚在巴蜀，就生成火井，水脉偶然聚在于阗，就成为黄河的源头一样。

　　乌鲁木齐有道士卖药于市。或曰，是有妖术，人见其夜宿旅舍中，临睡必探佩囊，出一小壶卢①，倾出黑物二丸，即有二少女与同寝，晓乃不见。问之，则云无有。余忆《辍耕录》周月惜事②，曰："此乃所采生魂也，是法食马肉则破。"适中营有马死，遣吏密嘱旅舍主人，问适有马肉可食否。道士掉头曰："马肉岂可食？"余益疑，拟料理之。同事陈君题桥曰："道士携少女，公未亲见；不食马肉，公亦未亲见。周月惜事，出陶九成小说，未知真否；所云马肉破法，亦未知验否。公信传闻之词，据无稽之说，遽兴大狱，似非所宜。塞外不当留杂色人，饬所司驱之出境③，足矣。"余乃止。

　　后将军温公闻之曰："欲穷治者大过。倘畏刑妄供别情，事关重大，又无确据，作何行止？驱出境者太不及。倘转徙别地，或酿事端，云曾在乌鲁木齐久住，谁职其咎？形迹可疑人，关隘例当盘诘搜检，验有实证，则当付所司；验无实证，则具牒递回原籍，使勿惑民，不亦善乎？"余二人皆服公之论。

【注释】

①壶卢：即葫芦。

②周月惜事：元末明初陶宗仪的《辍耕录》上说，有一个道士专门收集穷苦人家死者的鬼魂，如周月惜等。派遣这些鬼魂到人家去作祟，然后前去禳解，

借此发财。《辍耕录》上还提到，持这种法术的，不能吃牛肉或狗肉。有一家熟食店伙计错将牛肉当马肉卖，结果道士买来吃了，劣迹顿时败露。纪昀误为马肉能破妖术。

③饬（chì）：命令。

【译文】

乌鲁木齐有个道士，在街市上卖药。有人说，这个道士有妖术，人们见到他夜宿旅舍时，临睡前总是从随身的包里掏出一个小葫芦，倒出两丸黑色的东西，随后就有两个少女陪他睡觉，天亮时就看不见了。问他少女在哪里，他则说没有。我想起《辍耕录》上记载的周月惜的故事，说："这就是道士采取了别人的生魂，这种妖术一吃马肉就破解了。"正好军营里死了马，就派小吏暗中嘱咐旅舍主人，叫他问问道士，说旅舍赶巧有马肉，吃不吃。道士扭头说："马肉怎么能吃呢？"我越发怀疑道士有鬼，打算审讯处理道士。同事陈题桥君对我说："道士暗中携带少女，不是你亲眼所见；他说不吃马肉，也不是你亲眼所见。周月惜的事情出自陶九成的小说，不知是真是假；所谓马肉破法术的说法，也不知是否灵验。你相信传闻之词，根据无凭无证的道听途说，就仓促立案，似乎不应该。塞外不该容留闲杂人等，命令有关部门把他驱逐出境，也就足够了。"于是我打消了处置道士的念头。

后来，将军温公听到这件事情，道："对于这个道士，如果审讯穷究，那就大错了。倘若他畏惧刑罚，胡供别人，事关重大，又无确证，将如何收场？如果驱逐出境，那就太保守了。倘若他到了别的地方，也许酿成事端，招供说曾在乌鲁木齐久住，谁来承担责任？按照关塞惯例，对于形迹可疑的人，应当盘问搜查，查有实证，交给主管部门处理；查无实证，就发公文遣返原籍，让他不能蛊惑民众，这样不是很好吗？"我们二人都很佩服温公的意见。

卷四

滦阳消夏录四

　　纪昀将家庭伦理道德作为评判是非曲直至关重要的标准。正因为如此，本卷中，一个堂堂朝廷大员，却着眼于家长里短，写了一堆鸡毛蒜皮、婆婆妈妈的故事，涉及了夫妻、父（母）子、婆媳、兄弟长幼等等。纪昀热烈称赞那些忠于丈夫的贞妇烈女，在推崇贞烈守节的同时，更多赞颂婚姻关系中的责任感。纪昀注重家庭伦理秩序，更多强调孝道的自然亲情，体现的是"孝"的原始朴素的人伦关系含义，即善事父母，宣扬在身处危难之时，哪怕只是动了尽孝之念也得以绝处逢生。作品极力赞扬对婆婆无条件服从的媳妇，婆婆的尊严甚至超过了天地鬼神。作品更多地赞扬了长辈的责任心，赞扬长辈亡灵对家庭的牵挂、对后代的关怀爱护。伦理评判毕竟是抽象的、观念的，个人的判断与抉择则是具体的、实际的，涉及个人内在修养与自我实现时，涉及人格尊严时，涉及社会利益家国利益时，固然首先应当考虑"该不该"；当涉及个人欲望、个人生存危机、生存需求时，就应当正视"能不能"的问题了。纪昀从人性的角度出发，研究家庭关系协调的各个方面，为全社会最基本的人际关系，为社会生活的温情化，为社会秩序的和谐化提供了最为合理的策划，作品的伦理评判显得更加符合世俗社会生活。

献县史某，佚其名，为人不拘小节，而落落有直气，视龌龊者蔑如也①。偶从博场归，见村民夫妇子母相抱泣。其邻人曰："为欠豪家债，鬻妇以偿。夫妇故相得，子又未离乳，当弃之去，故悲耳。"史问："所欠几何？"曰："三十金。""所鬻几何？"曰："五十金，与人为妾。"问："可赎乎？"曰："券甫成，金尚未付，何不可赎！"即出博场所得七十金授之，曰："三十金偿债，四十金持以谋生，勿再鬻也。"夫妇德史甚，烹鸡留饮。酒酣，夫抱儿出，以目示妇，意令荐枕以报。妇颔之，语稍狎。史正色曰："史某半世为盗，半世为捕役，杀人曾不眨眼。若危急中污人妇女，则实不能为。"饮啖讫，掉臂径去，不更一言。

半月后，所居村夜火。时秋获方毕，家家屋上屋下，柴草皆满，茅檐秫篱②，斯须四面皆烈焰。度不能出，与妻子暝坐待死。恍惚闻屋上遥呼曰："东岳有急牒，史某一家并除名。"割然有声③，后壁半圮。乃左挈妻，右抱子，一跃而出，若有翼之者。火熄后，计一村之中，燕死者九④。邻里皆合掌曰："昨尚窃笑汝痴，不意七十金乃赎三命。"余谓此事见佑于司命，捐金之功十之四，拒色之功十之六。

【注释】

①蔑如：微细，没有什么了不起。

②秫（shú）：高粱。

③劐（huò）然：哗啦的声音。劐，破裂的声音。

④爇（ruò）：烧。

【译文】

献县的史某，不知叫什么名字，他为人不拘小节，但是豁达正直，对卑鄙肮脏的事情不屑一顾。有一次他从赌场回来，看见一家村民夫妻孩子相抱着哭泣。村民的邻居说："因为他欠了富人的债，卖了妻子偿还。他们夫妻平时相处恩爱，孩子又没有断奶，就这么扔下走了，所以很伤心。"史某问："欠了多少债？"邻居说："三十两银子。"史某又问："卖了多少钱？"邻居说："五十两银子，卖给人做妾。"史某问："可以赎回么？"邻居说："卖身契刚写好，钱还未付，怎么不能赎？"史某当即拿出刚从赌场赢来的七十两银子交给村民，说："三十两还债，四十两用来过日子，不要再卖老婆了。"村民夫妇感激不尽，杀鸡留他喝酒。酒至三巡，村民抱了孩子出去，并向妻子使眼色，意思是让她陪史某睡觉作为报答。妻子点头，之后说的话就有点儿挑逗的味道了。史某严肃地说："史某当了半辈子强盗，半辈子捕吏，也曾经杀人不眨眼。要说乘人之危，奸污人家妇女，我史某实在不会这么做。"吃喝完毕，甩开胳膊掉头走了，没有再说一句话。

半月之后，史某的村子夜里失火。当时刚刚秋收完，家家屋前屋后都堆满了柴草，茅草的屋檐，高粱秆的篱笆，转眼间四面都是烈火。史某估摸出不了屋了，只有与妻子儿女闭上眼睛坐着等死。恍惚间听见屋上远远地呼喊："东岳神有火急文书到，史某一家除名免死。"接着一声轰响，后墙倒塌了一半。史某左手拉着妻子，右手抱着儿子，一跃而出，好像有人在身后推了他一把。火灭后统计，全村共烧死九人。邻里都合掌祝福他说："昨天还笑你傻，不想七十二两银子买了三条人命。"我认为史某得到司命神的保佑，其中赠金之功占十分之四，拒绝女色之功占了十分之六。

戈太仆仙舟言：乾隆戊辰①，河间西门外桥上，雷震一人死，端跪不仆；手擎一纸裹，雷火弗爇。验之皆砒霜，莫明其故。俄其妻闻信至，见之不哭，曰："早知有此，恨其晚矣！是尝诟誶老母②，昨忽萌恶念，欲市砒霜毒母死。吾泣谏一夜，不从也。"

【注释】

①乾隆戊辰：乾隆十三年（1748）。

②诟誶（suì）：辱骂。诟，辱骂。誶，斥责。

【译文】

太仆寺卿戈仙舟说：乾隆戊辰年，河间西门外桥上，雷电击死了一个人，这人死后还端端正正跪着不倒；手里还举着个纸包，没有被雷火烧着。查看纸包，包的是砒霜，没人知道是什么缘故。不一会儿他的妻子听到消息来了，见了死者并不哭，说："早知道有今天，只恨他死得晚了！他曾经辱骂老母，昨天忽然萌生恶念，要想买砒霜毒死母亲。我哭着劝谏了一夜，他也不肯听从。"

先太夫人外家曹氏，有媪能视鬼。外祖母归宁时，与论冥事。媪曰："昨于某家见一鬼，可谓痴绝。然情状可怜，亦使人心脾凄动。鬼名某，住某村，家亦小康，死时年二十七八。初死百日后，妇邀我相伴。见其恒坐院中丁香树下，或闻妇哭声，或闻儿啼声，或闻兄嫂与妇诟谇声，虽阳气逼烁，不能近，然必侧耳窗外窃听，凄惨之色可掬。后见媒妁至妇房，愕然惊起，张手左右顾。后闻议不成，稍有喜色。既而媒妁再至，来往兄嫂与妇处，则奔走随之，皇皇如有失。送聘之日，坐树下，目直视妇房，泪涔涔如雨①。自是妇每出入，辄随其后，眷恋之意更笃。嫁前一夕，妇整束奁具②，复徘徊檐外，或倚柱泣，或俯首如有思；稍闻房内嗽声，辄从隙私窥，营营者彻夜。吾太息曰：'痴鬼何必如是！'若弗闻也。娶者入，秉火前行。避立墙隅，仍翘首望妇。吾偕妇出，回顾，见其远远随至娶者家，为门尉所阻。稽颡哀乞，乃得入。入则匿墙隅，望妇行礼，凝立如醉状。妇入房，稍稍近窗，其状一如整束奁具时。至灭烛就寝，尚不去，为中霤神所驱③，乃狼狈出。时吾以妇嘱归视儿，亦随之返。见其直入妇室，凡妇所坐处眠处，一一视到。俄闻儿索母啼，趋出，环绕儿四周，以两手相搓，作无可奈何状。俄嫂出，挞儿一掌。便顿足拊心，遥作切齿状。吾视之不忍，乃径归，不知其后何如也。后吾私为妇述，妇啮齿自悔。里有少寡议嫁者，闻是事，以死自誓曰：'吾不忍使亡者作是状。'"

嗟乎！君子义不负人，不以生死有异也；小人无往不负人，亦不以生死有异也。常人之情，则人在而情在，人亡而情亡耳。苟一念死者之情状，未尝不戚然感也。儒者见诌渎之求福，妖妄之滋惑，遂断断持无鬼之论④，失先王神道设教之深心，徒使愚夫愚妇，悍然一无所顾忌。尚不如此里妪之言，为动人生死之感也。

【注释】

①涔涔（cén）：形容泪不断流下的样子。

②奁（lián）：女子梳妆用的镜匣。

③中霤（liù）神：古时传说中主管人们生活的五神之一，有的地方称之为"地基主"、"地灵公"。

④断断（yín）：争辩貌。

【译文】

先太夫人的娘家姓曹，曹家有个老妈子说她能看见鬼。外祖母回娘家时，和她说起阴府的事。老妈子说："前些天在某某家见到一个鬼，可真是痴到极点了。但是那情状可怜，也叫人内心凄然神伤。鬼名叫某某，住在某村，家道也算小康，死的时候有二十七八岁。刚死百天后，他妻子请我去做伴。我看见他常坐在院里丁香树下，有时听见妻子的哭声，有时听见儿子的哭声，有时听见兄嫂和妻子的吵骂声，虽然他因为阳气烘逼而不能靠近，但一定守在窗外侧耳细听，满脸露出凄楚的表情。后来看见媒人进了妻子的房间，他愕然惊起，张着两手东张西望。后来听说没有谈成，脸上稍稍有高兴的样子。过后媒人又来了，来往于兄嫂和妻子之间，他则奔走着跟随在后面，惶惶然若有所失。送聘礼那天，他坐在树下，眼睛直盯着妻子的房门，泪落如雨。此后每当妻子进进出出，他就跟随在后面，眷恋的情意更加浓烈。妻子再嫁的前一晚，妻子在屋子里收拾嫁妆，他又在院子里徘徊，有时倚着柱子哭泣，有时低着头若有所思；听到屋里有一点儿咳嗽声，他就从窗缝往里看，就这么折腾了一夜。我长叹道：'痴鬼何必这样！'他好像没有听见。第二天，男方进来迎娶，拿着烛火往前走。他躲在墙角站着，仍然翘首望着妻子。我陪同他妻子出来，回过头去，看见他远远地随着来到男方家，被门神挡住了。他叩头哀求，才能跟着进来。进了男方家就躲在墙角，看着妻子举行婚礼，呆呆站着像是喝醉了酒。妻子进了洞房，他稍稍靠近窗户，那情状和头天晚上妻子在屋里收拾妆具时一样。一直到洞房里吹灯就寝，他还不离开，结果被宅神驱赶，才狼狈地出来了。当时他妻子嘱托我回去看看孩子，他也随着我回来了。只见他直接进到妻子的屋里，凡是妻子坐过、睡过的地方，他都一一看过。随即听到孩子哭着找妈妈，他跑出去，在孩子的周围打转，两只手搓来搓去，一副无可奈何的样子。不一会儿，他嫂子出来，打了孩子一巴掌。他在远处跺着脚捣着胸，做出咬牙切齿的样子来。我看不下去，便回去了，不知后来怎样了。后来我偷偷地告诉他的妻子，她痛苦地咬着牙，后悔了。村里年轻的寡妇原本有商量着再嫁人的，听了这件事，赌咒发誓道：'我不忍心让死去的人做出这种样子。'"

呜呼！君子仗义不背负人，不会因为生死有什么区别；小人没有不辜负于人的，也不因为活着或死去而有所不同。一般人的情分，是人在情分也在，人死情分也就不存在了。但是一想起那个死者的情状，未尝不感到心酸。有些人轻慢圣贤的教诲却谄媚烦扰神灵求福，还制造了怪异荒诞的说法，儒者见到这种现象就振振有词地坚持无鬼论，忽视了上古贤明君王以神道设置道德教化的深切用心，这样做只会使愚夫愚妇们无所顾忌地我行我素。还不如这位老妈子说的事，能够触动人们对于活着和死去之后情景的感念。

农夫陈四，夏夜在团焦守瓜田。遥见老柳树下，隐隐有数人影，疑盗瓜者，假寐听之。中一人曰："不知陈四已睡未？"又一人曰："陈四不过数日，即来从我辈游，何畏之有？昨上直土神祠，见城隍牒矣。"又一人曰："君不知耶？陈四延寿矣。"众问："何故？"曰："某家失钱二千文，其婢鞭箠数百未承。婢之父亦愤曰：'生女如是，不如无。倘果盗，吾必缢杀之。'婢曰："是不承死，承亦死也。'呼天泣。陈四之母怜之，阴典衣得钱二千，捧还主人曰：'老妇昏愦，一时见利取此钱，意谓主人积钱多，未必遽算出。不料累此婢，心实惶愧。钱尚未用，谨冒死自首，免结来世冤。老妇亦无颜居此，请从此辞。'婢因得免。土神嘉其不辞自污以救人，达城隍，城隍达东岳。东岳检籍，此妇当老而丧子，冻饿死。以是功德，判陈四借来生之寿于今生，俾养其母。尔昨下直①，未知也。"陈四方窃愤母以盗钱见逐，至是乃释然。后九年母死，葬事毕，无疾而逝。

【注释】

①下直：在宫中当值结束，下班。

【译文】

农夫陈四，夏夜在草棚里守瓜田。远远望见柳树下，隐隐约约有几个人影，他疑心是偷瓜的，就假装睡觉听着。其中一个人说："不知陈四睡了没有？"另一个人说："用不了几天，陈四就和我们在一起了，怕他什么？昨天我去土神祠值班，看见城隍的公文了。"又一个人说："你不知道么？陈四延寿了。"大家问："怎么回事？"这人说："有人家丢了二千文钱，他家的婢女挨了几百鞭子也不承认是她偷的。婢女的父亲很生气，说：'生了这样的女儿，不如没有。如果是她偷的，非勒死她不可。'婢女说：'我承认也是死，不承认也是死。'呼天抢地大哭。陈四的母亲同情她，悄悄地把衣服当了两千文钱，捧着还给主人说：'我这个老婆子糊涂，一时见利忘义拿了这些钱，以为主人钱多，未必能马上发觉。不料牵连了这个婢女，心中实在惶恐。钱还没有花，我冒死自首，以免结下来生的冤恨。我也没脸住在这儿了，从此请求离开。'婢女因此得救。土神称赞她不惜坏了自己的名声而救人，将此事报告给城隍，城隍报告了东岳神。东岳神查阅名册，发现这个老妇本该晚年丧子，冻饿而死。因为有这个功德，判决借陈四来生的寿命，让他在今生赡养母亲。你昨天值完班走了，不知道这个变化。"陈四本来正因为母亲偷钱被赶走心里愤恨不已，听到这番议论才明白是怎么回事。后来过了九年，母亲去世，料理完母亲的丧事结束后，陈四没得什么病，也去世了。

佃户张天锡，尝于野田见髑髅，戏溺其口中。髑髅忽跃起作声曰："人鬼异路，奈何欺我？且我一妇人，汝男子，乃无礼辱我，是尤不可。"渐跃渐高，直触其面。天锡惶骇奔归，鬼乃随至其家。夜辄在墙头檐际，责詈不已。天锡遂大发寒热，昏瞀不知人①。阖家拜祷，怒似少解。或叩其生前姓氏里居，鬼具自道。众叩首曰："然则当是高祖母，何为祸于子孙？"鬼似凄咽，曰："此故我家耶？几时迁此？汝辈皆我何人？"众陈始末。鬼不胜太息曰："我本无意来此，众鬼欲借此求食，怂恿我来耳。渠有数辈在病者房，数辈在门外。可具浆水一瓢，待我善遣之。大凡鬼恒苦饥，若无故作灾，又恐神责。故遇事辄生衅，求祭赛。尔等后见此等，宜谨避，勿中其机械。"众如所教。鬼曰："已散去矣。我口中秽气不可忍，可至原处寻吾骨，洗而埋之。"遂呜咽数声而寂。

【注释】
①昏瞀（mào）：目眩，眼花。

【译文】

　　佃户张天锡，曾经在田野里看见一个骷髅头，就开玩笑往骷髅嘴里撒尿。骷髅头忽然跳起来发出声音说："人和鬼各走各的路，为什么欺侮我？况且我一个女人，你一个男人，这么无礼污辱我，这就更加不行。"骷髅越跳越高，一直碰到张天锡的脸面。张天锡惊惶地奔逃回来，鬼竟也跟随着到了他家。夜里就在墙头屋檐间责骂不已。张天锡于是大发寒热，神志昏乱，连人也认不出来。全家跪拜祷告，女鬼的怒气好像稍稍缓解一些。有人询问她生前的姓名、乡里、居处，鬼一一自己道来。众人叩头说："这样说起来，应当是高祖母了，为什么要祸害子孙呢？"鬼像是悲凉地呜咽着说："这里原是我的家吗？几时搬迁到这里？你们都是我的什么人？"众人讲了事情的始末。鬼忍不住叹息说："我本来无意来到这里，众鬼要想借这件事求食，怂恿我来的。他们有几个在病人的房里，有几个在门外。可以准备一瓢羹汤，等我好好地打发他们。大凡是鬼，经常苦于饥饿，如果是无缘无故地兴祸作灾，又恐怕神责备。所以遇到事情，就生出事端，要求祭祀酬谢。你们以后见到这种情况，要谨慎回避，不要中他们的圈套。"众人照她说的办了。鬼说："他们已经散去了。我嘴里的污秽之气实在难以忍耐，可以到原处寻找我的骨头，洗净之后埋掉。"说完呜咽了几声，就沉寂了。

　　又，佃户何大金，夜守麦田，有一老翁来共坐。大金念村中无是人，意是行路者偶憩。老翁求饮，以罐中水与之。因问大金姓氏，并问其祖父。恻然曰："汝勿怖，我即汝曾祖，不祸汝也。"细询家事，忽喜忽悲。临行，嘱大金曰："鬼自伺放焰口求食外，别无他事，惟子孙念念不能忘，愈久愈切。但苦幽明阻隔，不得音问。或偶闻子孙炽盛，辄跃然以喜者数日，群鬼皆来贺。偶闻子孙零替，亦悄然以悲者数日，群鬼皆来唁。较生人之望子孙，殆切十倍。今闻汝等尚温饱，吾又歌舞数日矣。"回顾再四，丁宁勉励而去。先姚安公曰："何大金蠢然一物，必不能伪造斯言。闻之，使之追远之心，油然而生。"

【译文】

又，佃户何大金，夜间看守麦田，有个老翁来和他坐在一起。何大金想村里没有这么个人，可能是过路的偶然来歇歇脚。老翁向他讨水喝，他就把水罐递给了老翁。老翁问何大金的姓氏，并且问到他的祖父。有些伤感地说："你不要害怕，我就是你的曾祖父，不会害你的。"他向何大金仔细询问了许多家事，忽而高兴，忽而悲伤。临别时，老翁嘱咐何大金说："鬼除了在祭祀时节等待供品求口饭吃外，没有别的事情，唯有对子孙念念不忘，年代越久思念越切。只是苦于幽明阻隔，不通音讯。有时偶尔听说自己的子孙兴旺发达，就会手舞足蹈，高兴好几天，群鬼都来祝贺。如果偶尔听闻到自己的子孙零替衰败，也会闷闷不乐，伤心好几天，群鬼都来安慰。比起活着的人对子孙的期望，大概还要殷切十倍。今天我得知你们生活温饱，就又可以歌舞高兴几天了。"老翁临走，还几次回过头来再三叮咛勉励，这才离去。先父姚安公说："何大金这么一个粗笨东西，肯定不能编出这么一番话来。听到这番话，使人敬祖追远的孝心油然而生。"

侍姬之母沈媪言：高川有丐者，与母妻居一破庙中。丐夏月拾麦斗馀，嘱妻磨面以供母。妻匿其好面，以粗面溲秽水，作饼与母食。是夕大雷雨，黑暗中妻忽嗷然一声。丐起视之，则有巨蛇自口入，啮其心死矣。丐曳而埋之。沈媪亲见蛇尾垂其胸臆间，长二尺馀云。

【译文】
我侍妾的母亲沈老太太说：高川县有个乞丐，和母亲、妻子住在一座破庙里。夏天乞丐拾了一斗多一点儿的麦子，叫妻子磨面给母亲吃。妻子藏起了好面，把粗面用馊了的脏水和了，做饼给母亲吃。这天晚上下大雷雨，黑暗中，妻子忽然"嗷"地叫了一声。乞丐起来一看，是一条大蛇从妻子的嘴进去，吃她的心，把她咬死了。乞丐把妻子拉出去掩埋了。沈老太太亲眼看见蛇的尾巴垂在乞丐妻子的胸部，有两尺多长。

先叔仪庵公，有质库在西城中①。一小楼为狐所据，夜恒闻其语声，然不为人害，久亦相安。一夜，楼上诟谇鞭笞声甚厉，群往听之。忽闻负痛疾呼曰："楼下诸公，皆当明理，世有妇挞夫者耶？"适中一人，方为妇挞，面上爪痕犹未愈。众哄然一笑曰："是固有之，不足为怪。"楼上群狐亦哄然一笑，其斗遂解。闻者无不绝倒。仪庵公曰："此狐以一笑霁威，犹可与为善。"

【注释】

①质库：亦称"质舍"、"解库"、"解典铺"、"解典库"等，中国古代押物放款收息的商铺，即后来典当的前身。

【译文】

先叔父仪庵公，有个当铺在西城。他有一座小楼被狐精占据，夜里经常听到它们说话的声音，但是不害人，时间久了也彼此相安。一天夜里，楼上传出很响的责骂声、鞭打声，大家都到楼下去听。忽然听到楼上忍痛高呼："楼下诸公都应当是明白事理的，世上有妻子打丈夫的么？"恰巧楼下人群中有一人刚刚被妻子打了，脸上的抓痕还没有好。众人哄然一笑说："当然有这种事了，不值得大惊小怪。"楼上的群狐也哄然一笑，争斗因此消解了。听到这件事的人都笑得前仰后合。仪庵公说："这个狐精用一笑冲淡怒气，还是可以好好相处的。"

田村徐四，农夫也。父殁，继母生一弟，极凶悖。家有田百馀亩，析产时，弟以赡母为词，取其十之八，曲从之。弟又择其膏腴者，亦曲从之。后弟所分荡尽，复从兄需索。乃举所分全付之，而自佃田以耕，意恬如也[①]。一夜自邻村醉归，道经枣林，遇群鬼抛掷泥土，栗不敢行。群鬼啾啾，渐逼近，比及觌面[②]，皆悚然辟易，曰："乃是让产徐四兄。"倏化黑烟四散。

【注释】

①恬如：安然，泰然。

②觌（dí）面：见面，当面。觌，面对面。

【译文】

田村的徐四，是个农夫。父亲死后，继母生的那个弟弟，极为凶横不讲道理。家里共有一百多亩田地，分家时，弟弟以供养母亲为由，分去了十分之八，徐四委曲求全，没有争执。弟弟又挑选肥沃的田地，徐四也依了他。后来，弟弟把分得的田产荡卖干净，又向徐四要田。徐四就把自己分得的田地全部给了弟弟，自己租田耕种，看上去泰然平静。一天夜里，他从邻村喝醉了酒回家，途中经过一片枣树林时，遇到一群鬼朝他抛掷泥土，吓得发抖不敢走了。群鬼"啾啾"地叫着，渐渐逼近了徐四，等看清徐四的面孔，都惊得倒退，说："原来是谦让田产的徐四兄。"群鬼忽然化作黑烟四下散开。

沈观察夫妇并故，幼子寄食亲戚家，贫窭无人状[①]。其妾嫁于史太常家，闻而心恻，时阴使婢媪，与以衣物。后太常知之，曰："此尚在人情天理中。"亦勿禁也。钱塘季沧洲因言：有孀妇病卧，不能自炊，哀呼邻媪代炊，亦不能时至。忽一少女排闼入，曰："吾新来邻家女也。闻姊困苦乏食，意恒不忍。今告于父母，愿为姊具食，且侍疾。"自是日来其家，凡三四月，孀妇病愈，将诣门谢其父母。女泫然曰[2]："不敢欺，我实狐也，与郎君在日最相昵。今感念旧情，又悯姊之苦节，是以托名而来耳。"置白金数铤于床，呜咽而去。二事颇相类。然则琵琶别抱[3]，掉首无情，非惟不及此妾，乃并不及此狐。

【注释】

①贫窭（jù）：贫穷，贫寒。

②泫然：流泪的样子。

③琵琶别抱：引白居易《琵琶行》诗意，指改嫁。

【译文】

沈观察夫妇一同去世后，幼子寄养在亲戚家，吃不饱穿不暖没个人样。沈观察的妾嫁到史太常家，听说了这事后，生出恻隐之心，常悄悄叫婢女、老妈子送些衣物去。后来太常知道了，说："这还在人情天理当中。"也不禁止她做这些。钱塘人季沧洲说：有个寡妇卧病不起，不能自己做饭，哀求邻居老太太给做点儿饭，但老太太也不能按时来。忽然有个少女推门进来，说："我是新搬来的邻居家女儿。听说姐姐艰难痛苦吃不上饭，心里常常不忍。今天我禀告过父母，愿意为姐姐做饭，并且侍奉你养病。"从此少女天天来，过了三四个月，寡妇的病渐渐好转，打算登门感谢少女的父母。少女流着泪说："我不敢骗你，其实我是狐狸精，你丈夫在的时候，我和他很相爱。如今我感念旧情，又同情姐姐辛苦守节，因此冒名而来。"然后在床上放了几块银子，呜咽着走了。这两件事很相似。改嫁之后便转脸无情的女人，不但不如这个妾，甚至连这个狐狸精也不如。

卷五

滦阳消夏录五

　　《阅微草堂笔记》在表达劝善惩恶这样的主题时，纪昀常常派定鬼神直接执行奖惩。本卷五分之四以上的篇目讲鬼神，特别是写了由鬼神对涉事人物施行褒奖或者惩治，从这个比例似乎可以判定，纪昀笃信鬼神。但是，不可小觑那两篇有关鬼神的讨论。一篇是专门讨论鬼与轮回的。纪昀写道，如果说鬼没有轮回，那么，自古及今，每天都有新鬼增加，鬼就多得大地上无法容纳；如果说有轮回，那么这个死了那个转生，世界上应当一个鬼都没有。思考到这里似乎进了一个盲端，纪昀只得祭出因果报应的法宝，圆了"有鬼"之说。另一篇是借人们对致妇人难产的语忘、敬遗两鬼的敬畏展开推理：天下到底有几个难产鬼？是一个地方有两个鬼还是一家各有两个鬼？天下的难产鬼都叫这两个名字？如果天下只有这两个鬼，他们怎么忙得过来？如果家家都有两个鬼候着，这两个鬼岂不是太清闲呢？还有，用符箓指挥、辖制这两个鬼的，是一将还是众将？不也同样存在忙和闲的问题么？纪昀的连续诘问很是严密，描述的文字也极其生动传神，遗憾的是，"无鬼"的结论呼之欲出，眼看就能立住脚了，纪昀却宕开去，说确实有很灵验的符箓。《阅微草堂笔记》全书，纪昀一直在"有鬼"和"无鬼"两种论点之间摇摆和纠结，这是他的思想局限，其实也是时代和社会的局限。

郑五，不知何许人也，携母妻流寓河间，以木工自给。病将死，嘱其妻曰："我本无立锥地，汝又拙于女红，度老母必以冻馁死。今与汝约，有能为我养母者，汝即嫁之，我死不恨也。"妻如所约，母借以存活。或奉事稍怠，则室中有声，如碎磁折竹。一岁，棉衣未成，母泣号寒。忽大声如钟鼓，殷动墙壁①。如是者七八年，母死后，乃寂。

【注释】

①殷动：震动。

【译文】

郑五，人们不知道他是哪里的人，带着母亲和妻子流落到河间住下来，靠做木工活度日。他得病临死前叮嘱妻子说："我穷得什么都没有，你又不大会做女工，老母说不定只能冻饿而死了。现在和你约定，哪个能为我赡养老母，你就嫁他，我死也没有遗憾了。"郑五死后，妻子照着约定嫁了人，老母得以活下来。有时候奉事老母稍微怠慢了一些，屋子里就会出现响动，就像是摔磁器、折竹竿的声音。有一年，棉衣还没有做好，老母哭着喊冷。忽然屋里响起了鸣钟击鼓那么大的声音，墙壁都震动了。就这样过了七八年，郑五的老母死后，才安静下来。

佃户曹自立，粗识字，不能多也。偶患寒疾，昏愦中为一役引去。途遇一役，审为误拘，互诟良久，俾送还。经过一处，以石为垣，周里许，其内浓烟坌涌①，紫焰赫然；门额六字，巨如斗，不能尽识，但记其点画而归。据所记偏旁推之，似是"负心背德之狱"也。

【注释】

①坌（bèn）涌：涌出，涌现。

【译文】

佃户曹自立，稍微认识几个字，多了就不行了。他偶然得了寒热病，昏昏沉沉中被一个衙役带走了。途中遇见另一个衙役，查验过后说是带错了人，两个衙役相互吵骂了好久，还是把他送了回来。经过一个地方，石头砌的墙，周长差不多有一里地，墙内浓烟翻涌，紫色的火焰熊熊燃烧着；门上刻着六个字，像斗那么大，他不能全部认下来，只是记住字的笔划回来了。根据他记住的偏旁猜测，似乎是"负心背德之狱"。

田白岩言：康熙中，江南有征漕之案，官吏伏法者数人。数年后，有一人降乩于其友人家，自言方在冥司讼某公。友人骇曰："某公循吏，且其总督两江，在此案前十馀年，何以无故讼之？"乩又书曰："此案非一日之故矣。方其初萌，褫一官①，窜流一二吏，即可消患于未萌。某公博忠厚之名，养痈不治，久而溃裂，吾辈遂遭其难②。吾辈病民蛊国，不能仇现在之执法者也。追原祸本，不某公之讼而谁讼欤？"书讫，乩遂不动。迄不知九幽之下③，定谳如何④。《金人铭》曰⑤："涓涓不壅⑥，将为江河；毫末不札⑦，将寻斧柯⑧。"古圣人所见远矣。此鬼所言，要不为无理也。

【注释】

①褫（chǐ）：革除。

②遘（gòu）：遇。

③九幽：极深暗的地方，地下。这里指阴间。

④谳（yàn）：审判定罪。

⑤《金人铭》：见《孔子家语·观周》："孔子观周，遂入太祖后稷之庙，庙堂右阶之前，有金人焉，三缄其口而铭其背。"

⑥壅（yōng）：堵塞。

⑦札：拔出，拔除。

⑧斧柯：斧子柄。这里指斧子。

【译文】

田白岩说：康熙年间，江南发生了征漕案，官吏有好几个人伏法被诛。几年之后其中一人的鬼魂降乩到他的朋友家，自己说正在地府里告某公。朋友惊道："某公是好官，况且他总督两江漕运时，是在这个案子发生前的十多年，为什么无缘无故告他？"鬼魂又在沙盘上写道："这个案子是冰冻三尺，非一日之寒。在刚刚有苗头时，如果革除一个官员，流放一两个小吏，就可以消除隐患。某公为了博取忠厚的名声，眼看着脓肿而不治，时间长了终于溃烂，我们都因触犯律法被杀。我们害了百姓害了国家，没有理由恨现在的执法者。追根溯源到灾祸的起由，不告他还能去告谁？"写到这里，乩也不动了。如今不知道在阴间是怎么结的案。《金人铭》说："涓涓之流不及时堵塞，终于成为江河；细小的树苗不拔去，将来就得找斧子来砍。"古时候圣人真是看得远呵。这个鬼魂说的，不能说没有道理。

爱堂先生尝饮酒夜归，马忽惊逸。草树翳荟^①，沟塍凹凸，几蹶者三四。俄有人自道左出，一手挽辔^②，一手掖之下，曰："老母昔蒙拯济，今救君断骨之厄也。"问其姓名，转瞬已失所在矣。先生自忆生平未有是事，不知鬼何以云然。佛经所谓无心布施，功德最大者欤？

【注释】

①翳（yì）荟：草木茂盛，形成障蔽。

②辔（pèi）：驾驭牲口的嚼子和缰绳。

【译文】

爱堂先生有一次喝了酒夜里回来，马忽然受惊狂奔起来。草木繁盛，沟坎高高低低的，几次差点儿摔下马去。忽然从路旁闪出个人来，一手拉住缰绳，一手将爱堂先生挽扶下马，说："我的老母当初多蒙先生救济，现在我来救先生免受断骨之难。"爱堂先生问他的姓名，可是转眼之间这人已经不见踪影了。先生回忆，一生中没有做过救济老妇人的事情，不知鬼为什么要这样讲。难道这就是佛经上所说的无心布施，是功德中最大的？

余督学闽中时，幕友钟忻湖言：其友昔在某公幕，因会勘宿古寺中。月色朦胧，见某公窗下有人影，徘徊良久，冉冉上钟楼去。心知为鬼魅，然素有胆，竟蹑往寻之。至则楼门锁闭，楼上似有二人语。其一曰："君何以空返？"其一曰："此地罕有官吏至，今幸两官共宿，将俟人静讼吾冤。顷窃听所言，非揣摩迎合之方，即消弭弥缝之术，是不足以办吾事，故废然返。"语毕，似有太息声。再听之，竟寂然矣。次日，阴告主人。果变色摇手，戒勿多事。迄不知其何冤也。

余谓此君友有嗛于主人，故造斯言，形容其巧于趋避，为鬼揶揄耳。若就此一事而论，鬼非目睹，语未耳闻，恍惚杳冥①，茫无实据，虽阎罗包老②，亦无可措手，顾乃责之于某公乎？

【注释】

① 杳冥：极高或极远以至于看不清楚。

② 包老：指宋朝清官包拯。后用以泛指耿直刚正无私的人。

【译文】

我提督福建学政时，师爷钟忻湖说：他的朋友过去在某公的幕府里，因为会同查勘住在古庙里。月色朦胧中，看见某公的窗下有个人影徘徊了很久，然后慢慢飘上了钟楼。他知道是鬼怪，但是一向胆大，还是暗暗跟踪而去。到了钟楼前，看到楼门已关闭上锁，听见楼上好像有两人在说话。其中一个说："你怎么白跑了一趟？"另一个说："这里很少有官吏来，今天幸而有两个官员一起住在这儿，本打算夜深人静以后申诉我的冤情。刚才偷听他们说话，不是揣摩迎合上司的方法，就是商量如何消除填补设法遮掩，这样的官儿办不了我的事，所以没去找他们。"说完，好像有叹息的声音。再听，竟没有声音了。第二天，这位朋友暗中告诉某公。某公果然变了脸色直摇手，告诫他不要多事。至今不知道到底是什么冤情。

我认为，这位朋友可能怀恨于他的主人，所以编造出这番话，形容某公巧于趋吉避祸，被鬼嘲弄。如果就这件事情而论，鬼不是亲眼目睹，话也没有亲耳听到，朦胧恍惚，茫茫然没有确实的证据，即使是阎罗王、包龙图，也没有办法着手处理，怎么能责备某公呢？

罗与贾比屋而居，罗富贾贫。罗欲并贾宅，而勒其值；以售他人，罗又阴挠之。久而益窘，不得已减值售罗。罗经营改造，土木一新。落成之日，盛筵祭神。纸钱甫燃，忽狂风卷起，着梁上，烈焰骤发，烟煤迸散如雨落。弹指间，寸椽不遗，并其旧庐爇焉。方火起时，众手交救，罗拊膺止之，曰："顷火光中，吾恍惚见贾之亡父。是其怨毒之所为，救无益也。吾悔无及矣。"急呼贾子至，以腴田二十亩书券赠之。自是改行从善，竟以寿考终。

罗某和贾某紧邻居住，罗某富而贾某贫。罗某要吞并贾某的房子，把价钱压得很低；贾某想卖给别人，罗某又暗中阻挠。时间长了，贾某更加贫穷，不得已减价卖给了罗某。罗某经营改造，整个房子焕然一新。完工那天，罗某摆下丰盛的筵席，祭祀鬼神。他刚点燃的纸钱，忽然被狂风卷到房梁上，结果烈焰骤起，烧得火星灰尘迸散像下雨一样。弹指之间，烧得一片灰烬，连他原来的旧房子也烧了。火刚起来时，大家一起扑火，罗某却捶着胸脯制止，说："刚才在火光中，我恍惚看见了贾某的亡父。这是他因为怨恨我才报复的，救也没有用。我后悔也来不及了。"罗某急忙找来贾某的儿子，说送给他二十亩良田，还写了契约送给他。从此罗某一心向善，最后得以长寿善终。

褚寺农家有妇姑同寝者，夜雨墙圮，泥土簌簌下。妇闻声急起，以背负墙，而疾呼姑醒。姑匍匐堕炕下，妇竟压焉，其尸正当姑卧处。是真孝妇，以微贱无人闻于官，久而并佚其姓氏矣。相传妇死之后，姑哭之恸。一日，邻人告其姑曰："夜梦汝妇冠帔来曰①：'传语我姑，无哭我。我以代死之故，今已为神矣。'"乡之父老皆曰："吾夜所梦亦如是。"

或曰："妇果为神，何不示梦于其姑？此乡邻欲缓其恸，造是言也。"余谓忠孝节义，殁必为神。天道昭昭，历有证验。此事可以信其有。即曰一人造言，众人附和，"天视自我民视，天听自我民听"。人心以为神，天亦必以为神矣，何必又疑其妄焉。

【注释】

①冠帔（pèi）：古代有身份的妇女之服饰。冠，帽子。帔，披肩。

【译文】

褚寺的农家，有一个媳妇和她的婆婆在一条炕上睡觉，夜里下雨，墙壁倒塌，泥土簌落簌落往下掉。媳妇听见声音急忙起来，用背顶着墙壁拼命叫醒婆婆。她婆婆爬着掉到了炕下，媳妇却被墙压死，尸体正巧在婆婆躺卧的地方。这是个真正的孝妇，可是因为她的身份低贱而没有人报告给官府，时间一长，就连她的姓名也忘记了。相传在她死了之后，她的婆婆哭得很伤心。有一天，邻居告诉她婆婆说："夜里做梦见到你的儿媳妇戴冠披帔而来，说：'请转告我的婆婆，不要哭我。我因为替我婆婆死，如今已经被封为神灵了。'"乡里的父老们也都说："我夜里也做了这样的梦。"

有人说："这个媳妇如果真的成了神，她为什么不托梦给她的婆婆呢？这是乡亲们为了安慰老人家，就编造出这么一段话来。"我认为，忠孝节义的人，死后必定成神灵。天道光明公正，有很多事情都可以证实这一点。因此，可以相信真有这种事情。即使是由一个人编造出来的，大家都众声附和，也没有什么不可以，《书尚·泰誓》中说"天所见就是民所见，天所听就是民所听"。人们都认为这个媳妇是神灵，那么上天也必定认为她是神灵，又有什么必要去怀疑这个传言是不是真实的呢？

表叔王碧伯妻丧，术者言某日子刻回煞，全家皆避出。有盗伪为煞神，逾垣入，方开箧攫簪珥，适一盗又伪为煞神来，鬼声呜呜渐近。前盗惶遽避出，相遇于庭，彼此以为真煞神，皆悸而失魂，对仆于地。黎明，家人哭入，突见之，大骇，谛视乃知为盗。以姜汤灌苏，即以鬼装缚送官。沿路聚观，莫不绝倒。据此一事，回煞之说当妄矣。然回煞形迹，余实屡目睹之。鬼神茫昧，究不知其如何也。

【译文】

表叔王碧伯的妻子去世了，术士说某一天的子刻死者的灵魂要回来，到了那天，全家都躲了出去。有一个小偷伪装成煞神，翻墙进了家，正打开箱子偷簪环首饰，恰巧另一个小偷又伪装成煞神而来，鬼声呜呜，渐渐逼近。先来的小偷慌慌张张地想要躲出去，在庭院里相遇，彼此都以为对方是真煞神，都吓掉了魂，面对面倒在地上。黎明时，家里人哭着回来，突然看见地上躺着两个人，吓了一大跳；仔细一看，才知道是小偷。用姜汤把他们灌醒，就让他们穿着煞神的装束把他们捆绑送官。一路上百姓围观，都笑弯了腰。根据这一件事情，回煞的说法应当是虚妄的了。但是回煞的形迹，我确实是多次亲眼看到过。鬼神之事渺渺茫茫，实在不知道到底怎么样。

　　佃户曹二妇悍甚，动辄诃詈风雨，诟谇鬼神。乡邻里间，一语不合，即揎袖露臂^①，携二捣衣杵，奋呼跳掷如虓虎^②。一日，乘阴雨出窃麦，忽风雷大作，巨雹如鹅卵，已中伤仆地。忽风卷一五斗栲栳堕其前^③，顶之得不死。岂天亦畏其横欤？或曰："是虽暴戾，而善事其姑。每与人斗，姑叱之，辄弭伏；姑批其颊，亦跪而受。然则遇难不死，有由矣。"孔子曰："夫孝，天之经也，地之义也。"岂不然乎！

【注释】

①揎（xuān）：捋起袖子露出胳膊。

②虓（xiāo）虎：怒吼的虎。虓，虎吼。

③栲栳（kǎolǎo）：也叫"笆斗"，用柳条编成，形状像斗的容器。

【译文】

　　佃户曹二的妻子非常凶蛮泼辣，动不动就厉声指天画地，责骂鬼神。邻里乡亲之间，一句话说不来，就卷起袖子露出手臂，拿着两根捣衣棒，呼叫跳跃，像咆哮的老虎。有一天，她乘着阴雨天出去偷麦子，忽然风雷大作，冰雹大得像鹅蛋，她已经被砸伤扑倒在地上。忽然间大风卷起一个可以盛五斗粮的笆斗掉落在她的面前，她就顶着笆斗才没有被冰雹砸死。难道老天也怕她的蛮横吗？有人说：

"她虽然凶暴不讲理，但对她婆婆很好。每次和别人争斗时，婆婆呵叱她，她马上就老实了；婆婆打她耳光，她也跪下挨着。这么说来，她遇难不死，是有原因的。"孔子说："孝道，是天经地义的事。"难道不是这样吗！

　　献县城东双塔村，有两老僧共一庵。一夕，有两老道士叩门借宿。僧初不允。道士曰："释道虽两教，出家则一。师何所见之不广？"僧乃留之。次日至晚，门不启，呼亦不应。邻人越墙入视，则四人皆不见。而僧房一物不失，道士行囊中藏数十金，亦具在。皆大骇，以闻于官。邑令粟公千钟来验，一牧童言村南十馀里外枯井中似有死人。驰往视之，则四尸重叠在焉，然皆无伤。粟公曰："一物不失，则非盗；年皆衰老，则非奸；邂逅留宿，则非仇；身无寸伤，则非杀。四人何以同死？四尸何以并移？门扃不启①，何以能出？距井窎远②，何以能至？事出情理之外，吾能鞫人③，不能鞫鬼。人无可鞫，惟当以疑案结耳。"径申上官。上官亦无可驳诘，竟从所议。应山明公晟，健令也，尝曰："吾至献，即闻是案；思之数年，不能解。遇此等事，当以不解解之。一作聪明，则决裂百出矣。人言粟公愦愦，吾正服其愦愦也。"

【注释】

①扃（jiōng）：门闩。启：开。

②窵（diào）远：遥远。窵，远。

③鞫（jū）：审问。

【译文】

　　献县城东的双塔村，有两个老和尚共住在一个庙里。一天晚上，有两个老道敲门借宿。和尚起初不同意。道士说："释、道虽是两个教派，但同样都是出家人。师父的见解怎么这么狭隘呢？"和尚这才留他们住。第二天，一直到晚上庙门也没有开，叫也叫不应。邻居爬墙进去，四个人都不见了。和尚屋里的东西一样不缺，道士的行囊中藏着几十两银子，也都在。大家大惊，报了官。县令粟千钟公来查验，一个牧童说村南十多里外的枯井里好像有死人。粟公赶去一看，却是四具尸体重叠在井里，但尸体上都没有伤。粟公说："一件东西也没丢，不可能是盗杀；四人都已衰老，不可能是奸杀；碰巧相遇留宿，也不可能是仇杀；身上一点儿伤也没有，就不是残杀的。四个人为什么一块死呢？四具尸体怎么都在这儿？门插着没开，怎么能出来？离井这么远，怎么能到了这儿？这件事出乎情理之外，我能审理人，不能审理鬼。没有人可审，只有作为疑案结案了。"就这样报告了上司。上司也找不出什么来辩驳，最终批准了粟公的意见。应山人明晟公，是位很能干的县令，他曾经说："我到了献县，就听说了这个案子，思考了好几年还没有解开这个谜。遇到了这种事，只能不了了之。一旦自作聪明乱猜测，麻烦就大了。人们说粟公糊里糊涂，我还真佩服他的糊里糊涂。"

正乙真人，能作催生符，人家多有之。此非祷雨驱妖，何与真人事？殊不可解。或曰："道书载有二鬼：一曰语忘，一曰敬遗，能使人难产。知其名而书之纸，则去。符或制此二鬼欤？"夫四海内外，登产蓐者，殆恒河沙数，其天下只此语忘、敬遗二鬼耶？抑一处各有二鬼，一家各有二鬼，其名皆曰语忘、敬遗也？如天下止此二鬼，将周游奔走而为厉，鬼何其劳？如一处各有二鬼，一家各有二鬼，则生育之时少，不生育之时多，扰扰千百亿万，鬼无所事事，静待人生育而为厉，鬼又何其冗闲无用乎？或曰："难产之故多端，语忘、敬遗其一也。不能必其为语忘、敬遗，亦不能必其非语忘、敬遗，故召将试勘焉。"是亦一解矣。第以万一或然之事，而日日召将试勘，将至而有鬼，将驱之矣；将至而非鬼，将且空返，不渎神矣乎？即神不嫌渎，而一符一将，是炼无数之将，使待幽王之烽火[1]；上帝且以真人一符，增置一神。如诸符共一将，则此将虽千手千目，亦疲于奔命；上帝且以真人诸符，特设以无量化身之神，供捕风捉影之役矣。能乎不能？然赵鹿泉前辈有一符，传自明代，曰高行真人精炼刚气之所画也。试之，其验如响。鹿泉非妄语者，是则吾无以测之矣。

【注释】

[1]幽王之烽火：周幽王为了博得褒姒开心一笑，不惜

想尽一切办法，可是褒姒依旧终日不笑。周幽王让手下大臣用烽火报警。本来有敌入侵，才能举烽火报警，结果各路诸侯带着兵马全都到了，看到被戏弄的诸侯，褒姒大笑了起来。周幽王于是隔三差五数举烽火，各路诸侯不相信，再也不来了。事见《史记·周本纪》。

【译文】

正乙真人能制作催生符，许多人家里有这种符。这又不是求雨驱妖，不知道和道士有什么关系？这种事情实在不好解释。有人说："道书记载有两个鬼：一个叫语忘，一个叫敬遗，都能让人难产。知道了它们的名字而且写在纸上，它们就离开了。催生符也许就是制服这两个鬼的吧？"可是，要知道普天之下要生孩子的孕妇，几乎像恒河里的沙粒那么多，难以计算，天下却只有语忘、敬遗这两个鬼吗？也许是一处各有两个鬼，一家各有两个鬼，它们的名字都叫语忘、敬遗呢？如果天下只有这两个鬼，它们要到处游历奔走而兴灾作祸，那是何等的辛苦？如果一处各有两个鬼，一家各有两个鬼，那么生育的时候少，不生育的时候多，纷纷乱乱的千百亿万个鬼，无所事事，静静地等着人生育的时候兴灾作祸，鬼又是何等的闲散无用呢？有人说："难产的原因是多方面的，语忘、敬遗作祟是其中之一。难产了，不能肯定是因为语忘、敬遗，也不能肯定不是因为语忘、敬遗，所以要招来神将查证一下。"这也是一种解释。只是以万一有可能的事情，而天天召唤神将查证，神将来了查出来有鬼，神将驱赶它；神将来了查出来不是鬼作祟，神将就要徒劳往返，这不是亵渎神灵了吗？即使神不怪罪，而一道符招一员神将，这就要配备无数的神将，就像等待周幽王发出报警烽火似的等待召唤；上帝也要为真人的每一道符增设一员神将。如果所有的符，只有一员神将，那么这员神将即使有千手千眼，也要疲于奔命；上帝也要因为真人的这些符，特地设置无数化身的神，去应付捕风捉影的差事了。能不能这么做呢？但是赵鹿泉前辈有一道符，是从明代传下来的，他说是品行高洁的真人精炼刚气所画。试了一下，灵验得很。鹿泉不是随便乱说的人，这道符何以灵验，我就无从推测了。

　　奴子王廷佐，夜自沧州乘马归。至常家砖河，马忽辟易。黑暗中，见大树阻去路，素所未有也。勒马旁过，此树四面旋转，当其前。盘绕数刻，马渐疲，人亦渐迷。俄所识木工国姓、韩姓从东来，见廷佐痴立，怪之。廷佐指以告。时二人已醉，齐呼曰："佛殿少一梁，正觅大树。今幸而得此，不可失也。"各持斧锯奔赴之，树倏化旋风去。《阴符经》曰①："禽之制在气②。"木妖畏匠人，正如狐怪畏猎户。积威所劫，其气焰足以慑伏之，不必其力之相胜也。

【注释】

① 《阴符经》：即《黄帝阴符经》，相传为黄帝所作，多为后人假托。内容是道教修养之术，涉及养生要

旨、气功、食疗、精神调养、房中等方面。

②禽之制在气：道家修炼的重要口诀。主张修习者用意念守住呼吸，把呼吸调顺了，心自然就不会再散乱。禽，同"擒"，制伏。

【译文】

奴仆王廷佐在夜里骑马从沧州回来。走到常家砖河，马忽然躲躲闪闪着往后倒退。黑暗中看见一棵大树挡在面前，这条路上以前并没有大树。王廷佐勒马从旁边过，这棵树却四面旋转着，在他面前绕来绕去。这么转了几刻钟，马渐渐疲惫了，人也渐渐迷了路。过了一会儿，他认识的姓国、姓韩的两个木工从东面走来，他们看见王廷佐呆立着，觉得很奇怪。王廷佐指点着大树说了原委。这二人已经喝醉了，齐声叫道："佛殿少一根大梁，正在找大树。今天幸亏找到这一棵，不能失去了。"二人手持斧锯奔过去，树突然化为一阵旋风消失了。《阴符经》说："制伏邪恶在于气势。"木妖怕木匠，正如狐怪怕猎户。在积威的压迫之下，气势足以慑伏对方，而不必以力量胜过对方。

宁津苏子庚言：丁卯夏①，张氏姑妇同刈麦②。甫收拾成聚，有大旋风从西来，吹之四散。妇怒，以镰掷之，洒血数滴渍地上。方共检寻所失，妇倚树忽似昏醉，魂为人缚至一神祠。神怒叱曰："悍妇乃敢伤我吏，速受杖！"妇性素刚，抗声曰："贫家种麦数亩，资以活命。烈日中妇姑辛苦，刈甫毕，乃为怪风吹散。谓是邪祟，故以镰掷之，不虞伤大王之使者。且使者来往，自有官路，何以横经民田，败人麦？以此受杖，实所不甘。"神俯首曰："其词直，可遣去。"妇苏而旋风复至，仍卷其麦为一处。

说是事时，吴桥王仁趾曰："此不知为何神，不曲庇其私昵，谓之正直可矣；先听肤受之诉③，使妇几受刑，谓之聪明则未也。"景州戈荔田曰："妇诉其冤，神即能鉴，是亦聪明矣。倘诉者哀哀，听者愦愦，君更谓之何？"子庚曰："仁趾之责人无已时。荔田言是。"

【注释】

①丁卯：乾隆十二年（1747）。

②刈（yì）：割。

③肤受之诉：有关切身利益的话。

【译文】

宁津的苏子庚说：乾隆丁卯年夏天，张氏婆媳一起割麦。刚把麦子收拾到一起，有一股大旋风从西方刮来，把麦子卷得四处飘散。媳妇大怒，把镰刀扔了过去，只见风过处洒了几滴血沾染在地上。婆媳二人正在一起往回捡被刮散的麦子，媳妇忽然昏昏沉沉靠在树上像酒醉一样，觉得自己的魂被人绑到了一个神祠里。神灵怒喝道："泼妇，竟敢伤害我的小吏，赶紧等着挨打！"媳妇向来性格刚强，大声抗议道："穷人家种几亩麦，是用来活命的。烈日之下婆媳辛苦割麦，刚刚收拾好，就被怪风吹散。我以为是作祟害人的鬼怪，就用镰刀掷它，没有想到是伤了大王的使者。但是使者来往，自有官路可走，为什么横着经过民田，糟踏人家的麦子？如果我是为了这个挨打，实在心有不甘。"神灵低着头说："她的言词正直，让她走吧。"媳妇苏醒了，旋风又刮过来，仍旧把麦子卷到了一起。

　　说这件事时，吴桥的王仁趾说："这不知道是个什么神，不曲意庇护自己的人，可以说是正直的了；先听了手下受伤的人诉说，差一点儿让媳妇受刑，说他聪明就未必了。"景州的戈荔田说："媳妇诉说了她的冤情，神灵就能够审察，这也算是聪明了。倘若诉说的人一味哀求，听的人昏聩糊涂，您还能说他什么呢？"苏子庚说："仁趾责备别人没个完。荔田的话是对的。"

卷六

滦阳消夏录六

　　"因果报应"如同主旋律，一直回响在《阅微草堂笔记》全书，到了本卷，更是反复激越回旋。本卷 51 则笔记，20 则直接沿用"因果报应"的框架讲故事说道理。"因果报应"的观念渗透于《阅微草堂笔记》的每个篇章，这并不是纪昀独有的思想特征，事实上自从这个观念形成之日起，就有道德导向作用，它决定了信仰者的人生价值取向。佛教宣扬善有善报、恶有恶报，从而唤醒人们对自身命运的终极关怀，使人乐于从善而畏惧从恶。"果报论"又强调自己作孽，自身受报，从而有助于信徒确立去恶从善的道德选择，并成为自觉实践道德规范的强大驱动力量、支配力量和约束力量。纪昀并不是佛教徒，在这些故事里，纪昀采用佛教的说法，不过是以生动形象的例证更加直观地贯彻他的道德观，使人更加关注生死的安顿，关切来世的命运，增强道德自律心理。

吴惠叔言：其乡有巨室，惟一子，婴疾甚剧。叶天士诊之，曰："脉现鬼证，非药石所能疗也。"乃请上方山道士建醮。至半夜，阴风飒然，坛上烛火俱黯碧。道士横剑瞑目，若有所睹，既而拂衣竟出。曰："妖魅为厉，吾法能祛。至夙世冤愆，虽有解释之法，其肯否解释，仍在本人。若伦纪所关，事干天律，虽绿章拜奏①，亦不能上达神霄。此祟乃汝父遗一幼弟，汝兄遗二孤侄，汝蚕食鲸吞，几无馀沥。又茕茕孩稚，视若路人。至饥饱寒温，无可告语；疾痛疴痒，任其呼号。汝父茹痛九原，诉于地府。冥官给牒，俾取汝子以偿冤。吾虽有术，只能为人驱鬼，不能为子驱父也。"果其子不久即逝。后终无子，竟以侄为嗣。

【注释】

①绿章：又名"青词"，旧时道士祭天时所写的奏章表文，用朱笔写在青藤纸上，故名。

【译文】

吴惠叔说：他的乡里有个大户，只有一个儿子，病得很重。叶天士诊断之后说："从脉象看是鬼的症候，这不是吃药能治得了的。"于是就请上方山道士设坛祈祷。到了半夜，阴风飒飒，坛上的烛火都变成了暗绿色。道士横剑闭目，好像看见了什么，之后一摔衣服出来了。他说："妖魅作怪，我能祛除。至于几代的恩怨，虽然有解救的办法，但能否解救，还在于本人。如果关系到人伦纲纪，违犯了天条，即便是拜奏上绿章，也不能传达到天廷。这个鬼作祟的起因是，你的父亲撇下了你的一个幼弟，你的哥哥撇下了两个孤苦无依的侄子，你蚕食鲸吞他们的财产，几乎一点儿不剩。又把孤苦伶仃的孩子当成了路人。他们饥饱冷暖，都无处去说；疾病痛痒，你也任他们呼号不管。你的父亲在九泉之下非常心痛，告到阴曹地府。阴官下文，叫鬼吏捉你的儿子偿冤。我虽然有法力，但只能给人驱祛鬼神，而不能为儿子驱赶父亲。"不久，这个大户的儿子果然死了。他一辈子没有儿子，最终把侄子立为后嗣。

护持寺在河间东四十里。有农夫于某，家小康。一夕，于外出。劫盗数人从屋檐跃下，挥巨斧破扉，声丁丁然。家惟妇女弱小，伏枕战栗，听所为而已。忽所畜二牛，怒吼跃入，奋角与贼斗。梃刃交下，斗愈力。盗竟受伤，狼狈去。盖乾隆癸亥①，河间大饥，畜牛者不能刍秣②，多鬻于屠市。是二牛至屠者门，哀鸣伏地，不肯前。于见而心恻，解衣质钱赎之，忍冻而归。牛之效死固宜，惟盗在内室，牛在外厩，牛何以知有警？且牛非矫捷之物，外扉坚闭，何以能一跃逾墙？此必有使之者矣，非鬼神之为而谁为之？此乙丑冬在河间岁试③，刘东堂为余言。东堂即护持寺人，云亲见二牛，各身被数刃也。

【注释】

①乾隆癸亥：乾隆八年（1743）。

②刍秣（chúmò）：指用草料喂牲口。

③乙丑：乾隆十年（1745）。

【译文】

护持寺在河间城东四十里。附近有位姓于的农民，家境小康。一天晚上，于某出门未归。几个劫舍的强盗从屋檐上跳下来，挥动大斧砍门，砍得叮当乱响。家中只有妇女小孩，只能伏在枕上发抖，听任强盗砍门，没有办法。忽然，家里养的两头耕牛，怒吼着跳进院子里，奋然用双角与强盗搏斗起来。强盗用棍棒打、举着刀砍，牛斗得更勇猛。强盗最终受了伤，狼狈逃走。原来，乾隆癸亥年，河间发生大饥荒，人们养不起牛，大多把牛卖给了屠市。这两头牛当初也被人卖给屠户，两头牛被赶到屠户门前时，伏在地上哀叫，不肯再向前走。于某看到后，动了恻隐之心，当即脱下身上的衣服当了，把两头牛赎出，自己受着冻牵回家来。牛为于家效死是应该的，只是强盗在内院，牛在外厩，怎么就知道内院有了强盗？而且牛并不是灵巧敏捷的动物，外面的门关得紧紧的，怎么能一下子就跳过墙来？这必定有灵通驱使，不是鬼神又是谁呢？这件事情，是乾隆乙丑年冬天，我在河间主持岁考时，刘东堂对我讲的。刘东堂就是护持寺那个地方的人，他说亲眼看到了两头牛，身上都挨了好几刀。

里人张某，深险诡谲，虽至亲骨肉，不能得其一实语。而口舌巧捷，多为所欺。人号曰秃项马。马秃项为无鬃，鬃、踪同音，言其恍惚闪烁，无踪可觅也。一日，与其父夜行迷路，隔陇见数人团坐，呼问当何向。数人皆应曰"向北"，因陷深淖中。又遥呼问之。皆应曰"转东"，乃几至灭顶。蹩躠泥涂①，困不能出，闻数人拊掌笑曰："秃项马，尔今知妄语之误人否？"近在耳畔，而不睹其形。方知为鬼所绐也②。

【注释】

①蹩躠（biéxiè）：跛行貌。

②绐（dài）：欺诳，欺骗。

【译文】

里中有个张某，阴险诡诈，即便是至亲骨肉，也得不到他的一句真话。他伶牙俐齿，许多人都被他骗过。人们给他起外号叫"秃项马"。马秃项就是没有鬃毛，"鬃"和"踪"同音，是说他恍恍惚惚闪闪烁烁，无踪迹可寻。有一天，他和父亲走夜路迷了路，隔着田垄望见几个人围坐着，就呼喊着问往哪儿走。那几个人都说"向北"，结果张某陷在泥沼中。他又远远地呼问往哪儿走。那些人又都回答说"向东"，张某往东去，结果差点儿淹死。他困在泥淖中，跌跌爬爬走不出来，听见那几个人拍着手笑道："秃项马，你今天知道胡说八道害人了吧？"声音近在耳边，却不见人影。他这才知道是被鬼耍了。

　　余八九岁时，在从舅实斋安公家，闻苏丈东皋言：交河某令，蚀官帑数千①，使其奴赍还。奴半途以黄河覆舟报，而阴遣其重台携归②。重台又窃以北上，行至兖州，为盗所劫杀。从舅咋舌曰："可畏哉！此非人之所为，而鬼神之所为也。夫鬼神岂必白昼现形，左悬业镜，右持冥籍，指挥众生，轮回六道③，而后见善恶之报哉？此足当森罗铁榜矣④。"苏丈曰："令不窃赍，何至为奴干没⑤？奴不干没，何至为重台效尤？重台不效尤，何至为盗屠掠？此仍人之所为，非鬼神之所为也。如公所言，是令当受报，故遣奴窃赍；奴当受报，故遣重台效尤；重台当受报，故遣盗屠掠。鬼神既遣之报，人又从而报之，不已颠乎？"从舅曰："此公无碍之辩才⑥，非正理也。然存公之说，亦足于相随波靡之中，劝人以自立。"

【注释】

①官帑（tǎng）：古代指收藏钱财的府库，国库。

②重台：奴婢的奴婢。

③轮回六道：传说中，六道（又名"六趣"、"六凡"或"六道轮回"）是众生轮回之道途。六道可分为三善道和三恶道。三善道为天、人、阿修罗；三恶道为畜生、饿鬼、地狱。

④铁榜：铁制的榜牌。用于刻记姓名或文告。

⑤干没：侵吞别人财物。

⑥无碍之辩才：本是佛教用语，指菩萨为人说法，义理通达，言辞流利，后泛指口才好，言辞流畅，能言善辩。出自《华严经》："若能知法永不灭，则得辩才无障碍；若能辩才无障碍，则能开演无边法。"

【译文】

我八九岁时，在堂舅安实斋公家，听苏东皋老丈说：交河某位县令，贪污了官库的几千钱，让自己的家奴送回家去。家奴走到半路，谎报说在黄河翻了船，钱沉落河中；暗地里却派自己的手下送回自己家中。家奴的手下又仿效家奴所为，带着钱偷偷北上，走到兖州时，被盗贼劫杀。堂舅听后，惊得伸出舌头说："可怕呀！这些事不是人做的，是鬼神做的。鬼神做事，不一定就是白天现形，左面悬着地府的业镜，右面拿着阴间的档案，指挥着众生在六道轮回中，不仅仅是做这些才体现善恶报应吧？交河县令这一连串事情就等于是森罗殿上铁制的榜牌，足够警示人们了。"苏老丈说："如果县令不贪污官库资金，何至于被家奴吞没？家奴不吞没，何至于被手下效仿窃取？家奴的手下不窃取，又何至于被盗贼劫杀？这些事终究还是人做出来的，并不是鬼神做的。如果照你说的，这是鬼神安排的报应，那么就是县令应该受报，所以鬼神安排了家奴吞没；家奴应该受报，所以鬼神安排了手下窃取；手下应该受报，所以鬼神安排了盗贼劫杀。鬼神既然安排人去实施报应，又要派人去报复实施的人，这岂不是疯了吗？"从舅说："这位老先生辩才很高，但不是正理。不过，记住他讲的故事，也足以在随波起伏、顺风而倒的风气之中，用来劝人自立。"

先祖宠予公，原配陈太夫人，早卒。继配张太夫人，于归日①，独坐室中，见少妇揭帘入，径坐床畔。着玄帔黄衫，淡绿裙，举止有大家风。新妇不便通寒温，意谓是群从娣姒或姑姊妹耳②。其人絮絮言家务得失、婢媪善恶，皆委曲周至。久之，仆妇捧茶入，乃径出。后阅数日，怪家中无是人，细诘其衣饰，即陈太夫人敛时服也。死生相妒，见于载籍者多矣。陈太夫人已掩黄垆③，犹虑新人未谙料理，现身指示，无间幽明，此何等居心乎！今子孙登科第、历仕宦者，皆陈太夫人所出也。

【注释】

①于归：女子出嫁。语出《诗经·国风·桃夭》："之子于归，宜其室家。"

②娣（dì）姒（sì）：妯娌。兄妻为姒，弟妻为娣。

③黄垆（lú）：亦作"黄垆"、"黄庐"、"黄炉"，坟墓。

【译文】

先祖父宠予公，原配夫人是陈太夫人，很早就去世了。继室张太夫人，过门那天，独自坐在屋里，只见一位年轻妇人掀开帘子进来，径直坐在床边上。她身披深褐色披肩，穿着黄衫，淡绿色的裙子，言行举止很有大家闺秀风度。新娘不便于随便攀谈，以为她是叔伯妯娌，或是夫家的姐妹。来人不厌其烦地细谈家务的得失，婢女老妈子的好坏都讲得极为详细周到。谈了许久，仆妇捧着茶送来，年轻妇人才径直走出。后来过了几天，张太夫人奇怪家里没有这个人，细说她的衣着打扮，才知道就是陈太夫人入殓时的服装。活人和死人相互妒忌，这在书中有许多记载。陈太夫人已在黄泉之下，还担心新娘不懂料理家务，而现身出来指点，不顾阳间和阴间的阻隔，这是怎样的良苦用心！现在子孙中考取科第、历任官职的，都是陈太夫人所生的这一脉。

先四叔父栗甫公，一日往河城探友。见一骑飞驰向东北，突挂柳枝而堕。众趋视之，气绝矣。食顷，一妇号泣来，曰："姑病无药饵，步行一昼夜，向母家借得衣饰数事，不料为骑马贼所夺。"众引视堕马者，时已复苏。妇呼曰："正是人也。"其袱掷于道旁，问袱中衣饰之数，堕马者不能答；妇所言，启视一一合。堕马者乃伏罪。众以白昼劫夺，罪当缳首①，将执送官。堕马者叩首乞命，愿以怀中数十金，予妇自赎。妇以姑病危急，亦不愿涉讼庭，乃取其金而纵之去。叔父曰："果报之速，无速于此事者矣。每一念及，觉在在处处有鬼神。"

【注释】
①缳（huán）首：绞杀，用绳勒死。
【译文】
过世的四叔栗甫公，有一天到河城去看朋友。途中见一人骑马向东北飞奔，突然被柳枝挂下马来。众人跑过去看，已经断气了。过了大约一顿饭时，一个女人号哭着过来，说："婆婆生病，没钱买药，我走了一天一夜，向娘家借了一点儿衣服首饰，打算换钱为婆母买药。不想被骑马贼抢走了。"众人带她去看坠马的人，这个人已经醒过来了。女人喊道："就是他。"包袱就扔在了路边，众人们问坠马的人包袱里衣物首饰的数目，坠马的人答不上来；女人说的跟包袱里的完全一致。坠马的人不得不认罪。大家认为大白天抢劫，罪该绞死，要把他捆起来送往官府。坠马的人磕着头请求饶命，表示愿把身上带的几十两银子送给女人用来赎罪。妇人因婆婆病情危急，也不愿到公堂打官司，收了银子放他走了。叔父说："因果报应的迅速，没有比这件事更快的了。每次一想到这件事，就觉得时时处处都有鬼神。"

齐舜庭，前所记剧盗齐大之族也。最剽悍，能以绳系刀柄，掷伤人于两三丈外。其党号之曰飞刀。其邻曰张七，舜庭故奴视之，强售其住屋广马厩，且使其党恐之曰："不速迁，祸立至矣。"张不得已，携妻女仓皇出，莫知所适，乃诣神祠祷曰："小人不幸为剧盗逼，穷迫无路。"敬植杖神前，视所向而往。杖仆向东北，乃迤逦行乞至天津①。以女嫁灶丁②，助之晒盐，粗能自给。三四载后，舜庭劫饷事发，官兵围捕，黑夜乘风雨脱免。念其党有在商舶者，将投之泛海去。昼伏夜行，窃瓜果

为粮，幸无觉者。一夕，饥渴交迫，遥望一灯荧
然。试叩门，一少妇凝视久之，忽呼曰："齐舜庭
在此！"盖追缉之牒，已急递至天津，立赏格募捕
矣。众丁闻声毕集。舜庭手无寸刃，乃弭首就擒③。
少妇即张七之女也。使不迫逐七至是，则舜庭已变
服，人无识者；地距海口仅数里，竟扬帆去矣。

【注释】

①迤逦：缓行貌。

②灶丁：煮盐工。

③弭（mǐ）首：俯首，降服。

【译文】

　　齐舜庭是前面所讲过的大盗贼齐大的同族。他最剽悍，用绳子系住刀把，在两三丈远之外就能投刀伤人。他的同伙称他为"飞刀"。他的邻居叫张七，齐舜庭一向把他当奴仆看待，强迫张七把住房卖给他扩宽马厩，还指使同伙威吓张七："不赶紧迁走，大祸马上临头。"张七迫不得已，带着妻子儿女仓皇地逃出家门，不知到哪里是好，来到神祠祷告："小人不幸，被强盗逼迫，走投无路了。"然后恭恭敬敬把一根木棍立在神灵面前，看木棍倒向何方就往何方走。结果木棍倒向东北方，于是张七带着一家人坎坎坷坷、沿途乞讨到了天津。在天津把女儿嫁给了一个盐丁，帮着晒盐，勉强能维持生计。三四年之后，齐舜庭打劫饷粮的事情败露了，官兵围捕他，在一个漆黑的夜晚，刮着风，又下着雨，他于是乘着风雨逃脱了。想到他的同伙有

在商船上的，他就去投奔他这个同伙，想渡海逃走。他白天躲藏起来晚上赶路，偷瓜果充饥，侥幸没被人发现。一天晚上，他又饥又渴，远远地看见有一点昏昏的灯光。他走过去试着敲了敲门，一个少妇久久地盯着他看，忽然大声呼喊："齐舜庭在这里！"大概追捕他的公文，已经急速送到了天津，悬赏捉拿他。盐丁们听到叫喊声马上聚集来，齐舜庭手无寸铁，只好束手就擒。这个叫喊的少妇就是张七的女儿。假如不是把张七逼迫到这里来，那么齐舜庭已变换了装束，根本无人认识他；这里离海口又只有几里路，他就会扬帆出海逃脱了。

王兰洲尝于舟次买一童①，年十三四，甚秀雅，亦粗知字义。云父殁，家中落，与母兄投亲不遇，附舟南还。行李典卖尽，故鬻身为道路费。与之语，羞涩如新妇，固已怪之。比就寝，竟弛服横陈。王本买供使令，无他念；然宛转相就，亦意不自持。已而童伏枕暗泣。问："汝不愿乎？"曰："不愿。"问："不愿何以先就我？"曰："吾父在时，所畜小奴数人，无不荐枕席。有初来愧拒者，辄加鞭笞曰：'思买汝何为？愦愦乃尔！'知奴事主人，分当如是，不如是则当筹楚。故不敢不自献也。"王蹶起推枕曰："可畏哉！"急呼舟人鼓楫，一夜追及其母兄，以童还之，且赠以五十金。意不自安，复于悯忠寺礼佛忏悔，梦伽蓝语曰②："汝作过改过在顷刻间，冥司尚未注籍，可无庸渎世尊也。"

【注释】

①舟次：行船途中，船上。

②伽蓝："僧伽蓝摩"的简称，译为"众园"，即僧众
　　所居住的园庭，亦即寺院的通称。这里指伽蓝神，
　　即保护伽蓝（寺庙）的神。

【译文】

　　王兰洲曾经在乘船途中买了一个小僮，年纪十三四岁，
很是俊秀文雅，也识几个字。小僮说，父亲去世了，家境
败落，同母亲、兄长投奔亲戚不遇，想搭船回到南边去。
因为行李当光卖完，所以卖了他换点儿路费。王兰洲跟他
讲话，他羞涩得像新媳妇，王兰洲本来已经感到奇怪了。
等到晚上睡觉的时候，小僮竟然脱光衣服躺着。王兰洲本
意是买来供使唤，没有别的念头；但是如今他温顺地主动
亲近，自己也就控制不住了。事后，小僮伏在枕头上暗暗
哭泣。王兰洲就问："你不愿意吗？"答："不愿意。"问：
"不愿意为什么先来亲近我？"答："我的父亲在世时，他
养的几个小奴仆，没有一个不在枕畔床上陪睡的。有刚来
羞愧拒绝的，就鞭打他，说：'想想买你做什么？糊涂到这
样！'由此知道奴仆服侍主人，本分应当这样，不这样就
要挨打。所以不敢不自己献身。"王兰洲急忙起身推开枕头
说："可怕啊！"连忙叫船夫摇着橹，赶了一夜，追上他的
母亲兄长，把小僮还给他们，并且赠送了五十两银子。王
兰洲心里还不能安宁，又在悯忠寺礼拜忏悔，回来梦见伽
蓝神对他说："你犯了过错在顷刻之间就改正了，阴司还没
有登记上簿册，可以不必亵渎佛祖了。"

　　辛卯春①，余自乌鲁木齐归。至巴里坤，老仆咸宁据鞍睡，大雾中与众相失。误循野马蹄迹，入乱山中，迷不得出，自分必死。偶见崖下伏尸，盖流人逃窜冻死者。背束布橐，有糇粮②。宁借以疗饥，因拜祝曰："我埋君骨，君有灵，其导我马行。"乃移尸岩窦中，运乱石坚室。惘惘然信马行，越十馀日，忽得路。出山，则哈密境矣。哈密游击徐君，在乌鲁木齐旧相识，因投其署以待余。余迟两日始至，相见如隔世。此不知鬼果有灵，导之以出；或神以一念之善，佑之使出；抑偶然侥幸而得出。徐君曰："吾宁归功于鬼神，为掩胔埋骼者劝也③。"

【注释】

①辛卯：乾隆三十六年（1771）。

②糇（hóu）粮：干粮。

③胔（zì）：带有腐肉的尸骨。也指整个尸体。

【译文】

　　乾隆辛卯年的春天，我从乌鲁木齐回来。到达巴里坤时，老仆人咸宁在大雾中伏在马鞍上睡着了，离开了大队人马。沿着野马的足迹，误进了乱山丛中，迷了路不能出来，他想肯定是要死在山里了。他偶然在山崖下面看见一具伏在地上的尸体，大概是流放的犯人在逃亡途中被冻死的。尸体背上扎了个布袋，里面装有干粮。咸宁就用来充饥，并且拜跪着祷告说："我埋了你的尸骨，你若在天有灵，就引导我的马往前走。"于是把尸体放到岩石洞里，用乱石紧紧封闭了洞口。随后就信马由缰任凭马自己走，走了十多日，忽然发现了路。出了山，就是哈密的境地了。哈密有个游击官徐某，是我在乌鲁木齐的老相识，因此咸宁就投到他的府上等我。我迟了两天才到，相见时有一种隔世的感觉。这件事不知是鬼果真有灵，引导他出山；还是神灵因他的一念善心，保佑他出来；也许是偶然碰巧侥幸出来的。徐某说："我宁愿把这件事归功于鬼神，以鼓励那些掩埋暴尸的人。"

河间一妇，性佚荡，然貌至陋。日靓妆倚门，人无顾者。后其夫随高叶飞官天长，甚见委任。豪夺巧取，岁以多金寄归。妇借其财，以招诱少年，门遂如市。迨叶飞获谴，其夫遁归，则囊箧全空，器物斥卖亦略尽，惟存一丑妇，淫疮遍体而已。人谓其不拥厚赀，此妇万无堕节理。岂非天道哉！

【译文】

河间有个女人，性情淫荡，但相貌丑极了。她天天化着浓妆倚门卖笑，但没人来找她。后来她的丈夫随着高叶飞在天长任官，很受重用。他巧取豪夺，每年都寄回来很多钱。这个女人就用钱财来引诱少年，她家于是人来人往门庭若市。高叶飞被罢官之后，她丈夫逃了回来，家中却是钱财全空，连器具物品也几乎卖光了，只剩下了一个丑女人，身上生满了梅毒疮。人们说如果丈夫不弄来很多钱财，这个女人也万万不会去乱搞。这不是天意么！

孙虚船先生言：其友尝患寒疾，昏愦中觉魂气飞越，随风飘荡。至一官署，谛视门内皆鬼神，知为冥府。见有人自侧门入，试随之行，无呵禁者。又随众坐庑下，亦无诘问者。窃睨堂上，讼者如织。冥王左检籍，右执笔，有一两言决者，有数十言数百言乃决者，与人世刑曹无少异。琅珰引下，皆帖伏无后言。忽见前辈某公盛服入，冥王延坐，问讼何事。则诉门生故吏之辜恩，所举凡数十人，意颇恨恨。冥王颜色似不谓然，俟其语竟，拱手曰："此辈奔竞排挤，机械万端，天道昭昭，终罹冥谪①。然神殛之则可，公责之则不可。种桃李者得其实，种蒺藜者得其刺，公不闻乎？公所赏鉴，大抵附势之流，势去之后，乃责之以道义，是凿冰而求火也。公则左矣，何暇尤人？"某公怃然久之，逡巡竟退②。友故与相识，欲近前问讯。忽闻背后叱叱声，一回顾间，悚然已醒。

【注释】

①罹（lí）：遭受苦难或不幸。

②逡（qūn）巡：因为有所顾虑而徘徊不前。

【译文】

孙虚船先生说：他的朋友曾经得了寒病，昏迷中只觉得灵魂飞了出去，随着风到处飘荡。他来到了一个官府，仔细地观看，只发现门里面都是鬼神，就知道这是地府。他看见有人从侧门进去，他也试着跟着走，没人阻止他。

他又跟着众人坐在廊庑下，也没人查问他。他偷偷地看了一下公堂上，告状的人川流不息。阎王左手拿着案卷，右手拿着笔，有的案件一两句话就判决了，有的讲了十几句或几百句才判决，这与人世间审理案件没什么差别。判决后，罪犯们被戴上脚镣手铐给带下去，都服服帖帖不说二话。忽然他看见一位前辈某公穿戴整齐地进来了，阎王请他坐下，问他要告什么事。某公就说他的门生和旧时的小吏忘恩负义，列举了几十个人，看样子很气愤。然而阎王似乎不以为然，等他说完了之后，拱拱手说："这些人到处奔走，互相排挤，狡诈万端，天道昭昭，他们终究要受到阴间的惩罚。但是鬼神处罚他们可以，你责骂他们就不行。种桃种李的得到果实，种植蒺藜的得到它的刺，你难道没听说过吗？你所赏识的，大都是一些趋炎附势的人，你权势已去，就责怪他们，还用道义来要求他们，这就好像是凿冰求火。你自己错了，怎么能埋怨别人？"某公怅然若失了好久，迟疑不决地退了下去。孙虚船的朋友与某公是老相识，想上去问候一下。忽然听见背后有人在呵斥他，他回头去看，一下子惊醒了。

卷七

如是我闻一

"如是我闻"本为佛家语,是姚秦三藏法师鸠摩罗什所译"佛说父母恩重难报经"开头第一句,意思为"这是我亲眼所见,亲耳听闻",表明佛说法的时间、地点及说法的因缘,以下的经文都是结集者的所见所闻。纪昀将《阅微草堂笔记》卷七至卷十结集命名为"如是我闻",不经意间透露出对佛教的认同。更重要的是,这个题目反映了纪昀的小说观。他一向对体例杂糅的著作颇有微词,认为蒲松龄以"才子之笔"著书,"《聊斋志异》以传记体叙小说之事,仿《史》《汉》遗法,一书兼二体,弊实有之,然非此精神不出",作为反拨,纪昀强调实录,以"如是我闻"为题,强调了他所记载故事的真实性。本卷的笔记,纪昀一如既往每一则都标明出处,也一如既往拉杂写来,较为集中的一个主题是报恩与报仇,其实还是没有摆脱"因果报应"这一固定模式。这种故事结构框架里弥漫着痴迷的教化情绪、浓烈的复仇情绪,以公正言明甚至是严酷的气氛散布足以使民众恐惧的禁忌、戒律,以此引起民众对道德自律的关注。很显然,作者认为,比起道德说教的软弱和空洞,这种有恩报恩、有怨报怨的故事要来的实际和直观得多,效果也更好。

里人阎勋，疑其妻与表弟通，遂携铳击杀其表弟。复归而杀妻，剚刃于胸^①，格格然如中铁石，迄不能伤。或曰："是鬼神愍其枉死^②，阴相之也。"然枉死者多，鬼神何不尽阴相欤？当由别有善行，故默邀护佑耳。

【注释】

①剚（zì）：用刀刺。

②愍（mǐn）：怜悯。

【译文】

　　乡间有个叫阎勋的，怀疑自己的妻子与表弟通奸，就用火枪杀死了表弟。又回家想杀死妻子，可是刀刃向妻子胸部刺去，就像刺在铁石上一样"格格"响，始终没有刺伤。有人说："这是鬼神可怜她冤枉，暗中保护她。"可是，冤死的人多了，为什么鬼神不全都暗中保护呢？一定是她做了别的什么好事，才会有神灵暗中保护。

　　故城贾汉恒言：张二酉、张三辰，兄弟也。二酉先卒，三辰抚侄如己出，理田产，谋婚娶，皆殚竭心力。侄病瘵^①，经营医药，殆废寝食。侄殁后，恒忽忽如有失。人皆称其友爱。越数岁，病革，昏瞀中自语曰："咄咄怪事！顷到冥司，二兄诉我杀其子，斩其祀，岂不冤哉！"自是口中时喃喃，不甚可辨。一日稍苏，曰："吾知过矣。兄对阎罗数我曰：'此子非不可化诲者，汝为叔父，去父一间耳。

乃知养而不知教，纵所欲为，恐拂其意。使恣情花柳，得恶疾以终。非汝杀之而谁乎？'吾茫然无以应也，吾悔晚矣。"反手自椎而殁②。三辰所为，亦末俗之所难，坐以杀侄，《春秋》责备贤者耳。然要不得谓二酉苟也。

平定王执信，余己卯所取士也③。乞余志其继母墓。称母生一弟，曰执蒲，庶出一弟，曰执璧。平时饮食衣服，三子无所异；遇有过，责詈箠楚，亦三子无所异也。贤哉！数语尽之矣。

【注释】

①瘵（zhài）：病，多指痨病。

②自椎：自己敲打自己。

③己卯：乾隆二十四年（1759）。

【译文】

故城的贾汉恒说：张二酉、张三辰，是兄弟俩。张二酉先死，张三辰抚育侄儿如同自己亲生的一样，管理田产，谋划婚娶，都是尽心竭力。侄儿生了痨病，张三辰料理医药，几乎废寝忘食。侄儿死后，张三辰经常恍恍惚惚，若有所失。人们都称道他的友爱。过了几年，张三辰病情危重，昏迷中自言自语说："咄咄怪事！刚才到阴司，二哥控告我杀了他的儿子，断了他的香火，岂不是冤枉啊！"从此口中经常喃喃地说着，听不太清楚说什么。一天，张三辰稍稍清醒，说："我知道错了。兄长朝着阎罗王数落我说：'这孩子不是不可以感化教诲的，你做叔父，离父亲只差着一点儿罢了。却只知道养育而不知道教育，放纵他为所欲为，总怕违背他的意愿。使得他恣意任情寻花问柳，染上难以医治的恶病。不是你杀了他又是谁呢？'我茫茫然无以回答，我后悔也晚了。"张三辰反手捶打着自己死了。张三辰所做的，在低下的习俗风气中已经是难能可贵，判以杀侄的罪，这是《春秋》责备贤者的意思。但是不能说张二酉苛刻。

平定的王执信，是我在乾隆己卯年取中的举人。他请我为他的继母写墓志。他说继母生了一个弟弟叫执蒲，庶出的一个弟弟叫执璧。平时饮食衣服，三个儿子没有什么差异；责骂鞭打，也是三个儿子没有什么差异。贤惠啊！这几句话已经说尽了。

职官奸仆妇，罪止夺俸，以家庭暱近①，幽暧难明。律意深微，防诬蔑反噬之渐也②。然横干强迫，阴谴实严。

戴遂堂先生言：康熙末，有世家子挟污仆妇。仆气结成噎膈。时妇已孕，仆临殁，以手摩腹曰："男耶？女耶？能为我复仇耶？"后生一女，稍长，极慧艳。世家子又纳为妾，生一子。文园消渴③，俄夭天年。女帷簿不修，竟公庭涉讼，大损家声。十许年中，妇缟袂扶棺④，女青衫对簿⑤，先生皆目见之，如相距数日耳。岂非怨毒所钟，生此尤物以报哉？

【注释】

①暱（nì）：亲近。

②噬（shì）：咬。

③文园：指汉司马相如，因司马相如曾任文园令，后人以"文园"代称。消渴：中医学病名。口渴，善饥，尿多，消瘦。包括糖尿病、尿崩症等。

④缟袂：白衣。这里指丧服。缟，未经染色的绢。袂，张开的袖子。

⑤青衫：借指微贱者的服色。

【译文】

在职官员奸污仆人的妻子，处罚不过取消俸禄而已，这是因为主仆经常生活在一起，难免亲昵，关系暧昧难以判明是非。律法从细微深远处着想，就是防止产生诬陷或反咬一口的风气滋生。但是如果强逼奸污，阴曹的处罚是很重的。

戴遂堂先生说：康熙末年，有个世家子要挟奸污了仆人的妻子。仆人怨气郁结，得了噎膈绝症。当时仆人的妻子已经怀孕，仆人临死前用手摸着妻子的腹部说："男孩？女孩？能为我复仇吗？"后来妻子生了个女儿，长大后又聪明又漂亮。世家子又把这个女儿纳为妾，生了个儿子。但世家子得了消渴病，不久就死了。这个妾却淫乱不已，终于闹到打官司的地步，大损世家名声。十几年中，世家子的夫人身着丧服，扶棺送葬，他的妾身着青衫，对簿公堂，戴先生都亲眼看到了，好像发生在几天之前的事。这岂不是那位被奸污的女子怨愤积聚，而生出这么一个女儿来报仇的吗？

遂堂先生又言：有调其仆妇者，妇不答。主人怒曰："敢再拒，箠汝死。"泣告其夫。方沉醉，又怒曰："敢失志，且剚刃汝胸。"妇愤曰："从不从皆死，无宁先死矣。"竟自缢。官来勘验，尸无伤，语无证，又死于夫侧，无所归咎，弗能究也。然自是所缢之室，虽天气晴明，亦阴阴如薄雾；夜辄有声如裂帛。灯前月下，每见黑气，摇漾似人影，即之则无。如是十馀年，主人殁，乃已。未殁以前，昼夜使人环病榻，疑其有所见矣。

【译文】

戴遂堂先生又说：有个主人调戏仆人的妻子，那个女人不答应。主人生气地说："你敢拒绝，我打死你。"女人哭着告诉了丈夫。当时丈夫正烂醉着，也生气地说："你敢失节，我用刀扎死你。"她悲愤地说："屈从不屈从都是一死，不如先死了吧。"竟然自缢身亡。官府前来验尸，尸体上没有伤痕，死者说的话没有旁证，又是死在丈夫身边，无法归罪于谁，追究不下去。然而，从此之后，女人自杀的那间屋子，即便天气晴朗，也是阴森森的像是有薄雾飘浮；到了夜里就发出声响，如同撕扯开了布帛。灯前月下，每每可以看到黑气摇荡，像人影一样，走近去看，却什么也没有。就这么过了十几年，主人死后才消停。主人临死之前，白天黑夜派人环绕床前守着，怀疑他看到了什么。

从兄坦居言：昔闻刘馨亭谈二事。其一，有农家子为狐猸，延术士劾治。狐就擒，将烹诸油釜。农家子叩额乞免，乃纵去。后思之成疾，医不能疗。狐一日复来，相见悲喜。狐意殊落落，谓农家子曰：“君苦相忆，止为悦我色耳，不知是我幻相也。见我本形，则骇避不遑矣①。”欻然扑地②，苍毛修尾，鼻息咻咻，目睒睒如炬③，跳掷上屋，长嗥数声而去。农家子自是病痊。此狐可谓能报德。其一亦农家子为狐媚，延术士劾治。法不验，符箓皆为狐所裂。将上坛殴击，一老媪似是狐母，止之曰：“物惜其群，人庇其党。此术士道虽浅，创之过甚，恐他术士来报复。不如且就尔婿眠，听其逃避。”此狐可谓能虑远。

【注释】

①不遑（huáng）：没有时间，无暇。遑，空闲，闲暇。

②欻（xū）然：忽然、迅速的样子。

③睒睒（shǎn）：闪烁的样子。

【译文】

我的堂兄坦居说：曾经听过刘馨亭讲过两个故事。一个故事讲的是，有位农家子弟，因为被狐精媚惑，家人请来一个道士捉拿。狐精被捉住后，道士正要放到油锅里煎炸。农家子弟叩头请求赦免，于是把狐精放了。后来，由于农家子想念狐精想得生了病，医治无效。一天，狐精又来了，农家子悲喜交集，但狐精的态度很冷漠，它对农家子说："你为我苦苦相思，只是喜欢我的容貌而已，你不知道这容貌是我的幻相。你如果看见我的本来面貌，就会害怕得躲都来不及。"它突然扑倒在地，长尾巴、苍灰色毛，鼻孔气息咻咻，一双眼睛像火光跳动不定，跳到屋顶上，长号了几声跑了。从此农家子弟病就好了。这个狐精可算是能够以德报德的。还有一个故事，讲的也是一位农家子被狐精所媚惑，家人延请术士惩治。但法术不灵，连符都被狐精弄破了。狐精正要上法坛去殴打术士，一个像是狐精母亲的老妇人制止了，说："动物要保护自己的同伴，人也庇护他们的同类。这个术士法术虽浅，如果对他伤害过分，恐怕其他术士要来报复。你不如暂且陪着你丈夫睡觉去，让术士逃了吧。"这个狐精可以说是深谋远虑。

先姚安公言：雍正初，李家洼佃户董某父死，遗一牛，老且跛，将鬻于屠肆。牛逸，至其父墓前，伏地僵卧，牵挽鞭箠皆不起，惟掉尾长鸣。村人闻是事，络绎来视。忽邻叟刘某愤然至，以杖击牛曰："渠父堕河，何预于汝？使随波漂没，充鱼鳖食，岂不大善？汝无故多事，引之使出，多活十馀年。致渠生奉养，病医药，死棺敛，且留此一坟，岁需祭扫，为董氏子孙无穷累。汝罪大矣，就死汝分，牟牟者何为？"盖其父尝堕深水中，牛随之跃入，牵其尾得出也。董初不知此事，闻之大惭，自批其颊曰："我乃非人！"急引归。数月后，病死，泣而埋之。此叟殊有滑稽风，与东方朔救汉武帝乳母事竟暗合也①。

【注释】

①东方朔救汉武帝乳母事：汉武帝的奶妈犯了罪，要按法令治罪，奶妈向东方朔求救。东方朔说，这不是靠唇舌能争得来的事，你临走时，只可连连回头望着皇帝，千万不要说话。这样也许能有万一的希望。奶妈进来辞行时，东方朔也陪侍在皇帝身边，奶妈照东方朔所说频频回顾武帝。东方朔就说，你是犯傻呀！皇上难道还会想起你喂奶时的恩情吗！汉武帝不免顿生依恋之情，立刻下令赦免了奶妈。事见南朝宋刘义庆《世说新语》。

【译文】

先父姚安公说：雍正初年，李家洼佃户董某的父亲死了，留下一头牛，又老又跛，董某打算卖给屠宰场。牛逃到董某父亲坟前，一动不动卧着，牵拉鞭打都不起来，只是摇着尾巴长叫。村里人听说此事，络绎不绝地前来观看。忽然邻居刘老头儿愤然走上前，用拐杖打着牛说："他父亲掉到河里，与你有何关系？假如让他随波漂流，喂了虾蟹鱼鳖，岂不是大好事？你无故多事，拉着他上岸，让他多活十几年。让他儿子对父亲活着奉养，病了医治，死了买棺材入殓，还留下了这座坟，每年都要祭扫，成为董氏子孙无穷无尽的牵累。你的罪责大了，死是应当的，哞哞乱叫什么？"原来当年董某的父亲掉进深水里，牛跟着跳进水，董父拉着牛尾才上了岸。董某开始时不知此事，听说了这事非常惭愧，自己打着嘴巴说："我真不是人！"急忙拉着牛回家。几个月后牛病死，董某哭着把它埋了。这个刘老头儿很有些滑稽风格，与东方朔救汉武帝乳母的故事竟然暗暗相合。

庚午四月①，先太夫人病革时②，语子孙曰："旧闻地下眷属，临终时一一相见。今日果然。幸我平生尚无愧色。汝等在世，家庭骨肉，当处处留将来相见地也。"姚安公曰："聪明绝特之士，事事皆能知，而独不知人有死；经纶开济之才，事事皆能计，而独不能为死时计。使知人有死，一切作为必有索然自返者；使能为死时计，一切作为必有悚然自止者。惜求诸六合之外，失诸眉睫之前也！"

【注释】

①庚午：乾隆十五年（1750）。

②病革：病势危急。革，通"亟"。

【译文】

庚午年四月，先母太夫人病情危重时，对子孙说："旧时听说地下家眷，临终的时候能一一相见。今天果然如此。幸亏我平生处事严谨，面对他们还不至于羞愧。你们好好过着，家庭骨肉之间，应当处处为将来相见留些馀地。"姚安公说："聪明卓绝的人士，事事都能知道，而独独不知道人有死的时候；经纶满腹、开创济世的人才，事事都能够筹划，而独独不能够为自己死的时候筹划。倘使知道人有死的时候，必定觉得一切作为意兴索然有自己回头的；倘使能够为死的时候筹划，必定觉得一切作为应该戒惧而自己收手的。可惜人们往往求之于天地上下四方之外，而失之于眼前啊！"

舅氏张公梦征言：儿时闻沧州有太学生①，居河干。一夜，有吏持名刺叩门②，言新太守过此，闻为此地巨室，邀至舟相见。适主人以主人以会葬宿姻家，相距十馀里。阍者持刺奔告③，亟命驾返④，则舟已行。乃饬车马，具贽币⑤，沿岸急追。昼夜驰二百馀里，已至山东德州界。逢人询问，非惟无此官，并无此舟，乃狼狈而归。惘惘如梦者数日。或疑其家多赀，劫盗欲诱而执之，以他出幸免。又疑其视贫亲友如仇，而不惜多金结权贵，近村故有狐魅，特恶而戏之。皆无左证。然乡党喧传，咸曰："某太学遇鬼。"先外祖雪峰公曰："是非狐非鬼亦非盗，即贫亲友所为也。"斯言近之矣。

【注释】

①太学生：明清时太学即国子监的俗称。国子监是古代最高学府与教育行政管理机构，太学生就是指在太学读书的生员，也是最高级的生员。

②名刺：又称"名帖"，拜访时通姓名用的名片，清代官员交际时使用。

③阍（hūn）者：守门人。阍，宫门，正门。后泛指门。

④亟（jí）：急切。

⑤贽（zhì）币：古代初次拜见尊长所送的礼物。

【译文】

舅舅张梦征公说：小时候听说沧州有个太学生，住在河边。一天晚上，有个小吏持名帖叩门，说新太守路过此地，听说这家是本地豪族，邀主人到舟中相见。恰逢太学生因参加葬礼住在姻亲家，离家有十馀里地。看门人拿着名帖奔去通报，太学生急忙命人驾车返回，船却已经开走了。于是太学生叫人收拾了车马准备了厚礼，沿着河岸急追。一昼夜奔跑了二百多里，都追到山东德州地界了。逢人便问，结果不但没人知道这个什么新太守，而且连船也没看见，于是狼狈而归。他好几天迷迷惘惘觉得像是做了一场梦。有人怀疑，是因为太学生家有钱财，盗贼想诱他出来劫持他，因为他出门在外而幸免。又有人怀疑，是他视贫穷亲友如仇人，而不惜重金结交权贵，本来就有狐精靠近村子住着，因为厌恶这些而戏弄他。这些都没有证据。然而乡间都传言："太学生遇到鬼了。"我的外祖父张雪峰先生当时评论说："这不是狐不是鬼也不是强盗，而是穷亲友们干的。"这话比较符合实际。

庆云、盐山间，有夜过墟墓者，为群狐所遮，裸体反接，倒悬树杪。天晓人始见之，掇梯解下。视背上大书三字，曰"绳还绳"，莫喻其意。久乃悟二十年前，曾捕一狐倒悬之，今修怨也。胡厚庵先生仿西涯新乐府，中有《绳还绳》一篇曰："斜柯三丈不可登，谁蹑其杪如猱升？谛而视之儿倒绷，背题字曰绳还绳。问何以故心懵腾，恍然忽省蹶然兴，束缚阿紫当年曾①。旧事过眼如风灯，谁期狭路遭其朋。吁嗟乎！人妖异路炭与冰，尔胡肆暴先侵陵？使衔怨毒伺隙乘。吁嗟乎！无为祸首兹可惩。"即此事也。

【注释】

①阿紫：狐狸的别称。

【译文】

庆云、盐山之间，有个人夜间经过坟地，被一群狐狸拦住去路，剥光衣服，反绑起来，倒悬在树梢上。天亮以后，人们才发现，于是搬来梯子，将他解救下来。人们发现他背上书写着"绳还绳"三个大字，没人知道是什么意思。过了许久，这人才悟出自己二十年前曾捉过一只狐，当时也是倒悬起来，所以才有今日的报复。胡厚庵先生模仿李西涯新乐府的诗中有一篇名叫《绳还绳》的写道："斜柯三丈不可登，谁蹑其杪如猱升？谛而视之儿倒绷，背题字曰绳还绳。问何以故心懵腾，恍然忽省蹶然兴，束缚阿紫当年曾。旧事过眼如风灯，谁期狭路遭其朋。吁嗟乎！人妖异路炭与冰，尔胡肆暴先侵陵？使衔怨毒伺隙乘。吁嗟乎！无为祸首兹可惩。"说的就是这件事。

陈竹吟尝馆一富室。有小女奴，闻其母行乞于道，饿垂毙，阴盗钱三千与之。为侪辈所发，鞭箠甚苦。富室一楼，有狐借居，数十年未尝为祟。是日女奴受鞭时，忽楼上哭声鼎沸。怪而仰问，同声应曰："吾辈虽异类，亦具人心。悲此女年未十岁，而为母受篓，不觉失声。非敢相扰也。"主人投鞭于地，面无人色者数日。

【译文】

陈竹吟曾经在一个富人家教书。这家有一个小女奴听说她母亲沿街乞讨，快饿死了，就暗地里偷了三千钱给母亲。结果被同伴们告发，主人把她打得很苦。富人家的一间楼房，有狐精在上面住了几十年，从来没有为祸作祟。这一天，小女奴挨鞭子抽打时，楼上忽然哭声嘈杂像是开了锅。主人感到奇怪，抬头问怎么了，只听上面齐声回答说："我辈虽然是异类，也有人心。这个女孩年纪还不到十岁，就为了母亲挨打，觉得伤心，不觉失声痛哭。不是故意打扰你。"主人把鞭子丢在地上，一连有好几天都面无人色。

乌鲁木齐遣犯刘刚，骁健绝伦。不耐耕作，伺隙潜逃。至根克忒，将出境矣。夜遇一叟，曰："汝逋亡者耶？前有卡伦，卡伦者，戍守瞭望之地也。恐不得过。不如暂匿我屋中，俟黎明耕者毕出，可杂其中以脱也。"刚从之。比稍辨色，觉恍如梦醒，身坐老树腹中。再视叟，亦非昨貌；谛审之，乃夙所手刃弃尸深涧者也。错愕欲起，逻骑已至，乃弭首就禽。军屯法，遣犯私逃，二十日内自归者，尚可贷死。刚就禽在二十日将曙，介在两岐，屯官欲迁就活之。刚自述所见，知必不免，愿早伏法。乃送辕行刑①。杀人于七八年前，久无觉者；而游魂为厉，终索命于二万里外。其可畏也哉！

【注释】

①辕（yuán）：辕门，古时军营的营门或官署的外门。

【译文】

被遣送流放到乌鲁木齐的犯人刘刚，骁健无比。他耐不得耕作的劳苦，伺机偷偷逃了出来。逃到根克忒，就要越过边界了。夜里遇到一个老汉说："你是刚逃出来的吗？前面有卡伦，卡伦，是戍守瞭望的地方。瞭望哨所你恐怕逃不过去。不如暂时藏在我屋里，等黎明时分耕种的人都出来，可以混杂在里面逃脱。"刘刚听从了他的建议。等到天蒙蒙亮稍稍能看见时，刘刚觉得恍恍惚惚像梦醒一样，自己坐在老树空心的树干里。再看老汉，也不是昨天的样子；他细看，却是从前被他杀死后抛尸深涧的那个人。刘刚惊愕地想要起身逃跑，巡逻的士兵已赶到，他只好俯首就擒。按军屯法规定，犯人私逃，二十天之内自首者还可免于一死。刘刚是在第二十天的拂晓就擒，正介于两者中间，屯田官想迁就一下让他活命。刘刚讲了他的所见所闻，自知难免一死，愿意早日伏法。于是被送到辕门行刑。他在七八年前杀了人，一直没人发觉，而死者游魂作怪，终于在两万里外索他的性命。真可怕啊！

莆田林生霈言：闽一县令，罢官居馆舍。夜有群盗破扉入。一媪惊呼，刃中脑仆地。僮仆莫敢出。巷有逻者，素弗善所为，亦坐视。盗遂肆意搜掠。其幼子年十四五，以锦衾蒙首卧。盗掣取衾，见姣丽如好女，嬉笑抚摩，似欲为无礼。中刃媪突然跃起，夺取盗刀，径负是子夺门出。追者皆被伤，乃仅捆载所劫去。县令怪媪已六旬，素不闻其能技击，何勇鸷乃尔。急往寻视，则媪挺立大言曰：“我某都某甲也，曾蒙公再生恩。殁后执役土神祠，闻公被劫，特来视。宦赀是公刑求所得，冥判饱盗橐，我不敢救。至侵及公子，则盗罪当诛，故附此媪与之战。公努力为善。我去矣。”遂昏昏如醉卧。救苏问之，懵然不忆。盖此令遇贫人与贫人讼，剖断亦颇公明，故卒食其报云。

【译文】

莆田的书生林霈说：福建有个县令，罢官以后寓居在馆舍里。有天夜里一群强盗破门而入。一个老妇人吃惊呼叫，被刀砍中脑袋扑倒地上。僮仆没有敢出来的。巷子里有巡逻的人，一向不喜欢县令的为人，也袖手旁观坐视不管。于是强盗肆意地搜索劫掠。县令的幼子年纪十四五岁，用锦被蒙了头睡着。强盗扯开被子，见他清秀得像个女孩子，就嬉笑抚摩，好像要想行非礼之事。中了刀的老妇人突然跳了起来，夺过强盗的刀，背着这个孩子径直夺门而出。追赶的人都被她砍伤了，只好捆上抢劫来的财物离开。

县令觉得奇怪，老妇人已经六十多岁，向来没有听说她还能打斗，怎么会如此勇猛。急忙前去找寻查看，见老妇人挺身站立，大声说道："我是某城某甲，曾经蒙受您的再生之恩。死后在土神祠当差，听说您被抢劫，特地来看看。被抢走的钱财，是您做官时用刑罚逼索得来的，阴司判定让强盗抢去，我不敢相救。至于侵犯到了公子，强盗的罪就应当诛杀，所以附在这个老妇人身上跟他们搏斗。您努力行善吧。我去了。"说完，老妇人昏昏然就像酒醉一样倒下了。把她救醒过来问，她稀里糊涂什么都记不得。原来这个县令碰到穷人之间打官司，断案倒也公正明白，所以得到善报。

卷八

如是我闻二

本卷可以说是杂事一箩筐，忽而官场事，忽而家务事，阳界冥间不时转换，奇闻异事娓娓道来，忠孝节义侃侃而谈，体现了《阅微草堂笔记》的一贯风貌。从体裁而言，将《阅微草堂笔记》划为"小说"，的确有些勉强，因为纪昀刻意避免了《聊斋志异》的表现手法，他自以为得意之作，体例固然合理，但缺乏生趣，使得《阅微草堂笔记》少了文学作品的显著特征。纪昀忽略文艺的本身特征是故意的，在对民众宣教的内容和方法上，他尊崇汉儒而诘难宋儒之苛察，但是在文学观上却接受了道学家的观念，以"神道设教"作为写作的根本出发点。"神道设教"一语出于《周易》，"大传"、"易传"解释"观"卦时说"盥而不荐，有孚颙若，下观而化也，观天之神道，而四时不忒，圣人以神道设教，而天下服矣"，意思是说国君祭神时以酒灌地而没有献上牺牲，但虔诚忠信而又肃静，臣民观而化之，也会效仿，圣人以神道设教，天下就会臣服守礼，不敢作乱。纪昀用"神道设教"作为创作宗旨，显然是统治阶级巩固社会制度、整饬社会秩序的需要。为了表现劝善惩恶的思想，为了使道德训诫更为直观，他写市井生活的通俗故事；而为了突出自己的观点，他又宁愿使故事情节粗略简朴。

　　先叔仪南公言：有王某、曾某，素相善。王艳曾之妇，乘曾为盗所诬引，阴贿吏毙于狱。方营求媒妁，意忽自悔，遂辍其谋。拟为作功德解冤，既而念佛法有无未可知，乃迎曾父母妻子于家，奉养备至。如是者数年，耗其家赀之半。曾父母意不自安，欲以妇归王。王固辞，奉养益谨。又数年，曾母病。王侍汤药，衣不解带。曾母临殁，曰："久荷厚恩，来世何以为报乎？"王乃叩首流血，具陈其实，乞冥府见曾为解释。母慨诺。曾父亦手作一札，纳曾母袖中曰："死果见儿，以此付之。如再修怨，黄泉下无相见也。"后王为曾母营葬，督工劳倦，假寐圹侧①。忽闻耳畔大声曰："冤则解矣。尔有一女，忘之乎？"惕然而寤，遂以女许嫁其子。后竟得善终。

　　以必不可解之冤，而感以不能不解之情，真狡黠人哉！然如是之冤犹可解，知无不可解之冤矣。亦足为悔罪者劝也。

【注释】

①圹（kuàng）：墓穴，亦指坟墓。

【译文】

　　已故叔父仪南公说：王某、曾某，一向是好朋友。王某喜欢上了曾某的妻子，趁着曾某被强盗诬告，暗中贿赂狱吏把曾某弄死在监狱里。王某正打算请媒人说合娶曾某的妻子，忽然后悔起来，就放弃了原来的计划。打算作功德来解除冤仇，又一想佛法有无尚不可确知，于是他把曾某的父母妻子迎请到家里，奉养得十分周到。就这样过了好几年，耗费了他一半的家财。曾某的父母意下不能安心，想让寡媳嫁给王某。王某竭力推辞，奉养更加殷勤。又过了几年，曾某的母亲病了。王某侍奉汤药，衣不解带。曾某母亲临死时，说："长久承受厚恩，来世用什么来报答呢？"王某把头磕出了血，详细陈述了实情，恳求她到阴间见到曾某的时候，代为解释。曾某的母亲慷慨地答应了。曾某的父亲也写了一封亲笔信，塞进曾母的袖子里说："死后如果真的见到了儿子，把这个交给他。如果再要结怨，黄泉之下就不要相见了。"后来王某替曾母料理丧葬，督工辛劳困倦，在墓穴的旁边打了个盹儿。忽然听到耳边大声说："冤仇就化解了吧。可你有一个女儿，忘记了吗？"王某顿时惊醒，过后就把女儿许嫁给了曾某的儿子。后来王某竟然得到善终。

本来是肯定解不开的冤仇，却用不能不解开的情意来感动对方，真是一个狡诈的人啊！但是，像这样的冤仇都可以解开，可见没有解不开的冤仇。这个故事也足以用来劝勉那些愿意悔过的人。

从兄旭升言：有丐妇甚孝其姑，尝饥踣于路，而手一盂饭不肯释，曰："姑未食也。"自云初仅随姑乞食，听指挥而已。一日，同栖古庙，夜闻殿上厉声曰："尔何不避孝妇，使受阴气发寒热？"一人称手捧急檄，仓卒未及睹。又闻叱责曰："忠臣孝子，顶上神光照数尺。尔岂盲耶？”俄闻鞭箠呼号声，久之乃寂。次日至村中，果闻一妇馌田①，为旋风所扑，患头痛。问其行事，果以孝称。自是感动，事姑恒恐不至云。

【注释】

①馌（yè）：给在田间耕作的人送饭。

【译文】

堂兄旭升说：有个要饭的女人，对婆婆很孝顺，曾饿倒在路旁，手里捧着的一碗饭不肯吃一口，说："婆婆还没有吃。"她说，当初跟随婆婆讨饭，只是听婆婆的吩咐行事。有一天，她们住在一座古庙里，半夜里，忽然听见殿堂上有人厉声说："你为什么不避开孝妇，让她受了阴气得了病？"另一人说手里拿着紧急檄文，急急忙忙地没有看见她。又听到斥责道："忠臣孝子，头顶上必定有几尺高的神光照耀。你难道是瞎子，没有看见吗？"不一会儿，传来棍棒打在人身上的声音和呼号喊痛的声音，好久才安静下来。第二天，她们进了村，果然听说有个女子到田里送饭时被旋风吹着了，患了头痛病。问起这个女子的日常为人，果真是以孝著称。要饭的女人因此深深感动，侍奉婆婆常常唯恐照顾不周。

一故家子，以奢纵撄法网①。殁后数年，亲串中有召仙者，忽附乩自道姓名，且陈愧悔。既而复书曰："仆家法本严，仆之罹祸，以太夫人过于溺爱，养成骄恣之性，故蹈陷阱而不知耳。虽然，仆不怨太夫人。仆于过去生中，负太夫人命，故今以爱之者杀之，隐偿其冤。因果牵缠，非偶然也。"观者皆为太息。夫偿冤而为逆子，古有之矣。偿冤而为慈母，载籍之所未睹也。然据其所言，乃凿然中理。

【注释】
①撄（yīng）：接触，触犯。

【译文】
　　有个世家子弟，因为奢侈骄纵触犯了法网。死了几年之后，亲戚当中有人扶乩，他忽然附乩自己道出姓名，并且陈述惭愧和懊悔之情。过后又写道："我家的家法本来严格，在下之所以遭受杀身之祸，是因为太夫人过于溺爱，养成骄奢任性的习性，所以自投陷阱还不知道。即使如此，我也不怨恨太夫人。因为我在前世，欠了太夫人一条命，所以她用溺爱的方式害死我，暗中报冤。因果牵连缠绕，并不是偶然的。"观看的人都为此叹息。因为报冤而做逆子，这是从古以来就有的。因为报冤而做慈母，这是书上的记载所没有看到过的。但是据他所说的，还是确凿而合乎情理。

　　献县王生相御，生一子，有抱之者，辄空中掷与数十钱。知县杨某自往视，乃掷下白金五星。此子旋夭亡，亦无他异。或曰："王生倩作戏术者搬运之，将托以箕敛①。"或曰："狐所为也。"是皆不可知。然居官者遇此等事，即确有鬼凭，亦当禁治，使勿荧民听②，正不必论其真妄也。

【注释】

①箕敛：以箕收取。指苛敛民财。

②荧民：惑乱百姓。荧，眩惑。

【译文】

献县的书生王相御生了个儿子，每当有人去抱宝宝时，天空中就掉下几十文钱。知县杨某听到这件事后，也亲自去抱了一下，这一次，天空中掉下的是白银五钱。不久这个孩子夭折了，死的时候并没有什么奇异之处。有人说："那是王生请来耍魔术的在玩弄搬运术，只不过是想用这种方法收敛钱财。"有人却说："那是狐狸精作怪。"都说不上来是怎么回事。而当官的遇到这类事情，即使发现确有鬼怪在作祟，也应严令禁止，不要让它惑乱民众的视听，更不必去讨论它的真假是非。

伊犁城中无井，皆出汲于河。一佐领曰："戈壁皆积沙无水，故草木不生。今城中多老树，苟其下无水，树安得活？"乃拔木就根下凿井，果皆得泉，特汲须修绠耳①。知古称雍州土厚水深，灼然不谬②。徐舍人蒸远曾预斯役，尝为余言。此佐领可云格物。蒸远能举其名，惜忘之矣。后乌鲁木齐筑城时，鉴伊犁之无水，乃卜地通津以就流水。余作是地杂诗，有曰："半城高阜半城低，城内清泉尽向西。金井银床无用处③，随心引取到花畦。"记其实也。然或雪消水涨，则南门为之不开。

又北山支麓，逼近谯楼，登冈顶关帝祠戏楼，则城中纤微皆见。故余诗又曰："山围芳草翠烟平，迢递新城接旧城④。行到丛祠歌舞处，绿氍毹上看棋枰⑤。"巴公彦弼镇守时，参将海起云请于山麓坚筑小堡，为犄角之势。巴公曰："汝但能野战，殊不知兵。北山虽俯瞰城中，然敌或结栅，可筑炮台仰击。火性炎上，势便而利，地势逼近，取准亦不难。彼决不能屯聚也。如筑小堡于上，兵多则地狭不能容，兵少则力弱不能守。为敌所据，反资以保障矣。"诸将莫不叹服。因记伊犁凿井事，并附录之。

【注释】

①修绠（gěng）：汲水用的长绳。

②灼然：明显、显然的意思。

③金井银床：金井、银床都是指井栏。

④迢递：邈远的样子。

⑤氍毹（qúshū）：一种织有花纹图案的毛毯。棋枰（píng）：棋盘，棋局。

【译文】

伊犁城里没有水井，人们都出城到河里汲水。有个佐领说："戈壁都是堆积的沙子，没有水，所以草木不生。现今城里有许多老树，假如下面没有水，树怎么能活？"于是拔起老树，顺着树根往下凿井，果然挖到了泉水，只是汲水的绳索要用长一点儿的罢了。可见古代人说雍州土厚水深，显然是不错的。舍人徐蒸远曾经参与这件事，有一次对我说起过。这个佐领可以算得上懂得推究事物的原理。徐蒸远能说出他的姓名，可惜我已经忘记了。后来乌鲁木齐修筑城池时，借鉴伊犁以前没有水的情况，选择地形开通河道，靠近水源。我的乌鲁木齐杂诗中有诗道："半城高阜半城低，城内清泉尽向西。金井银床无用处，随心引取到花畦。"记载的就是当时的实情。但是如果雪消水涨，城的南门就不能开了。

又，北山旁支的山脚逼近城门的瞭望楼，登上山冈顶上的关帝祠戏楼，城里的一切就都能看得清清楚楚。所以我的乌鲁木齐杂诗中又说："山围芳草翠烟平，迢递新城接旧城。行到丛祠歌舞处，绿氍毹上看棋枰。"巴彦弼公镇守这里时，参将海起云请求在山脚下修筑一个坚固的小堡垒，形成互相声援的犄角之势。巴公说："你只擅长在旷野里交战，并不知道兵法。这座山可以俯视城中，敌人如果在山上构结栅栏，就可以筑起炮台仰击。火性向上燃烧，地形对我方便利，地势逼近，瞄准也不难，他们决不能屯结聚集。如果修个小碉堡，兵多了地方狭小不能容纳，兵少了力量薄弱不能守卫。如果被敌人所占据，反而为他们提供了据点。"众将领无不感叹佩服。于是记录伊犁凿井的事情时，也一并把这件事附带记了下来。

天道乘除，不能尽测。善恶之报，有时应，有时不应，有时即应，有时缓应，亦有时示以巧应。余在乌鲁木齐时，吉木萨报遣犯刘允成，为逋负过多，迫而自缢。余饬吏销除其名籍，见原案注语云："为重利盘剥，逼死人命事。"

【译文】

天道乘除消长，人们不能完全推测。善恶的报应，有时应验，有时不应验，有时立即应验，有时长久之后应验，也有时用巧妙的方式应验。我在乌鲁木齐时，吉木萨报告，流放的遣犯人刘允成，因为欠债过多，被迫上吊自杀。我命令胥吏在名册中销除他的姓名，看见原来案卷有注语道："为重利盘剥，逼死人命事。"

乌鲁木齐巡检所驻，曰呼图壁。呼图译言鬼，呼图壁译言有鬼也。尝有商人夜行，暗中见树下有人影，疑为鬼，呼问之。曰："吾日暮抵此，畏鬼不敢前，特结伴耳。"因相趁共行，渐相款洽。其人问："有何急事，冒冻夜行？"商人曰："吾夙负一友钱四千，闻其夫妇俱病，饮食药饵恐不给，故送往还。"是人却立树背，曰："本欲崇公，求小祭祀。今闻公言，乃真长者。吾不敢犯公，愿为公前导可乎？"不得已，姑随之。凡道路险阻，皆预告。俄缺月微升，稍能辨物。谛视，乃一无首人。栗然却立，鬼亦奄然而灭。

【译文】

乌鲁木齐巡检官的驻地，名叫"呼图壁"。"呼图"的汉语意思是鬼，"呼图壁"的汉语意思是有鬼。一次，有个商人夜间赶路，昏暗中见树下有人影，猜疑是鬼，就呼喝着问是什么人。树下人说："我傍晚到了这儿，害怕有鬼不敢往前走，正是要等有人来结伴同行的。"于是两个就互相壮胆往前走，一路说说话，渐渐谈得融洽起来。那个人问："你有什么急事，要冒着严寒夜间赶路？"商人说："我过去欠了一位朋友四千钱，听说他们夫妇全都病了，恐怕饮食医药都有困难，所以要前往送还。"那个人一听，退步站在树背后，说："我本想作怪害你，求得点儿小祭祀。现在听你这样说，你还是一位真正的仁义长者。我不敢侵犯你，愿意为你做向导引路，可以吗？"商人迫不得已，只好跟着他走。一路上，凡是遇到险阻，商人都能听到预告。不一会儿，残缺的月亮渐渐升起，随后也就稍能辨清景物了。商人仔细一看，给他带路的原来是个没有头的人。他毛骨悚然，后退几步站着，这时，带路鬼也忽然消失了。

歙人蒋紫垣，流寓献县程家庄，以医为业。有解砒毒方，用之十全。然必邀取重资，不满所欲，则坐视其死。一日暴卒，见梦于居停主人曰："吾以耽利之故，误人九命矣。死者诉于冥司，冥司判我九世服砒死。今将赴转轮，赂鬼卒得来见君，以此方奉授。君能持以活一人，则我少受一世业报也。"言讫，泣涕而去曰："吾悔晚矣！"其方以防风一两研为末，水调服之而已，无他秘药也。又闻诸沈丈丰功曰："冷水调石青，解砒毒如神。"沈丈平生不妄语，其方当亦验。

【译文】

安徽歙县人蒋紫垣，客居在献县程家庄，以行医为业。有解砒毒的方子，从没有失过手。但是蒋紫垣开价极高，不能满足他的要求，就坐着眼看着人死去。一天蒋紫垣突然暴亡，之后托梦给他的房东说："我因为贪图重利，耽误了九条人命。死者告到阴曹，阴曹判我九辈子都服砒霜而死。现在我马上要转入轮回，我贿赂了鬼卒来见您，奉送这个方子。您能用来救活一个人，我就少受一世的报应。"说完，痛哭着边走边说："我后悔晚了！"那个方子是用防风一两，研为细末，用水调服而已，没有其他神秘的药物。又听沈丰功老丈说："用冷水调石青解砒毒简直神奇。"沈老丈平生从不乱说，他的方子应当也是灵验的。

里胥宋某，所谓东乡太岁者也。爱邻童秀丽，百计诱与狎。为童父所觉，迫童自缢。其事隐密，竟无人知。一夕，梦被拘至冥府，云为童所诉。宋辩曰："本出相怜，无相害意。死由尔父，实出不虞。"童言："尔不相诱，我何缘受淫？我不受淫，何缘得死？推原祸本，非尔其谁？"宋又辩曰："诱虽由我，从则由尔。回眸一笑，纵体相就者谁乎？本未强干，理难归过。"冥官怒叱曰："稚子无知，陷尔机阱。饵鱼充馔①，乃反罪鱼耶？"拍案一呼，栗然惊寤。

后官以贿败，宋名丽案中，祸且不测。自知业报，因以梦备告所亲。逮及狱成，乃仅拟城旦②。窃谓梦境无凭也。比三载释归，则邻叟恨子之被污，乘其妇独居，饵以重币，已见金夫不有躬矣③。宋畏人多言，竟惭而自缢。然则前之幸免，岂非留以有待，示所作所受，如影随形哉！

【注释】

① 馔（zhuàn）：饮食，吃喝。

② 城旦：古代刑罚名。一种筑城四年的劳役。

③ 见金夫不有躬：指女子见到有钱的男子就失身。出自《易经·象辞》："六三，勿用取女，见金夫，不有躬，无攸利。"

【译文】

乡间有个小吏宋某，号称"东乡太岁"。他喜欢邻居家男孩长得清秀，千方百计引诱奸污了他。孩子的父亲察觉后，逼迫孩子上吊自尽了。这件事很隐秘，竟然无人知晓。一天晚上，宋某梦见自己被抓到冥府，说是因为那个孩子告了状。宋某分辩道："我本来只是喜欢你，并没有想害你的意思。你是你父亲逼死的，我实在是没有预料到。"孩子说："你不引诱我，我又怎么会被你淫污呢？我不被淫污，又怎么会死呢？推究这场祸事的由来，不是你又是谁？"宋某又辩解："就算是我引诱，可顺从不顺从在你。回眸一笑、纵身投到我怀里的是谁呢？我本来就没有强迫你，按道理不应该归咎于我。"冥官怒叱道："幼子无知，才陷入你的圈套。就像钓鱼设了诱饵，怎么反而怪罪鱼呢？"冥官拍着桌子大叫一声，宋某惊醒过来。

后来宋某的长官受贿事情败露，宋某也受到牵连，无法预料会有怎样的祸患。宋某自知报应到了，把那个梦遍告亲朋好友。等到结案，却只被判去筑城四年。他暗想，看来做梦也是不足为凭的。等他服了三年刑被释放回乡，却得知邻居老翁因为怨恨儿子被污辱，趁宋某妻子独自在家，重金引诱，宋某的妻子早就卖身相就了。宋某畏惧人们的闲言碎语，最终羞愧地上吊死了。看起来前一次似乎是免了灾祸，实际上是阴间特意留着后来报应，这样来显示一个人做什么就会有什么样的报应，如影随形一样啊！

　　老仆刘琪言：其妇弟某，尝独卧一室，榻在北牖。夜半觉有手扪揿①，疑为盗。惊起谛视，其臂乃从南牖探入，长殆丈许。某故有胆，遽捉执之。忽一臂又破棂而入，径批其颊，痛不可忍。方回手支拒，所捉臂已掣去矣。闻窗外大声曰："尔今畏否？"方忆昨夕林下纳凉，与同辈自称不畏鬼也。

　　鬼何必欲人畏？能使人畏，鬼亦复何荣？以一语之故，寻衅求胜，此鬼可谓多事矣。裘文达公尝曰："使人畏我，不如使人敬我。敬发乎人之本心，不可强求。"惜此鬼不闻此语也。

【注释】

①扪捫（sūn）：抚摸，摩挲。

【译文】

老仆刘琪说：他的妻弟，曾经独自一人住一间屋子，床在北窗下。半夜时觉得有只手在他身上摸来摸去，怀疑是小偷。惊讶地起身细看，只见胳膊是从南窗探进来的，几乎有一丈多长。他素来有胆量，就立即抓住这只胳膊不放。忽然又有一只胳膊破窗而入，打他的耳光，痛得受不了。他回手抵挡时，被抓住的那只胳膊已经抽了回去。他听到有声音在窗外大声道："如今你怕鬼了吧？"他这才记起昨晚在树下纳凉时，对同伙说过不怕鬼。

鬼何必要让人害怕它们呢？能叫人害怕，鬼又有什么荣耀呢？因为一句话的缘故，就寻衅求胜，这个鬼真是太多事了。裘文达公说："让人怕我不如让人敬我。尊敬应该是发自人的本心，不是可以强求的。"可惜那个鬼没听到过这些话。

姚安公闻先曾祖润生公言：景城有姜三莽者，勇而戆。一日，闻人说宋定伯卖鬼得钱事，大喜曰："吾今乃知鬼可缚。如每夜缚一鬼，唾使变羊，晓而牵卖于屠市，足供一日酒肉赀矣。"于是夜夜荷梃执绳，潜行墟墓间，如猎者之伺狐兔，竟不能遇。即素称有鬼之处，佯醉寝以诱致之，亦寂然无睹。一夕，隔林见数磷火，踊跃奔赴；未至间，已星散去。懊恨而返。如是月馀，无所得，乃止。盖鬼之侮人，恒乘人之畏。三莽确信鬼可缚，意中已视鬼蔑如矣，其气焰足以慑鬼，故鬼反避之也。

【译文】

姚安公听先曾祖父润生公说：景城有叫姜三莽的，勇猛而戆直。有一天听人说宋定伯卖鬼得钱的故事，非常高兴，说："我现在才知道鬼是可以捆绑的。如果每天夜里捆一个鬼，吐口唾沫让它变成羊，清早牵着卖给屠宰场，足够一天酒肉的开销了。"于是夜夜扛着木棒拿着绳子，悄悄行走在墓地间，就像打猎的等候狐狸、兔子那样，却始终碰不到鬼。就是向来说是有鬼的地方，他假装酒醉躺着引鬼前来，也一点儿声息也没有。一天夜里，他隔着树林看见几点磷火，就跳着跑着过去；还没有到那里，磷火已经星星点点四散而去。他只好懊恼愤恨地回来。这么一个多月，什么都没有捉到，才罢手。大概鬼欺侮人，经常是趁人害怕。姜三莽确信鬼能逮住，心里已经不把鬼当回事了，他的气焰足以慑服鬼怪，所以鬼反而躲避他了。

甲与乙相善，甲延乙理家政。及官抚军，并使佐官政，惟其言是从。久而资财皆为所干没，始悟其奸，稍稍谯责之[①]。乙挟甲阴事，遽反噬。甲不胜愤，乃投牒诉城隍。夜梦城隍语之曰："乙险恶如是，公何以信任不疑？"甲曰："为其事事如我意也。"神哂然曰："人能事事如我意，可畏甚矣。公不畏之而反喜之，不公之绐而绐谁耶？渠恶贯将盈，终必食报。若公则自贻伊戚^②，可无庸诉也。"
此甲亲告姚安公者。事在雍正末年。甲滇人，乙越
人也。

【注释】

①谯（qiáo）责：谴责，责问。

②自贻伊戚：比喻自寻烦恼，自招忧患。贻，遗留。
　伊，此。戚，忧愁，悲哀。

【译文】

甲同乙相处得很友善，甲就请乙主管家里各种大小事
务。甲做到了巡抚，也让乙辅佐官府的政务，对乙，甲是
言听计从。久而久之，甲发现自己的钱财都被乙吞没，才
醒悟乙的奸诈刁钻，稍稍斥责了乙。乙利用甲的隐私要挟，
马上反咬一口。甲实在气不过，就写了诉状投到城隍那里。
夜里，甲梦见城隍对他说："乙险恶到这样，您为什么信任
不疑？"甲说："因为他事事都称我的心意。"城隍叹息着
说："别人能够事事如自己的心意，就是可怕得很了。你不
怕他，反而喜爱他，他不骗你又去骗谁呢？他恶贯满盈，
终究必然要受到报应。而你则是自招灾祸，可以不必投
诉。"这是甲亲口告诉姚安公的，这事发生在雍正末年。甲
是云南人，乙是浙东人。

乾隆壬戌、癸亥间^①，村落男妇往往得奇疾。
男子则尻骨生尾，如鹿角，如珊瑚枝。女子则患阴
挺，如葡萄，如芝菌。有能医之者，一割立愈，不

医则死。喧言有妖人投药于井，使人饮水成此病，因以取利。内阁学士永公，时为河间守，或请捕医者治之，公曰："是事诚可疑，然无实据。一村不过三两井，严守视之，自无所施其术。倘一逮问，则无人复敢医此证，恐死者多矣。凡事宜熟虑其后，勿过急也。"固不许。患亦寻息。郡人或以为镇定，或以为纵奸。

后余在乌鲁木齐，因牛少价昂，农颇病。遂严禁屠者，价果减。然贩牛者闻牛贱，皆不肯来。次岁牛价乃倍贵。驰其禁，始渐平。又深山中盗采金者，殆数百人。捕之恐激变，听之又恐养痈。因设策断其粮道，果饥而散出。然散出之后，皆穷为盗，巡防察缉，竟日纷纭。经理半载，始得靖。乃知天下事但知其一，不知其二，多有收目前之效而贻后日之忧者。始服永公"熟虑其后"一言，真"瞻言百里"也②。

【注释】

①壬戌、癸亥：乾隆七年（1742）、乾隆八年（1743）。

②瞻言百里：出自《诗经·大雅·桑柔》："维此圣人，瞻言百里。"郑玄笺注："圣人所视而言者百里，言见事远而王不用。"瞻言，指有远见的言论。

【译文】

乾隆壬戌、癸亥年间，某个村落往往有人得怪病。男子尾骨后长尾巴，像鹿角、珊瑚枝。女子是阴部长出东西，像葡萄、灵芝菌。有会治这种病的，只要割除长出来的东西，病就痊愈了，不治，人就会死。有传闻说，是妖人在井里投了药，让人饮用后生出这种病症，趁机谋取暴利。内阁学士永公当时任河间太守，有人请他下令逮捕医病之人审问，永公说："这种事实在令人怀疑，但并无实据。一村中不过两三口井，如果严加守护，自然就无法施展邪术。倘若逮捕查问，就再没有人敢治病了，恐怕死的人会更多。凡事应当认真考虑后果，千万不要操之过急。"他坚决不同意抓人。怪病不久也就平息了。郡中有人认为他处事稳健，有人认为他放纵奸人。

后来我在乌鲁木齐时，因为牛少价贵，农民非常忧虑。于是下令严禁杀牛，牛价果然下降了。但是牛贩听说牛贱，都不肯来了。第二年，牛价又涨了一倍。解除禁令后，价格才渐渐趋平。又有人在深山里盗采金矿，大概有几百人。逮捕他们吧，唯恐激起叛乱，放任吧，又怕养痈遗患。于是设计断了他们的粮道，果然盗金者因为饥饿而散去。但是他们不久又都因为走投无路做起了强盗，官府巡查缉拿，整天忙得不亦乐乎。整治了半年，才得以安定。由此可知，对天下事只知其一，不知其二，只顾眼前一时的效果，就会留下以后的忧患。我这才佩服永公"凡事应当认真考虑后果"这句话，真是高瞻远瞩。

卷九

如是我闻三

本卷中，狐精的活动是纪昀写作的重心。古代的志怪小说，没有不写狐的，很多人把狐写得神通广大，无所不知，无所不能，而纪昀笔下的狐却更多地带着世俗生活的色彩；在其他人笔下，狐往往美貌而多情，常常在艳遇之外，还带来不明来源的巨额财富，而纪昀笔下的狐，除了善于变幻模样或者隐藏真身，其他地方与人更为接近。《阅微草堂笔记》的狐常和人共居一处，只有位置的上下之分，或是前后院之分。它们一般与爱情无涉，而且基本上是以正面的形象出现；即便其中亦不免会有一些采补甚至报复的行为，作者总是为其曲意开脱。狐经常训诫与自己交往的人类，说理精辟、直率，不是一般的人类朋友所能做到的；而对于偶有小错的人，狐劝告时的诚恳、宽容，人间亦少见。纪昀的逻辑是：如果不是人本身萌发邪念有过错，或是因为以前存在着某种孽缘因果关系，狐狸就不会作恶。纪昀重视伦理宣教，注重对狐世界秩序、规范的建构，因而塑造了纪氏风格的狐形象，当在情理之中。

先师赵横山先生，少年读书于西湖，以寺楼幽静，设榻其上。夜闻室中窸窣声，似有人行，叱问："是鬼是狐？何故扰我？"徐闻嗫嚅而对曰："我亦鬼亦狐。"又问："鬼则鬼，狐则狐耳，何亦鬼亦狐也？"良久，复对曰："我本数百岁狐，内丹已成，不幸为同类所搤杀①，盗我丹去。幽魂沉滞，今为狐之鬼也。"问："何不诉诸地下？"曰："凡丹由吐纳导引而成者，如血气附形，融合为一，不自外来，人弗能盗也；其由采补而成者，如劫夺之财，本非己物，故人可杀而吸取之。吾媚人取精，所伤害多矣。杀人者死，死当其罪，虽诉神，神不理也。故宁郁郁居此耳。"问："汝据此楼，作何究竟？"曰："本匿影韬声，修太阴炼形之法。以公阳光熏烁，阴魂不宁，故出而乞哀，求幽明各适。"言讫，惟闻搏颡声②，问之不复再答。先生次日即移出。尝举以告门人曰："取非所有者，终不能有，且适以自戕也。可畏哉！"

【注释】

①搤（è）：同"扼"。

②搏颡（sǎng）：磕头。颡，脑门儿。

【译文】

先师赵横山先生，年轻时在西湖边读书，因为寺院楼上幽静，就在楼上安置了床铺。夜里听到室内有悉悉索索的声音，像是有人走动，就厉声喝问道："是鬼还是狐？为什么来骚扰我？”过了一会儿听到吞吞吐吐的轻声回答：“我是鬼也是狐。”又问：“鬼就是鬼，狐就是狐，怎么会又是鬼又是狐呢？”过了好久，对方才又回答说：“我本来是几百年的老狐，内丹已经炼成，不幸被我的同类扼死，盗了我的丹。我的灵魂滞留在这里，就成狐狸界的鬼了。”又问：“为何不到阴司告状呢？”答道：“凡是通过吐纳导引而炼成的丹，就如血、气附着在人身上一样，融合为一体，不是外来之物，别人是盗不走的；而通过采补之术炼成的丹，就像抢劫来的财宝，本来就不是自己的东西，所以别人可以杀害了性命而把丹吸走。我媚惑人取得精气，伤了很多人。杀人者该杀，我被杀死是罪有应得，即使向神明告状，神明也不会审理。因此宁可悲悲切切住在这里。”又问：“你住在这座楼上，有什么打算？”答道：“本打算销声匿迹，修炼太阴炼形之法。因为您阳气太盛，熏烤得我阴魂不宁，所以出来向您哀求，请让我们各自到适合自己的地方吧。”说完，只听到磕头的声音，再问就不回答了。先生第二天就搬了出来。他曾举这个例子告诫学生道：“谋取不该属于你的东西，最终还是得不到的，而且刚巧是害了自己。真是可怕啊！”

沧州刘太史果实，襟怀夷旷，有晋人风。与饴山老人、莲洋山人皆友善[①]，而意趣各殊。晚岁家居，以授徒自给。然必孤贫之士，乃容执贽。脩脯皆无几[②]，箪瓢屡空[③]，晏如也[④]。尝买米斗馀，贮罂中，食月馀不尽，意甚怪之。忽闻檐际语曰：“仆是天狐，慕公雅操，日日私益耳，勿讶也。"刘诘曰："君意诚善。然君必不能耕，此粟何来？吾不能饮盗泉也⑤，后勿复尔。"狐叹息而去。

【注释】

①饴山老人：赵执信（1662—1744），字伸符，号秋谷，晚号饴山老人、知如老人，清代诗人、诗论家、书法家。莲洋山人：吴雯（1644—1704），字天章，号莲洋，清代诗人。其诗清新，自露天真，为王士禛、赵执信所欣赏，著有《莲洋集》。

②脩（xiū）脯：旧时称送给老师的礼物或酬金。脩，干肉。

③箪（dān）瓢：盛饭食的箪和盛饮料的瓢，亦借指饮食。后用为生活简朴、安贫乐道的典故。典出《论语·雍也》："一箪食，一瓢饮，在陋巷，人不堪其忧，回也不改其乐。"

④晏如：安然自乐的样子。晏，平静，安逸。

⑤盗泉：古泉名。故址在今山东泗水东北。据说县内共有泉水87处，惟有盗泉不流，其馀都汇入泗河。古籍中记载："（孔子）过于盗泉，渴矣而不饮，恶其名也。"《淮南子》："曾子立廉，不饮盗泉。"后遂称不义之财为"盗泉"，以不饮盗泉表示清廉自守，不苟取也不苟得。

【译文】

沧州刘果实太史，胸怀旷达，有晋人风度。和饴山老人、莲洋山人都是好朋友，但性格兴趣却各不相同。晚年在家里，靠教授学生养活自己。但是一定要孤苦贫穷的，才肯收下为徒。学生送来的学费不多，家里经常断炊，他安然处之。曾经买了一斗多米，存放在坛子里，吃了一个多月也没有吃完，他觉得非常奇怪。忽然听到屋檐上有声音说道："我是天狐，仰慕您的风雅情操，就每天偷偷给你加一点儿，您不必惊讶。"刘果实反问道："你的心意是好的。但你肯定不会耕作，这米是从哪里来的呢？我不能饮盗泉之水，以后不要再这样了。"天狐叹息着离去。

献县李金梁、李金桂兄弟，皆剧盗也。一夕，金梁梦其父语曰："夫盗有败有不败，汝知之耶？贪官墨吏，刑求威胁之财，神奸巨蠹，豪夺巧取之财，父子兄弟，隐匿偏得之财，朋友亲戚，强求诱诈之财，黠奴干役，侵渔干没之财，巨商富室，重息剥削之财，以及一切刻薄计较、损人利己之财，是取之无害。罪恶重者，虽至杀人亦无害。其人本天道之所恶也。若夫人本善良，财由义取，是天道之所福也；如干犯之，是为悖天。悖天者终必败。汝兄弟前劫一节妇，使母子冤号，鬼神怒视，如不悛改，祸不远矣。"后岁馀，果并伏法。

金梁就狱时，自知不免，为刑房吏史真儒述之。真儒余里人也，尝举以告姚安公，谓盗亦有道。又述巨盗李志鸿之言曰："吾鸣骹跃马三十年[①]，所劫夺多矣，见人劫夺亦多矣；盖败者十之二三，不败者十之七八。若一污人妇女，屈指计之，从无一人不败者。"故恒以是戒其徒。盖天道祸淫，理固不爽云。

【注释】

①骹（xiāo）：响箭。

【译文】

献县李金梁、李金桂两兄弟，都是江洋大盗。一天晚上，李金梁梦见他的父亲对他说："做强盗的人有的败露，有的没有败露，你知道这是为什么吗？凡是贪官污吏刑罚威逼得来的钱财，老奸巨猾的人巧取豪夺得来的钱财，父子兄弟隐瞒藏匿得来的钱财，朋友亲戚之间强求诈骗得来的钱财，狡猾的奴仆役官侵吞渔利得来的钱财，大商人和富足人家加重利息剥削得来的钱财，以及一切刻毒薄恩、斤斤计较、损人利己得来的钱财，你去偷去抢不必担心有什么祸害。那些罪恶深重的人，即使杀了他们也没事。因为他们本来就是上天所厌恶的人。如果一个人本来很善良，钱财也是通过正当的方法而得的，是上天所保佑的；如果你侵犯了他，就冒犯了上天。冒犯上天一定会败露。你们兄弟前不久抢劫了一个节妇，让她们母子含冤号哭，鬼神愤怒地看着，如果不思悔改，灾祸不久就降临。"过了一年多，他们兄弟二人果然被捕然后正法了。

李金梁入狱后，自知不能被赦免，就对刑房吏史真儒讲述了这些。史真儒是我的同乡，曾经把这件事告诉过姚安公，说强盗也有强盗必须遵循的规矩。又讲述了大盗李志鸿说过的话："我放响箭打着马跑了三十年，抢劫的东西算是多的，见到别人抢劫的事也很多；大概最终败露的有十分之二三，成功的有十分之七八。假若一旦污辱了妇女，仔细数来，没有一个不败露的。"所以他常用此来训诫他的手下。大概上天惩罚淫乱的人，是毫不含糊的。

狐之媚人，为采补计耳，非渔色也；然渔色者亦偶有之。表兄安涛北言^①：有人夜宿深林中，闻草间人语曰："君爱某家小童，事已谐否？此事亢阳熏烁，消蚀真阴，极能败道。君何忽动此念耶？"又闻一人答曰："劳君规戒。实缘爱其美秀，遂不能忘情。然此童貌虽艳冶，心无邪念，吾于梦中幻诸淫态诱之，漠然不动。竟无如之何，已绝是想矣。"其人觉有异，潜往窥视，有二狐跳踉去。

【注释】

① 涛：音 hū。

【译文】

狐精媚人，是为了采阳补阴，并不是喜欢美貌；然而爱色的偶尔也有。表兄安涛北说：有个人夜里住在深林里，听到草丛中有人说："你爱某家的少年，事情妥了吗？这事要受亢阳之气侵伐，销蚀你的真阴，最能败坏你的道行。你怎么动了这个念头呢？"又听另一个人说："感谢你的规劝。我因为实在爱他的貌美秀丽，于是难以忘情。不过这个少年容貌虽艳丽，但心无邪念，我在他梦中变幻出各种妖冶淫荡的姿态诱惑他，他竟然丝毫不动心。我没有办法，已经断了这个念头。"那个人觉得奇怪，悄悄地过去看，有两只狐狸窜出来跳着跑了。

同年项君廷模言：昔尝馆翰林某公家，相见辄讲学。一日，其同乡为外吏者，有所馈赠。某公自陈平生俭素，雅不需此。见其崖岸高峻，遂逡巡携归。某公送宾之后，徘徊厅事前，怅怅惘惘，若有所失，如是者数刻。家人请进内午餐，大遭诟怒。忽闻有数人吃吃窃笑，视之无迹，寻之声在承尘上。盖狐魅云。

【译文】

与我同科取中的项廷模说：从前曾经在某位翰林家教读，翰林和他一见面就大谈理学。一天，翰林有个在地方上做官的同乡，送来一些礼物。翰林说自己平生节俭朴素，一向不需要这些东西。那人见翰林清高严峻态度坚决，很尴尬地把礼物拿回去了。翰林送走客人之后，在厅堂里走来走去，满脸失意的表情，好像丢了什么东西似的，就这样过了好一会儿。家里人请他到里面吃午饭，被他大骂了一顿。这时忽然听到几个人在"吃吃"地偷笑，环视无人，听那声音是在天花板上。大概是狐精吧。

故城刁飞万言：其乡有与狐女生子者，其父母怒谇之。狐女泣涕曰："舅姑见逐，义难抗拒。但子未离乳，当且携去耳。"越两岁馀，忽抱子诣其夫曰："儿已长，今还汝。"其夫遵父母戒，掉首不与语。狐女太息抱之去。此狐殊有人理，但抱去之儿，不知作何究竟。将人所生者仍为人，庐居火食，混迹闾阎欤^①？抑妖所生者即为妖，幻化通灵，潜踪墟墓欤？或虽为妖而犹承父姓，长育子孙，在非妖非人之界欤？虽为人而犹依母党，往来窟穴，在亦人亦妖之间欤？惜见首不见尾，竟莫得而质之。

【注释】
①闾阎：指民间。

【译文】
　　故城人刁飞万说：他家乡有个人，与狐女生了个孩子，他的父母因此而怒骂他。狐女哭着说："公公婆婆都要赶我走，按道理我实在不应该抗拒。但是孩子还小，还需要我喂奶，所以我暂且把孩子也一起带走。"过了两年多，狐女忽然抱着孩子来了，她对丈夫说："儿子现在已经长大了，我把他还给你。"她的丈夫遵从父母的训诫，转过头不和她说话。狐女叹息着把孩子抱走了。这个狐女还很懂得人类的道理，但是把儿子抱走，不知道孩子将来会怎么样。是因为人所生的仍然是人，而让他居住在房屋里，吃煮熟的食物，生活在人群里呢？还是因为妖所生的仍然是妖，变幻通灵，隐迹在荒郊野外的废墟坟墓之中呢？或者虽然是妖，但继承了父亲的姓氏，长大后生儿育女，处在非人非妖的境界？还是虽然是人但却依恋母亲，和母亲的同类在一起，来往于洞穴，处在是人是妖之间？只可惜这种事情只知道开头，不知道结尾，竟然无从打听。

吴江吴林塘言：其亲表有与狐女遇者，虽无疾病，而惘惘恒若神不足。父母忧之，闻有游僧能劾治，试往祈请。僧曰："此魅与郎君夙缘，无相害意。郎君自耽玩过度耳。然恐魅不害郎君，郎君不免自害。当善遣之。"乃夜诣其家，趺坐诵梵咒。家人遥见烛下似绣衫女子，冉冉再拜。僧举拂子曰："留未尽缘作来世欢，不亦可乎？"欻然而隐，自是遂绝。

林塘知其异人，因问以神仙感遇之事。僧曰："古来传记所载，有寓言者，有托名者，有借抒恩怨者，有喜谈诙诡，以诧异闻者，有点缀风流以为佳话，有本无所取而寄情绮语，如诗人之拟艳词者：大都伪者十八九，真者十一二。此一二真者，又大都皆才鬼灵狐，花妖木魅，而无一神仙。其称神仙必诡词。夫神正直而聪明，仙冲虚而清静，岂有名列丹台①，身侬紫府，复有荡姬伕女，参杂其间，动入桑中之会哉②？"林塘叹其精识，为古所未闻。

说是事时，林塘未举其名字。后以问林塘子钟侨，钟侨曰："见此僧时，才五六岁。当时未闻呼名字，今无可问矣。惟记其语音，似杭州人也。"

【注释】

①丹台：与下文的"紫府"均为道教称仙人的居所。

②桑中之会：男女幽会。

【译文】

吴江人吴林塘说：他的表亲中有个人与狐女相好，虽然没什么病，但总是恍恍惚惚的，好像精神不足。他父母为此而感到忧虑，听说有个云游僧人能镇治狐魅，就试着去祈请僧人。僧人说："这个狐女与你家公子有一段姻缘，她没有害人的意思。是你家公子自己沉溺于此，玩乐过度罢了。然而我还是担心，即使狐女不伤害公子，公子也会自己害了自己。所以应当好好地把狐女送走。"于是夜里来到他们家，盘腿坐着念诵咒语。他们家的人远远地看见烛光下，似乎有一个身穿锦绣衣衫的女子，慢悠悠地拜了两拜。僧人举起拂尘说："留下这一段未完的姻缘，来世再结欢情，不也可以吗？"狐女一下子消失了，以后再没来过。

吴林塘知道僧人是个奇异的人，就向他求教神仙感慨知遇一类的事情。僧人说："自古以来，传记中记载有关神仙的事，有的是寓言，有的是假冒其名，有的是借此抒发恩怨，有的是喜欢谈论一些诙谐怪异的事情达到耸人听闻的目的，有的是点缀风流以传为佳话，有的没有别的意图，只不过将感情寄寓在绮丽的语词之中，就像诗人所作的一些艳丽词曲：一般假的占了十分之八九，真的只有十分之一二。而且这十分之一二的真事又大多数是关于才鬼灵狐，花妖木魅，没有一件是关于神仙的。那些说神仙的一定在撒谎。神正直而聪明，仙冲淡而清静，难道在天宫仙境里还会有放荡的女人混杂其间，动不动就和人幽会吗？"吴林塘感叹僧人的见识精辟，僧人说的是他从来没有听过的。

说起这件事的时候，吴林塘没有说出僧人的名字。后来问吴林塘的儿子钟侨，钟侨说："我见到这位僧人时，才五六岁。当时没有听过谁叫他的名字，现在也没有办法问了。我只记得他的口音，听起来好像是杭州人。"

李又聘先生言：东光某氏宅有狐。一日，忽掷砖瓦，伤盆盎，某氏詈之。夜间人叩窗语曰："君睡否？我有一言。邻里乡党，比户而居，小儿女或相触犯，事理之常，可恕则恕之，必不可恕，告其父兄，自当处置。遽加以恶声①，于理毋乃不可。且我辈出入无形，往来不测，皆君闻见所不及，提防所不到。而君攘臂与为难，庸有幸乎？于势亦必不敌，幸熟计之。"某氏披衣起谢，自是遂相安。会亲串中有以僮仆微衅，酿为争斗，几成大狱者，又聘先生叹曰："殊令人忆某氏狐。"

【注释】

①恶声：谩骂的话，坏话。

【译文】

李又聘先生说：东光县某家的宅子里有狐精。有一天，忽然扔砖瓦，砸坏了盆盆罐罐，这家主人便骂了起来。夜里听到有人敲打窗户说："先生睡了吗？我有句话要说。邻里乡亲，门挨着门住在一起，我的小儿女有时冒犯，这是平常小事，可以原谅的就宽恕；一定不能原谅的，告诉父兄，自然也会处置。你一张口就骂得那么难听，从道理上说不过去。况且我们出入无行迹，来来去去无法预测，你听不到看不见，也无法提防。你却要伸腿伸胳膊跟我们为难，又有什么好处呢？看情形你肯定胜不过我们，请先生仔细考虑。"主人披衣起来道歉，从此彼此便相安无事了。正好亲戚中有户人家因为佣人的一点儿小事，与别人酿成争斗，几乎弄成大案，李又聃先生叹息说："真令人怀念那家的狐精。"

　　从舅安公介然言：佃户刘子明，家粗裕。有狐居其仓屋中，数十年一无所扰。惟岁时祭以酒五琖①，鸡子数枚而已。或遇火盗，辄叩门窗作声，使主人知之。相安已久。一日，忽闻吃吃笑不止，问之不答，笑弥甚。怒而诃之。忽应曰："吾自笑厚结盟之兄弟、而疾其亲兄弟者也。吾自笑厚其妻前夫之子、而疾其前妻之子者也。何预于君，而见怒如是？"刘大惭，无以应。俄闻屋上朗诵《论语》曰："法语之言②，能无从乎？改之为贵。巽语之言③，能无说乎？绎之为贵④。"太息数声而寂。刘自是稍改其所为。后余以告邵阍谷，阍谷曰："此至亲密友所难言，而狐能言之；此正言庄论所难入，而狐以诙谐悟之。东方曼倩何加焉⑤！予倘到刘氏仓屋，当向门三揖之。"

【注释】

①琖（zhǎn）：小杯子。

②法语：合乎礼法的言语。

③巽（xùn）语：恭顺委婉的言辞。

④绎：梳理的意思。

⑤东方曼倩：东方朔（前154—前93），字曼倩，西汉辞赋家。武帝即位，征四方士人，东方朔上书自荐，召拜为郎，后任常侍郎、太中大夫等职。他性格诙谐，言辞敏捷，滑稽多智，常在武帝前谈笑取乐，"然时观察颜色，直言切谏"。参见《汉书·东方朔传》。

【译文】

堂舅安介然公说：佃户刘子明，家境还算富裕。有个狐精住在他家当仓库的房子里，几十年了，从来不打扰他们。只在过年祭祀时，给狐精供五小杯酒，几只鸡蛋而已。有时遇到火灾、偷盗等事，狐精就敲打门窗发出声响，让主人知道。大家平安相处了很久。有一天，刘子明忽然听到"吃吃"不断的笑声，问也不回答，笑声反而更大。刘子明生气地呵斥起来。忽然听见应声道："我笑厚待结义的兄弟、却厌恶亲兄弟的人。我笑厚待妻子和前夫生的儿子、却痛恨自己和前妻生的孩子这种事儿。这些事与你何干，又何必如此动怒？"刘子明大为惭愧，无话回答。不一会儿又听到屋顶上朗诵《论语》中的话："严肃而合乎原则的话语，能够不接受吗？改正错误才可贵。顺从自己心意的话，能不高兴吗？分析一下才可贵。"叹息了几声就安静了下来。刘子明从此稍稍改变了他过去的所为。我把这件事告诉了邵阖谷，邵阖谷说："这是至亲密友也难说出口的话，狐精却说了出来；这些话认认真真地说让人难以接受，而狐精用诙谐的话使他觉悟。东方朔也未必能超过它！倘若我到刘氏的仓房，一定要向门作三个揖。"

卷十

如是我闻四

　　说起《阅微草堂笔记》的写作风格，"浓郁的官邸气"已成定论。以纪昀的身份，打打官腔难以避免，但他的说教对象是民众，很多时候纪昀其实是放下了身段的，比如本卷，就洋溢着浓浓的人情味儿。从大的方面来说，儒学文化的情理精神以情感为基础，以理性为指导，讲求通情达理、合情合理，主张尽力化解理性与感情的对立冲突，达到中庸的理想境界。纪昀不赞成宋明理学家的"灭理存欲"，也不赞成感情用事。作为儒学精神的传播者和代言人，纪昀重视人的情感，还有社会交往中的"人之常情"。儒学文化核心的"仁"，首先是感性的、具体的情感，以家庭亲情为出发点。子女对父母的孝顺，父母对子女的慈爱，这是"为仁"的根本；同时，"仁"又是理性的情感，调节、约束情感使之理性化的重要途径是"恕道"，即"己所不欲，勿施于人"。值得注意的是，"仁者爱人"并不是任意感情的流露、宣泄，"爱人"必须符合礼教秩序。儒家正统的德治理想被封建专制和宗法制的重压而扭曲，给实际操作带来极大的局限，但事实上至少在理论层面上形成了颇具人情味的人文关怀。纪昀强调了这种带有浓重世俗气息的道德治国方略，并对清醒明智的实践者予以充分肯定；他通过众多生动形象的故事明白表露：只有充分体现人性关怀、人情意味，才能获得普遍的认同、信仰和遵循，才能达到预期的效果。

沧州瞽者蔡某，每过南川楼下，即有一叟邀之弹唱，且对饮。渐相狎，亦时到蔡家共酌。自云姓蒲，江西人，因贩磁到此。久而觉其为狐，然契分甚深，狐不讳，蔡亦不畏也。

会有以闺阃衊语涉讼者①，众议不一。偶与狐言及，曰："君既通灵，必知其审。"狐艴然曰②："我辈修道人，岂干预人家琐事？夫房帏秘地，男女幽期，暧昧难明，嫌疑易起。一犬吠影，每至于百犬吠声。即使果真，何关外人之事？乃快一时之口，为人子孙数世之羞，斯已伤天地之和，召鬼神之忌矣。况杯弓蛇影③，恍惚无凭，而点缀铺张，宛如目睹。使人忍之不可，辩之不能，往往致抑郁难言，含冤毕命。其怨毒之气，尤历劫难消。苟有幽灵，岂无业报？恐刀山剑树之上④，不能不为是人设一坐也。汝素朴诚，闻此事自当掩耳，乃考求真伪，意欲何为？岂以失明不足，尚欲犁舌乎⑤？"投杯径去，从此遂绝。蔡愧悔，自批其颊，恒述以戒人，不自隐匿也。

【注释】

①闺阃（kǔn）：内室，指妇女居住的地方。

②艴（bó）然：恼怒貌。

③杯弓蛇影：将映在酒杯里的弓影误认为蛇，比喻因疑神疑鬼而引起恐惧。

④刀山剑树：佛教所说的地狱之刑，也用来形容极残

酷的刑罚。

⑤犁舌：割舌头。佛教语认为有"犁舌狱"，是犯恶
口、大妄语等作口业者死后所入的地狱。

【译文】

沧州有个盲人蔡某，每次经过南川楼下，就有个老者请他弹唱，并且请他一起喝酒。两人渐渐熟识起来，那个老者也经常到蔡家对酌。老者自称姓蒲，江西人，因为贩卖磁器到了这里。时间长了，蔡某察觉他是个狐精，但交情已经很深，狐精不隐讳，蔡某也不惧怕。

当时有人为了男女情事流言蜚语打官司，人们议论纷纷。蔡某偶尔与狐精谈及此事，说："你既然能通灵，肯定知道这件事的实情。"狐精不高兴地说："我们这些修道的人，怎么能干预别人的家庭琐事？闺房秘地，男女幽会，本来就是众人不可能明明白白知道的，容易产生嫌疑。一只狗看到影子吠叫，常常引得一百只狗听见了一起吠叫。即使真有其事，和外人又有什么相干？图一时之快意而说出来，让别人家子孙几代都蒙羞，这已经伤了天地之间的和气，招来鬼神的忌恨。何况杯弓蛇影，毫无凭据，却添油加醋，好像是亲眼目睹一样。让别人既不能忍受，又不能辩解，往往导致抑郁难言，含冤丧命。这种怨恨之气，更是过了几辈子也难消除。如果有幽灵，难道就没有业报？恐怕刀山剑树上，不能不为这种人安排一个位置啊。你向来质朴诚实，听到这种事本该掩耳，却还要查问真伪，你想要干什么？难道是因为失明还不够，还想被割舌头吗？"狐精说罢，扔下杯子就径直走开了，从此绝迹不来。

蔡某又惭愧又悔恨，自己打自己的嘴巴，常讲这事以告诫别人，毫不隐晦。

门人萧山汪生辉祖，字焕曾，乾隆乙未进士[①]，今为湖南宁远县知县。未第时，久于幕府，撰《佐治药言》二卷，中载近事数条，颇足以资法戒。

其一曰：孙景溪先生，讳尔周。令吴桥时，幕客叶某一夕方饮酒，偃仆于地，历二时而苏。次日闭户书黄纸疏，赴城隍庙拜毁，莫喻其故。越六日，又偃仆如前，良久复起，则请迁居于署外。自言八年前在山东馆陶幕，有士人告恶少调其妇。本拟请主人专惩恶少，不必妇对质。而问事谢某，欲窥妇姿色，怂恿传讯。致妇投缳，恶少亦抵法。今恶少控于冥府，谓妇不死，则渠无死法；而妇死由内幕之传讯。馆陶城隍神移牒来拘，昨具疏申辩，谓妇本应对质；且造意者为谢某。顷又移牒，谓："传讯之意，在窥其色，非理其冤；念虽起于谢，笔实操于叶。谢已摄至，叶不容宽。"余必不免矣。越夕而殒。

其一曰：浙江臬司同公言，乾隆乙亥秋审时[②]，偶一夜潜出，察诸吏治事状。皆已酣寝，惟一室灯烛明。穴窗窃窥，见一吏方理案牍，几前立一老翁、一少妇。心甚骇异，姑视之。见吏初草一签，旋毁稿更书，少妇敛衽退。又抽一卷，沉思良久，书一签，老翁亦揖而退。传诘此吏，则先理者为台州因奸致死一案。初拟缓决，旋以身列青衿，败检酿命，改情实。后抽之卷为宁波叠殴致死一案。初拟情实，旋以索逋理直，死由还殴，改缓决。知少妇为捐生之烈魄，老翁为累囚之先灵矣。

其一曰：秀水县署有爱日楼，板梯久毁，阴雨辄闻鬼泣声。一老吏言，康熙中，令之母喜诵佛号，因建此楼。雍正初，有令挈幕友胡姓来。盛夏不欲见人，独处楼中；案牍饮食，皆縆而上下③。一日，闻楼上惨号声。从者急梯而上，则胡裸体浴血，自刺其腹，并碎剐周身如刻画④。自云曩在湖南某县幕，有奸夫杀本夫者，奸妇首于官。吾恐主人有失察咎，以访拿报，妇遂坐磔⑤。顷见一神引妇来，劙刃于吾腹⑥，他不知也。号呼越夕而死。

其一曰：吴兴某，以善治钱谷有声。偶为当事者所慢，因密讦其侵盗阴事于上官，竟成大狱。后自啮其舌而死。又无锡张某，在归安令裘鲁青幕，有奸夫杀本夫者，裘以妇不同谋，欲出之。张大言曰："赵盾不讨贼为弑君⑦，许止不尝药为弑父⑧。《春秋》有诛意之法，是不可纵也。"妇竟论死。后张梦一女子，被发持剑，搏膺而至曰："我无死法，汝何助之急也？"以刃刺之。觉而刺处痛甚。自是夜夜为厉，以至于死。

其一曰：萧山韩其相先生，少工刀笔，久困场屋，且无子，已绝意进取矣。雍正癸卯⑨，在公安县幕，梦神人语曰："汝因笔孽多，尽削禄嗣。今治狱仁恕，赏汝科名及子，其速归。"未以为信，次夕梦复然。时已七月初旬，答以试期不及。神曰："吾能送汝也。"寤而急理归装。江行风利，八月初二日竟抵杭州，以遗才入闱中式⑩。次年，果举一子。焕曾笃实有古风，其所言当不妄。

又所记《囚关绝祀》一条曰：平湖杨研耕在虞乡县幕时，主人兼署临晋，有疑狱，久未决。后鞫实为弟殴兄死，夜拟谳牍毕，未及灭烛而寝。忽闻床上钩鸣，帐微启，以为风也。少顷复鸣，则帐悬钩上，有白须老人跪床前叩头。叱之不见，而几上纸翻动有声。急起视，则所拟谳牍也。反复详审，罪实无枉。惟其家四世单传，至其父始生二子，一死非命，一又伏辜⑪，则五世之祀斩矣。因毁稿存疑如故，盖以存疑为是也。余谓以王法论，灭伦者必诛；以人情论，绝祀者亦可悯。生与杀皆碍，仁与义竟两妨矣。如必委曲以求通，则谓杀人者抵，以申死者之冤也。申己之冤以绝祖父之祀，其兄有知，必不愿；使其竟愿，是无人心矣。虽不抵不为枉，是一说也。或又谓情者一人之事，法者天下之事也。使凡仅兄弟二人者，弟杀其兄，哀其绝祀，皆不抵，则夺产杀兄者多矣，何法以正伦纪乎？是又未尝非一说也。不有皋陶，此狱实为难断，存以待明理者之论定可矣。

【注释】

①乾隆乙未：乾隆四十年（1775）。

②乾隆乙亥：乾隆二十年（1755）。

③缒（zhuì）：用绳索拴住人或物从上往下放。

④劙（lí）：割。

⑤磔（zhé）：古代一种酷刑，分裂肢体。

⑥剚（zì）：用刀刺。

⑦"赵盾"句：赵盾（？—前601），嬴姓，赵氏，名盾，谥号宣。春秋中前期晋国卿大夫，杰出的政治家、战略指挥家。赵穿弑君，赵盾执政时没有惩罚赵穿。见《左传·宣公二年》。

⑧"许止"句：许止的父亲许悼公生病，许止给父亲喂药，父亲吃了药却死了。许止并非想毒杀悼公，只是所进之药不相宜，没有被治罪；而孔子坚持认为许止的行为是"弑君"。事见《春秋公羊传》。

⑨雍正癸卯：雍正元年（1723）。

⑩遗才：秀才参加乡试，先要经过学道的科考录送；临时添补核准，称为"遗才"。

⑪辜：罪。

【译文】

我的门人汪辉祖，萧山人，字焕曾，是乾隆乙未年进士，现任湖南宁远县知县。没有及第时，他长期在州县做幕僚，曾撰《佐治药言》二卷，其中记载几条最近的案例，很值得供执法者鉴戒。

其中一条说：孙景溪先生，名尔周。任吴桥县令时，有个幕僚叶某，一天晚上正喝着酒，忽然昏倒在地，过了两个时辰才醒过来。第二天，他关着门用黄纸写了一篇呈文，拿到城隍庙祭拜而后焚烧了，没人知道其中的缘故。过了六天，又像前次一样昏倒在地，很久才醒来，他请求搬到府外去住。他说，八年前，在山东馆陶县做幕僚，有个士子控告一个恶少调戏了他妻子。叶某本打算报请县令只惩治恶少，不必让这个女人出堂对质。但掌刑的衙役谢某却想看看女人的姿色，怂恿叶某传讯她。结果女人上吊死了，恶少因为犯了人命案论罪抵命。现在恶少在阴间控告，说那个女人如果不死，他就不需要抵命案；而女人死是因为衙门传讯。馆陶县城隍神发来文牒拘审叶某，昨天，叶某呈文申辩说，那个女人本应出庭对质；况且出此主意的是谢某。很快，城隍神又来文说："传讯那个女人的本意，是想看姿色，不是为了帮她申冤；这个主意虽然是谢某出的，但执笔写文牒传讯女子却是叶某做的。谢某已经拘拿到此，叶某也不能宽恕。"叶某说，我是逃不过去了。第二天晚上，叶某死了。

其中一条说：浙江按察使同公讲，乾隆乙亥年秋季复审各省死刑犯时，有一天夜晚，他悄悄出去暗察下属官员的办案情况。大部分官员都已经睡觉了，只有一个房间还灯烛明亮。他透过窗户向里窥视，见一个官员正在翻阅案卷，几案前站着一个老翁和一个少妇。同公又害怕又很惊奇，姑且多看一会儿。只见官员先起草写了一张案卷，随即撕毁了又重写。那个少妇恭恭敬敬退下去了。官员又抽出一份案卷，沉思了许久，写了一张判决书，老翁也作了揖退去。后来同公传问了这个官员，得知先审理的是台州的强奸致死案。开始时考虑判定缓期处决，但马上考虑到奸污犯是读书人，却德行败坏致人寻死，改判为立斩。后审理的是宁波斗殴致死案。开始时考虑判为立斩，随后考虑到凶手本来是去讨债，为了自卫而还击欠债人的无理殴打而致伤人命，改判为缓期处决。同公才知那个少妇是宁死不愿失节的烈女的魂魄，那个老翁是在押死囚祖先的神灵。

其中一条说：秀水县县衙门里有座爱日楼，楼梯和楼板早已毁坏，每逢阴雨天就会听见鬼哭声。一个老吏讲，康熙年间一个县令的母亲喜好诵经念佛，于是修建了这座爱日楼。雍正初年，有位县令携同他的幕友胡某来上任。盛夏时节胡某不愿见人，独居楼上；他用的书籍、案卷和吃的喝的，都是用绳子吊上吊下。一天，人们听到楼上惨叫。手下人急忙搭梯子上去，见胡某赤身裸体浑身是血，拿刀刺自己的肚子，并且满身刀伤，像是被刻画了似的。胡某说，过去在湖南某县做幕僚，有一桩案子是奸夫杀了本夫，奸妇向官府自首。我担心县令责怪我失察，就上报说访拿住了奸夫奸妇，奸妇于是被分尸而死。刚才，我看见一位神灵带领着那个奸妇来了，用刀刺进我的肚子，别的事情就不知道了。胡某呼号了一天一夜后死了。

其中一条说：吴兴县吏，以善于治理钱财粮税著名。同事偶然怠慢了他，他就向上司密告同事贪污盗窃，竟然引出一桩大案。后来这个县吏咬烂自己的舌头而死。又有，无锡的张某在归安县县令裘鲁青府上做幕僚，有个奸夫杀了本夫，裴县令认为奸妇并未参与谋杀，想释放她。张某大声争辩说："赵盾没有讨伐弑君者，就是弑君；许世子为父亲进药而没尝，就是弑父。《春秋》有追究动机之法，因此奸妇不能宽恕。"结果奸妇被处死。后来张某梦见一女子，披头散发，手持利剑，捶着胸脯到他面前说："我本无死罪，你为什么非急着要我死不可？"说着用刀刺他。张某惊醒，觉得被刺处剧痛。自此夜夜有这样的恶梦，因为这个原因死了。

其中一条说：萧山人韩其相先生，少年时擅长写讼状，屡屡应举落第，而且没有子嗣，他已经没有进取之心了。雍正癸卯年，韩先生在公安县做幕僚，梦见神灵对他说："你因为笔下的罪孽太多，被剥夺了官禄和子嗣。现在你治狱办案仁义宽恕，神灵将赏赐你科考功名和儿子，赶快启程回去赴试吧。"韩先生不相信，第二天晚上又做了这样的梦。当时已是七月上旬，他说赶考已来不及了。神灵说："我能送你。"醒来后，他急忙整理行装回去。船行江中一路顺风，八月初二竟然到达了杭州，补办了手续参加乡试，考中了举人。第二年，果然又得了个儿子。汪焕曾治学严谨笃实，有古学者之风，他讲的事情不会是妄言误说。

还有，汪焕曾又在《囚关绝祀》一条中说：平湖人杨研耕在虞乡县做幕僚时，虞乡县令兼理临晋县，有桩疑案，很久未能判决。后调查核实是弟弟将哥哥殴打致死，杨研耕夜里写完文案，没来得及熄烛就上床睡着了。忽然听见床上的帐钩发出响声，帐子微微打开，他以为是风刮的。不一会儿帐钩又响，帐子被帐钩挂了起来，有一个白胡须老人跪在床前磕头。杨研耕叱喝一声，那个老人不见了，但几案上有翻动纸的声音。他急忙起身去看，翻开的正是他刚才起草的案卷。他反复详细审阅，罪状并无冤情。只是这家人四代单传，到罪犯父亲辈才生了两个儿子，现在一个死于非命，一个又论罪处死，那么这家在传到第五代时就要绝后了。杨研耕于是将判决书撕掉，将此案依然存疑搁置起来，因为存疑是最好的办法。我认为，按照律令，灭绝人伦的一定要杀；以人情论，断绝子孙的也值得怜悯。生与杀都有所违背，仁与义最终难以两全。如果一定要委曲人情而变通王法，杀人者抵命，死者才能申冤。死者申了冤而使祖上绝后，这个哥哥若有知，也会不情愿。假如死者竟然愿意父亲断子绝孙，那就是没有人性了。即使不抵命也不能说是枉法，这是一种说法。有人又说，人情只是一个人的事，律条是天下之事。假使凡是家中只有兄弟二人，弟弟杀了兄长，怜悯他们家会绝后就不让抵命，那么夺产杀兄的就多了，那么律条又怎么能起到正人伦纲纪的作用呢？这未尝不是一种值得考虑的说法。看来没有皋陶那样明断的官，此案确实难判决。还是存留着等待明理的人去论定吧。

卢霁渔编修患寒疾，误延读《景岳全书》者投人参①，立卒。太夫人悔焉，哭极恸。然每一发声，辄闻板壁格格响；夜或绕床呼阿母，灼然辨为霁渔声。盖不欲高年之过哀也。悲哉！死而犹不忘亲乎。

【注释】

①《景岳全书》：是记录张景岳毕生治病经验和中医学术成果的综合性著作。共六十四卷，一百多万字。作者张介宾（1563—1640），字会卿，号景岳，别号通一子，明代杰出医学家。

【译文】

编修卢霁渔得了伤寒病，误请了一个读过《景岳全书》的医生来治，他在药里放了人参，卢霁渔服药后立即死了。太夫人悔恨痛心，哭得极其悲哀。但是她每哭一声，就听见板壁"格格"作响；夜间听见有人绕着床呼喊阿母，太夫人清楚地辨别出是卢霁渔的声音。这是卢霁渔不想让年迈的母亲过分哀伤悲痛。令人悲痛啊！死了还不忘老母亲。

海阳鞠前辈庭和言：一宦家妇临卒，左手挽幼儿，右手挽幼女，呜咽而终。力擘之乃释①，目炯炯尚不瞑也。后灯前月下，往往遥见其形，然呼之不应，问之不言，招之不来，即之不见。或数夕不出，或一夕数出；或望之在某人前，而某人反无睹；或此处方睹，而彼处又睹。大抵如泡影空花，电光石火，一转瞬而即灭，一弹指而倏生。虽不为害，而人人意中有一先亡夫人在。故后妻视其子女，不敢生分别心；婢媪童仆视其子女，亦不敢生凌侮心。至男婚女嫁，乃渐不睹，然越数岁或一见，故一家恒惴惴栗栗，如时在其房。或疑为狐魅所托，是亦一说。惟是狐魅扰人，而此不近人。且狐魅又何所取义，而辛苦十馀年，为时时作此幻影耶？殆结恋之极，精灵不散耳。为人子女者，知父母之心，殁而弥切如是也。其亦可以怆然感乎？

【注释】

①擘（bò）：分开。

【译文】

海阳县的鞠庭和前辈说：一位官宦人家的夫人临终前，左手挽着幼子，右手挽着幼女，呜咽而死。费了很大劲儿才把她的手掰开，她的眼睛却睁得很大，不肯瞑目。后来，灯前月下，往往远远看见她，但是叫她不答应，问她不说话，向她招手也不过来，走近去却不见了。有时几个晚上不出来，有时一夜出现好几回；有时望见她站在某人的面前，但某人却什么也没看见；有时在此处看见她，有时又在别处看到她。大概如同泡影空花，电光石火，一眨眼不见了，弹指之间又忽然出现了。虽然不害人，但人人心中都有个已故夫人的影子。因而，后妻对她的子女，不敢有歧视的心思；婢女僮仆对她的子女，也不敢有凌侮的心思。等到男婚女嫁后，才渐渐看不见她了，但过几年就间或出现一次，因此一家人总是战战兢兢，好像她就在身边。有人怀疑是狐魅冒形作祟，这也是一种说法。只是狐魅是搅扰人的，但是这个鬼却从不靠近人。况且狐魅又是为了什么要辛苦十多年，时时变幻这个形象出现呢？可能还是夫人过于眷恋，魂灵不散吧。为人子女的，要了解父母的爱心，死后还更加关切子女，竟然到了这个地步。这也足以让人悲伤地感叹吧？

　　庭和又言：有兄死而吞噬其孤侄者，迫胁侵蚀，殆无以自存。一夕，夫妇方酣眠，忽梦兄仓皇呼曰："起起！火已至。"醒而烟焰迷漫，无路可脱，仅破窗得出。喘息未定，室已崩摧，缓须臾，则灰烬矣。次日，急召其侄，尽还所夺。人怪其数朝之内，忽跖忽夷①。其人流涕自责，始知其故。此鬼善全骨肉，胜于为厉多多矣。

【注释】

①忽跖（zhí）忽夷：忽好忽坏的意思。跖，原名展雄，又名柳下跖、柳展雄，相传为古时民众起义的领袖。"盗"是当时统治者对他的贬称，"盗跖"成为盗贼或盗魁的代称。夷，伯夷，古代贤人。殷商末年孤竹国君的儿子。周武王灭商后，他和弟弟叔齐不愿吃周朝食粟，一起饿死在首阳山。

【译文】

鞠庭和前辈又说：有一个弟弟，在哥哥死后侵吞侄儿的财产，逼迫、威胁、蚕食，侄儿几乎无法活下去了。一天夜里，这个弟弟夫妻俩正在酣睡，忽然梦见哥哥急急地呼喊："快起来！快起来！火烧来了！"他们从梦中惊醒，只见屋里烟火迷漫，已经无路可逃，只得破窗而出。喘息未定，房子已经崩塌，如果逃得稍慢一点儿，人就烧成灰烬了。第二天，他急忙叫来侄儿，全部退还侵吞的财产。

人们对他几天之内忽坏忽好觉得很奇怪。那个人流泪自责，人们才知道其中的原因。这个哥哥的鬼魂善于保全骨肉，比变成厉鬼要好得多了。

　　必不能断之狱，不必在情理外也；愈在情理中，乃愈不能明。门人吴生冠贤，为安定令时，余自西域从军还，宿其署中。闻有幼女幼男皆十六七岁，并呼冤于舆前。幼男曰："此我童养之妇。父母亡，欲弃我别嫁。"幼女曰："我故其胞妹。父母亡，欲占我为妻。"问其姓，犹能记。问其乡里，则父母皆流丐，朝朝转徙，已不记为何处人矣。问同丐者，则曰："是到此甫数日，即父母并亡，未知其始末。但闻其以兄妹称。然小家童养媳，与夫亦例称兄妹，无以别也。"有老吏请曰："是事如捉影捕风，杳无实证，又不可以刑求，断合断离，皆难保不误。然断离而误，不过误破婚姻，其失小；断合而误，则误乱人伦，其失大矣。盍断离乎！"推研再四，无可处分，竟从老吏之言。

　　因忆姚安公官刑部时，织造海保方籍没①，官以三步军守其宅。宅凡数百间，夜深风雪，三人坚扃外户，同就暖于邃密寝室中，篝灯共饮。沉醉以后，偶剔灯灭，三人暗中相触击，因而互殴。殴至半夜，各困踣卧。至曙，则一人死焉。其二人一曰戴符，一曰七十五，伤亦深重，幸不死耳。鞫讯时，并云共殴致死，论抵无怨。至是夜昏黑之中，觉有扭者即相扭，觉有殴者即还殴，不知谁扭我谁殴我，亦不知我所扭为谁所殴为谁；其伤之重轻，与某伤为某殴，非惟二人不能知，即起死者问之，亦断不能知也。既一命不必二抵，任官随意指一人，无不可者。如必研讯为某人，即三木严求②，亦不过妄供耳。竟无如之何，相持月馀，会戴符病死，借以结案。姚安公尝曰："此事坐罪起衅者，亦可以成狱。然核其情词，起衅者实不知谁。锻炼而求，更不如随意指也。迄今反复追思，究不得一推鞫法。刑官岂易为哉？"

【注释】

①织造：明清时期于江宁、苏州、杭州各地设专局，织造各项衣料及制帛诰敕彩缯之类，以供皇帝及宫廷祭祀、颁赏之用；明代于三处各置提督织造太监一人，清代改任内务府人员，称"织造"。籍没：登记并没收所有财产入官。

②三木：指加在颈、手、足三处的刑具，即枷和桎梏。这里的意思是严刑逼供，屈打成招。

【译文】

实在难以判决的案件，不一定在情理之外；然而越在情理之中，就越不能分明。门生吴冠贤任安定县令时，我从西域从军回来，住在他的衙署里。听说有少男少女两个人，都是十六七岁，一起在车前大喊冤枉。少男说："她是我的童养媳妇。父母死后，就想抛弃我另嫁。"少女说："我本来是他的亲妹妹。父母死后，他想霸占我为妻。"问他们的姓名，两人还能记起来。问他们的籍贯，则说他们的父母都是到处流浪的乞丐，每天都换地方，已经不记得是哪里的人了。问起与他们一起行乞的人，他们说："他们到这里才几天，父母就都亡故了，因而不知道他们的来历。只听到他们以兄妹相称。但是小家小户的童养媳，和丈夫按惯例也是互称兄妹，实在没法分别。"有个老吏请示说："这种事就像捕风捉影，没有证据，又不能用刑逼供，断合断离都难保不错。但如果是断离判错了，只不过破坏了一桩婚姻，算是小过失；如果是断合判错了，就会乱了人伦，那过失就大了。不如断离吧！"推敲再三，也没更好的办法，竟依从了老吏的建议。

由此回忆起姚安公在刑部任职时，织造官海保的家产被没收入官，官府派了三个军士严守他的房宅。房宅共有几百间，夜深时风雪大作，三人关紧大门，图暖和，就一同在一间幽深的寝室里点着灯喝酒。大醉之后，偶然把灯剔灭了，三人在黑暗中相互碰撞，因而斗殴起来。打到半夜，都被打翻在地。到了早晨天亮，才发现一人死了。另外两个人，一个叫戴符，一个叫七十五，受伤也很重，还好没有死。审讯时，两人都说是互相斗殴时打死的，被判抵命也无怨。至于那夜在黑暗之中，觉得有人扭我就扭对方，觉得有人打我就打对方。不知是谁扭了打了我，也不知我扭的是谁、打的是谁；至于受伤轻重以及谁的伤是谁打的，不但这两个人不能知道，就是使死者复生询问，也肯定不能知道。既然一条命不能用两条命来抵偿，那么任凭官员随意判定其中一人有罪，也没有什么不可以的。如果一定要审讯出是某人所为，那么就是颈项手足上都给带上刑具严刑拷打，得到的也不过是假供词。官府竟无可奈何，这么拖延了一个多月，恰巧戴符病死，就借此了结此案。姚安公说："把这件事归罪于最先挑衅的人，也可以结案。但考察当时的情况及其供词，实在不知道挑衅者是谁。如果用刑逼供，还不如随意判决。至今反复考虑，还是没有想出一个审理的方法。刑官难道是容易当的吗？"

卷十一

槐西杂志一

"槐西"指写作之所，"杂志"表明著作的体例。作品的题材来源依旧众多，内容依然庞杂，主题依旧是通过故事进行道德说教。一个年近古稀的儒者，孜孜不倦笔耕不辍，是因为他念念不忘教化民众。纪昀在写作时看似心平气和、不愠不火，但是从每一则讲完小故事之后那些透彻、甚至不乏尖刻的批评，不难体会作者内心激荡着的对现实的痛心疾首，也能体会到时时流露出来的某种无奈感。纪昀并没有一味批判"刁民"，他还写了一些身居高位的"巨公"，这些高官没有道德践履，不能以身作则，理政全凭官样文章、嘴上功夫，如此，又如何能够指望律令真的能惩治奸邪，又如何指望儒学发挥整肃人心、凝聚民意的功能？作品处处表现了纪昀的愤怒和焦灼；同时，纪昀为我们展示了这样一幅幅图景：世界很精彩，世情很复杂，想要成正果，面临的各种各样诱惑很多，锐意进取的路上麻烦很多，平凡百姓要活下去困难很多……凡此种种，关键在于当事人自己要有主心骨；有了一定之规，足以应对万千变化。

道家言祈禳，佛家言忏悔，儒家则言修德以胜妖。二氏治其末，儒者治其本也。族祖雷阳公畜数羊，一羊忽人立而舞。众以为不祥，将杀羊。雷阳公曰："羊何能舞，有凭之者也。石言于晋①，《左传》之义明矣。祸已成欤，杀羊何益？祸未成而鬼神以是警余也，修德而已。岂在杀羊？"自是一言一动，如对圣贤。后以顺治乙酉拔贡②，戊子中副榜③，终于通判，讫无纤芥之祸④。

【注释】

①石言于晋：此典出自《左传》：昭公八年春，石言于晋、魏榆（晋地）。晋侯问于师旷曰："石何故言？"对曰："石不能言，或凭焉。"

②顺治乙酉：顺治二年（1645）。

③戊子：顺治五年（1648）。

④纤芥：细微。

【译文】

道家主张以祈福消灾，佛家主张以忏悔赎过，儒家则主张以修养品德来战胜邪魔。道家、佛家是治标，只有儒家才是治本。本家祖父那一辈的雷阳公养了几只羊，有一只羊忽然像人那样站立起来跳舞。人们都以为不吉利，主张把这只羊杀掉。雷阳公说："羊怎么能跳舞呢，一定是有什么灵物依凭着它。晋地魏榆的石头自言自语，《左传》已经解释得很清楚了。如果灾祸已经形成，杀掉这只羊有什么好处？如果灾祸没有形成，那就是鬼神对我提出的警告，我只有加深道德修养，怎么能只是杀一只羊的事呢？”从此以后，雷阳公的一举一动都像是面对圣贤。后来，他在顺治乙酉年被推举成为拔贡生，戊子年会试考中副榜，最终官至通判，一直太平无事。

霍丈易书言：闻诸海大司农曰：“有世家子，读书坟园。园外居民数十家，皆巨室之守墓者也。一日，于墙缺见丽女露半面。方欲注视，已避去。越数日，见于墙外采野花，时时凝睇望墙内。或竟登墙缺，露其半身，以为东家之窥宋玉也[1]，颇萦梦想。而私念居此地者皆粗材，不应有此艳质；又所见皆荆布，不应此女独靓妆，心疑为狐鬼。故虽流目送盼，而未通一词。一夕，独立树下，闻墙外二女私语。一女曰：‘汝意中人方步月，何不就之？’一女曰：‘彼方疑我为狐鬼，何必徒使惊怖！’一女又曰：‘青天白日，安有狐鬼？痴儿不解事至此。’世家子闻之窃喜，褰衣欲出，忽猛省曰：‘自称非狐鬼，其为狐鬼也确矣。天下小人未有自称小人者，岂惟不自称，且无不痛诋小人以自明非小人者。此魅用此术也。’掉臂竟返。次日密访之，果无此二女。此二女亦不再来。”

【注释】

①东家之窥宋玉：东家之子是个美女，传说她登墙窥宋玉三年，但是宋玉毫不动心。

【译文】

霍易书老先生说：听户部尚书海先生说："有个显贵人家的子弟在坟园里读书。园外住着几十户人家，都是为有身份、有地位的人家看坟的。有一天，他在围墙缺口处看见一个美女，露出半张脸来。他刚要仔细看看，女子已经避开了。过了几天，看到这个女子在墙外采野花，时时往墙里看。有一回竟然爬上围墙缺口，露出上半身，他以为这是美女对自己有意，觉得倒也有点儿值得魂牵梦绕思念的意思。但他转念一想，这儿住的都是粗俗之人，不应该有这么漂亮的风姿；而且这里女人都是布衣荆钗，不应该只有这一个女子浓妆艳抹，疑心是狐鬼。所以女子虽然眉目传情，他始终没有搭一句话。一天晚上，他独自站在树下，听到墙外两个女子窃窃私语。一个女子说：'你的意中人正在月下散步，还不快点儿找他去。'一个女子说：'他正疑心我是狐仙鬼怪，何必让他白白担惊受怕！'一个又说：'青天白日的，哪来的狐仙鬼怪？这家伙怎么傻到这个份上。'他听了这话暗自高兴，拉了拉衣服就要出去，忽然又猛地醒悟：'她们自称不是狐仙鬼怪，就的确是狐仙鬼怪了。天下的小人没有自称是小人的，不但不自称是小人，还都痛骂小人，表明自己不是小人。这两个狐狸精玩的也是这套把戏。'他一甩胳膊最终回去了。第二天，他暗地里细细查访，果然没有这样两个女子，这两个女子再也没有出现过。"

吴林塘言：曩游秦陇，闻有猎者在少华山麓，见二人儽然卧树下①。呼之犹能强起，问："何困踬于此？"其一曰："吾等皆为狐魅者也。初，我夜行失道，投宿一山家。有少女绝妍丽，伺隙调我。我意不自持，即相媟狎。为其父母所窥，甚见詈辱。我拜跪，始免箠挞。既而闻其父母絮絮语，若有所议者。次日，竟纳我为婿，惟约山上有主人，女须更番执役，五日一上直，五日乃返。我亦安之。半载后，病瘵，夜嗽不能寝，散步林下。闻有笑语声，偶往寻视。见屋数楹，有人拥我妇坐石看月。不胜恚忿，力疾欲与角。其人亦怒曰：'鼠辈乃敢瞰我妇！'亦奋起相搏。幸其亦病惫，相牵并仆。妇安坐石上，嬉笑曰：'尔辈勿斗，吾明告尔，吾实往来于两家，皆托云上直，使尔辈休息五日，蓄精以供采补耳。今吾事已露，尔辈精亦竭，无所用尔辈。吾去矣。'奄忽不见②。两人迷不能出，故饿踣于此③，幸遇君等得拯也。"其一人语亦同。

猎者食以干糒④，稍能举步，使引视其处。二人共诧曰："向者墙垣故土，梁柱故木，门故可开合，窗故可启闭，皆确有形质，非幻影也，今何皆土窟耶？院中地平如砥，净如拭，今何土窟以外，崎岖不容足耶？窟广不数尺，狐自容可矣，何以容我二人？岂我二人之形亦为所幻化耶？"一人见对面崖上有破磁，曰："此我持以登楼失手所碎，今峭壁无路，当时何以上下耶？"四顾徘徊，皆惘惘如梦。二人恨狐女甚，请猎者入山捕之。猎者曰："邂逅相遇，便成佳偶，世无此便宜事。事太便宜，必有不便宜者存。鱼吞钩，贪饵故也；猩猩刺血⑤，嗜酒故也。尔二人宜自恨，亦何恨于狐？"二人乃悯默而止。

【注释】

①儽（léi）然：疲惫、困顿的样子。

②奄忽：急速，倏忽。

③踣（bó）：倒毙，僵死。

④干糒（bèi）：干粮。

⑤猩猩刺血：见明代文学家刘元卿的寓言故事集《贤奕编》。说的是猎人知道猩猩嗜酒，设下陷阱，猩猩因为贪酒，结果都被捉了；以警示人们，贪则智昏，不计后果；贪则心狂，胆大妄为；贪则难分祸福。

【译文】

吴林塘说：以前游历秦陇一带，听说有一个猎人，在少华山的山脚下，看见两个人虚弱疲惫躺在树下。猎人叫他们，还能勉强坐起来。猎人问："你们怎么会困在这里？"其中一个人说："我们都是被狐狸精迷惑的。当初，我晚上赶路，走错了路口，到一户山民家借宿。这家有个姑娘很漂亮，找机会悄悄地和我调情。我把持不住，就和她厮混起来。被她父母偷偷看到，骂得很难听。我跪下求饶，才免了挨打。之后听到她父母絮絮叨叨说话，好像商量着什么。第二天，居然招我做女婿，只是约定山上还有主人，姑娘要轮番去做工，五天当班，五天在家里。我也安顿下来。过了半年，我得了痨病，晚上咳嗽得不能入睡，就到树林里去散步。我听到有谈笑说话的声音，走过去看看。只见有几间屋子，有个人抱着我妻子坐在石头上看月亮。我很愤怒，想要痛打那人一顿。那人也很生气，说：'胆大鼠辈，竟敢偷看我老婆！'也跳起来跟我对打。幸而那个人也是病得有气无力，我们拉拉扯扯，都倒在地上。那个女人却安安稳稳地坐在石头上，笑嘻嘻地说：'你们两个不要打了，我明白告诉你们吧，我实际上来往于你们两个人之间，都借口当班，让你们各自休息五天，养精蓄锐，供我采补罢了。今天我的事情已经败露了，你们的精气也已经枯竭，没什么用了。我走了。'一下子就不见。我们两人找不到路，走不出山，饿倒在这里，幸好碰到你，我们有救了。"另外一个人讲的也一样。

猎人给他们吃了干粮，他们勉强能走了，叫他们带路到原来住的地方。两人都很诧异地说："以前这里是土墙，屋梁屋柱是木头的，大门和窗户都可以开可以关，都是实实在在的，并不是虚幻的影子，现在怎么都是土洞呢？原来院子地面平坦，干净得像擦过一样，现在是怎么土洞以外，坑坑洼洼的，连站都没法站呢？土洞不过几尺大小，狐狸躲藏没问题，又怎么能容得下我们两个呢？难道我们两个的形体也被狐狸精变化了吗？"其中一个人看见对面山崖上有几片破磁片，说："这是我上楼时失手跌碎的碗，现在悬崖峭壁，路都没有，当时怎么能上上下下呢？"他们四处东张西望，转来转去，觉得迷迷糊糊的，像是做了一场梦。这两个人恨透那个狐狸精，请求猎人进山追捕。

猎人说："意外相逢，就结成夫妻，世界上没有这样便宜的事。事情太便宜了，其中一定有不便宜的东西。鱼吞钓钩，是贪吃鱼饵的原故；猩猩被捉住了放血，是贪酒的原故。你们两个应该恨自己，又怎么能恨狐狸精呢！"两个人才可怜兮兮的不说什么了。

汪旭初言：见扶乩者，其仙自称张紫阳[①]。叩以《悟真篇》，弗能答也，但判曰"金丹大道，不敢轻传"而已。会有仆妇窃赀逃，仆叩问："尚可追捕否？"仙判曰："尔过去生中，以财诱人，买其妻；又诱之饮博，仍取其财。此人今世相遇，诱汝妇逃者，买妻报；并窃赀者，取财报也。冥数先定，追捕亦不得，不如已也。"旭初曰："真仙自不妄语。然此论一出，凡奸盗皆诿诸夙因，可勿追捕，不推波助澜乎？"乩不能答。有疑之者曰："此扶乩人多从狡狯恶少游，安知不有人匿仆妻而教之作此语？"阴使人侦之。薄暮，果赴一曲巷。登屋脊密伺，则聚而呼卢[②]，仆妇方艳饰行酒矣。潜呼逻卒围所居，乃弭首就缚。

律禁师、巫，为奸民窜伏其中也。蓝道行尝假此术以败严嵩[③]，论者不甚以为非，恶嵩故也。然杨、沈诸公[④]，喋血碎首而不能争者，一方士从容谈笑，乃制其死命，则其力亦大矣。幸所排者为嵩，使因而排及清流，虽韩、范、富、欧阳[⑤]，能与枝梧乎[⑥]？故乩仙之术，士大夫偶然游戏，倡和诗词，等诸观剧则可；若借卜吉凶，君子当怖其卒也。

【注释】

①张紫阳（984—1082）：北宋道士、内丹学家，道教奉为南宗五祖之首，称"紫阳真人"。

②呼卢：古代一种赌博游戏。共有五子，五子全黑的叫"卢"，得头彩。掷子时，高声喊叫，希望得全黑，所以称之为"呼卢"。

③"蓝道行"句：蓝道行是明朝嘉靖年间人，当时有名的道士。嘉靖三十四年（1555）时到京城，后被当时的内阁大学士徐阶推荐给笃信道教的嘉靖皇帝，深得信任。因攻击当时的内阁首辅严嵩，遭到严嵩的报复，被拘禁，并迫害致死。见明末蒋棻的《明史记事》。

④杨、沈：杨，指杨继盛。沈，指沈炼（1507—1557），字纯甫，号青霞。沈炼任官期间，屡次弹劾严嵩、严世蕃父子，被严氏父子杀害。

⑤韩、范、富、欧阳：韩，韩琦（1008—1075），字稚圭，自号赣叟，北宋政治家、名将，谥忠献。范，范仲淹（989—1052），字希文，北宋著名的政治家、思想家、文学家和将领，世称"范文正公"。富，富弼（1004—1083），字彦国，封"郑国公"。欧阳，欧阳修（1007—1072），字永叔，号醉翁，晚号"六一居士"，北宋政治家、文学家、史学家，谥文忠。

⑥枝梧：斜而相抵的支柱，引申为对抗、抵挡。

【译文】

汪旭初说：见过一个扶乩的，乩仙自称张紫阳。问他《悟真篇》中的内容，乩仙竟不能回答，只是判道"炼金丹是大道行，不敢轻易传给别人"。恰巧有个仆人的妻子偷了钱逃跑了，仆人就问乩仙："还能把她抓回来么？"乩仙下判语说："你上辈子用钱财诱骗人，把他的妻子买到了手；又引诱他喝酒赌博，把他的钱再赚回来。这个人今世相遇，拐骗走你的妻子，是报复你买他的妻子；偷走了你的钱，是对你诈骗人家钱财的报应。气数事先定了，追捕也抓不到，不如算了吧。"汪旭初说："真仙自然不讲假话。不过，这种议论一旦形成，那么凡是奸盗都把责任推到夙因上，无需追捕，这不就等于推波助澜吗？"乩仙回答不上来。有人怀疑说："这个扶乩的人常常和一伙狡猾的恶少混在一起，怎么能知道不是他们把仆人的妻子藏了起来，而叫他说这种话？"于是暗地里派人去侦察。天刚黑，扶乩人果然往一个幽深的巷子里去了。跟踪的人上了屋顶悄悄蹲守，只见一帮人聚在一起赌博喝酒，仆人的妻子打扮得花枝招展，给大家斟酒。跟踪的人悄悄地叫来巡逻的士兵，把房子团团围住，屋里的人俯首就擒。

律条禁止巫师、巫婆活动，是因为往往有作奸犯科的人潜伏其中。蓝道行曾经用巫术让皇帝不再信任严嵩，议论的人们并不认为蓝道行不对，因为民众太恨严嵩了，然而像杨继盛、沈炼等忠臣，抛头颅、洒热血所办不到的事，一个方士在谈笑之间就置严嵩于死地，那么方士的能量也是很大的。幸亏他排斥的是严嵩，假使排挤的是那些清官名士，就是韩琦、范仲淹、富弼、欧阳修这样的名臣，能与他相抗衡么？所以说，乩仙术只能供士大夫们偶然玩玩，作诗唱和，把它当作看戏还行；如果用来卜问吉凶，君子就得小心，要好好考虑一下后果。

里有视鬼者曰："鬼亦恒憧憧扰扰，若有所营，但不知所营何事；亦有喜怒哀乐，但不知其何由。大抵鬼与鬼竞，亦如人与人竞耳。然微阴不足敌盛阳，故莫不畏人。其不畏人者，一由人据所居，鬼刺促不安，故现变相驱之去；一由祟人求祭享；一由桀骜强魂，戾气未消。如人世无赖，横行为暴，皆遇气旺者避，遇运蹇者乃敢侵。或有冤魂厉魄，得请于神，报复以申积恨者，不在此数。若夫欲心所感，淫鬼应之；杀心所感，厉鬼应之；愤心所感，怨鬼应之。则皆由其人之自召，更不在此数矣。我尝清明上冢，见游女踏青，其妖媚弄姿者，诸鬼随之嬉笑；其幽闲贞静者，左右无一鬼。又尝见学宫有数鬼，教谕鲍先生出，先生讳梓，南宫人，官献县教谕。载县志《循吏传》。则瑟缩伏草间；训导某先生出，则跳掷自如。然则鬼之敢侮与否，尤视乎其人哉！"

【译文】

我们家乡有个能看得见鬼的人说："鬼也总是忙忙碌碌、心乱神疲，仿佛在忙着什么事，但是我不知道他们在忙些什么；也有喜怒哀乐，但是我也不知道他们为了什么。大概鬼与鬼竞争，也和人与人竞争一样。不过，微弱的阴气不能抵挡旺盛的阳气，所以没有不怕人的鬼。那些不怕人的鬼，一是人占领了鬼住的地方，鬼惶恐不安，因而作出怪样子，把人赶出去；一是骚扰人们以求祭祀；一是强横刚烈的鬼魂，凶暴之气还没有消散。就像人世间的流氓无赖，横行霸道，他们的鬼魂碰上阳气旺盛的人就躲避，遇到时运困顿的人才敢欺侮。另外有些冤魂恶鬼，他们的请求得到了神的批准，向某人报复，发泄心中的愤怨，就不在这个范围内了。人们有淫邪的欲念，就有淫鬼去回应；有凶杀的念头，就有恶鬼去回应；有怨恨的心思，就有怨鬼去回应。鬼都是那些人自己找来的，更不在这个范围内了。我曾经在清明时上坟，看到出来踏青春游的女人，那些妖媚的搔首弄姿，鬼就跟着她们玩耍嬉笑；那些端庄稳重的，旁边一个鬼也没有。又曾经看到学宫里有几个鬼，教谕鲍先生出来的时候，先生名梓，南宫县人，担任献县的教谕。事迹记载在县志的《循吏传》中。鬼就颤抖着躲在草丛中；训导某先生出来的时候，鬼就自由自在地蹦蹦跳跳。所以，鬼敢不敢欺侮人，还是看这个人是什么样的了！"

李庆子言：山东民家，有狐居其屋数世矣。不见其形，亦不闻其语；或夜有火烛盗贼，则击扉撼窗，使主人知觉而已。屋或漏损，则有银钱铿然坠几上。即为修葺^①，计所给恒浮所费十之二，若相酬者。岁时必有小馈遗置窗外。或以食物答之，置其窗下，转瞬即不见矣。从不出戏人，儿童或反戏之，戏以瓦砾掷窗内，仍自窗还掷出。或欲观其掷出，投之不已，亦掷出不已，终不怒也。一日，忽檐际语曰："君虽农家，而子孝弟友，妇姑娣姒皆婉顺②，恒为善神所护，故久住君家避雷劫。今大劫已过，敬谢主人，吾去矣。"自此遂绝。从来狐居人家，无如是之谨饬者，其有得于老氏"和光"之旨欤③！卒以谨饬自全，不遭劾治之祸，其所见加人一等矣。

【注释】

①修葺（qì）：修理、修建房屋。

②娣（dì）姒（sì）：妯娌。

③老氏"和光"之旨：老子的"和光同尘"的要旨。这里指随俗而处，不露锋芒。老氏，老子。和光，混合各种光彩。和，混合。

【译文】

李庆子说：山东有一户百姓家，狐精居住在他家已经几代了。平常不见狐精身形，也听不见声音；有时夜间如果有火灾或者盗贼，狐精就敲门摇窗，让主人知道。屋子有了漏损，就有银钱"铛唧"一声落到几案上。用这些银钱修缮房屋，费用总是能富裕十分之二，好像是对主人的酬谢。到了过年时，狐精必定赠送些小礼品，放在窗外。主人有时用食物答谢，放在狐精住的屋子窗外，转眼就不见了。狐精从来不扰人，有时候小孩子反而去惹狐精，往里面扔砖头瓦片玩，狐精也只是再从窗户扔出来。有时小孩子要看里面怎么往外扔，就不停地往里投，狐精不过是不停地往外扔，始终不发怒。有一天，忽然听到房檐上有声音说："您虽说是农家，但是儿女孝敬，兄弟友爱，婆媳、妯娌和睦，常被神灵保护着，所以我长期居住在您家里，以避雷劫。如今大劫已过，敬谢主人，告辞了。"此后，再也没有狐精了。狐精居住在人家，从来也没有这么小心谨慎、自我约束的，大概他们是懂得了老子关于"和光同尘"的要旨了吧！他们终因小心谨慎、自我约束保全了自己，避免了被符咒法术制服的祸患，这种见识可以说高人一等了。

曹慕堂宗丞言：有夜行遇鬼者，奋力与角。俄群鬼大集，或抛掷沙砾，或牵拽手足。左右支吾，大受箠击，颠踬者数矣。而愤恚弥甚，犹死斗不休。忽坡上有老僧持灯呼曰："檀越且止！此地鬼之窟宅也，檀越虽猛士，已陷重围。客主异形，众寡异势，以一人气血之勇，敌此辈无穷之变幻，虽贲、育无幸胜也[1]，况不如贲、育者乎？知难而退，乃为豪杰。何不暂忍一时，随老僧权宿荒刹耶？"此人顿悟，奋身脱出，随其灯影而行。群鬼渐远，老僧亦不知所往。坐息至晓，始觅得路归。此僧不知是人是鬼，可谓善知识耳。

【注释】
[1]贲、育：战国时勇士孟贲和夏育。

【译文】

曹慕堂宗丞说：有一个人赶夜路，遇到了鬼，就尽力同鬼争斗。不一会儿大群的鬼拥过来，有的抛掷沙石，有的拉手拽脚。这个人左挡右防，受尽捶打，爬起跌倒很多次。这人更加愤怒，拚死争斗不停。忽然山坡上有个老和尚举着灯笼喊道："施主不要再打了。这里是鬼的老窝，施主虽然是猛士，已经陷入重围了。客人和主人形类不同，人数多寡又不对等，以你一个人的勇猛，去对付这些鬼无穷的变化，即使有古代勇士孟贲、夏育的力量，也不能侥幸取胜，何况你不如孟贲、夏育呢！知难而退，才是豪杰。你为什么不暂时忍耐一下，暂且跟老和尚到荒凉的寺院住一个晚上呢？"这个人顿时醒悟，奋力脱身，跟着老和尚的灯光走。群鬼越来越远了，老和尚也不知去向。这人坐下休息，到早晨才找到路回家。这个老和尚不知是人是鬼，但可以说是通晓一切的了。

同郡某孝廉未第时，落拓不羁，多来往青楼中。然倚门者视之，漠然也。惟一妓名椒树者此妓佚其姓名，此里巷中戏谐之称也。独赏之，曰："此君岂长贫贱者哉！"时邀之狎饮，且以夜合资供其读书。比应试，又为捐金治装，且为其家谋薪米。孝廉感之，握臂与盟曰："吾傥得志，必纳汝。"椒树谢曰："所以重君者，怪姊妹惟识富家儿；欲人知脂粉绮罗中，尚有巨眼人耳。至白头之约，则非所敢闻。妾性冶荡，必不能作良家妇；如已执箕帚①，仍纵怀风月，君何以堪！如幽闭闺阁，如坐囹圄，妾又何以堪！与其始相欢合，终致仳离②，何如各留不尽之情，作长相思哉。"后孝廉为县令，屡招之不赴。中年以后，车马日稀，终未尝一至其署。亦可云奇女子矣。使韩淮阴能知此意，乌有"鸟尽弓藏"之憾哉③！

【注释】

①执箕帚：古时借指充当臣仆或妻子。

②仳（pǐ）离：夫妻离散，特指妻子被遗弃。

③"韩淮阴"二句：韩淮阴，指韩信。韩信（约前231—前196），淮阴（今江苏淮安）人，与萧何、张良并列为汉初三杰。曾先后为齐王、楚王，后贬为淮阴侯。后吕后与萧何合谋，诬其谋反，骗入长乐宫，斩于钟室。参见《史记·淮阴侯列传》。鸟尽弓藏，鸟没有了，弓也就藏起来不用了，比喻事情成功之后，把曾经出过力的人一脚踢开。

【译文】

我同郡的一位举人考取功名前，穷困潦倒，放荡不羁，常来往于妓院。然而烟花女子都不怎么搭理他。只有一个叫椒树的妓女这个妓女已不知姓名，这个名字是妓院里的人给她起的绰号。赏识他，说："这位郎君怎么会长久地贫穷下去呢！"时常请他来宴饮亲热，并且拿出接客的钱资助他读书。等到应考时，椒树又出钱为他准备行装，还为他家准备了柴米油盐。举人感激她，拉着椒树的手发誓说："倘若我得到一官半职，一定娶你为妻。"椒树辞谢说："我所以器重您，只是怪姐妹们只认识富家儿；我想让人们明白，在敷脂粉、穿绸缎的女人里，也有慧眼识贤的人。至于白头偕老的约定，我是不敢想的。我性情放荡，必定当不成良家妇女；如果我成了您的妻子，依然纵情声色，您怎么受得了！如果把我幽禁在闺阁中，我就像进了监狱，我怎么受得了！与其开始欢合，最终离异，还不如互留相思之情，作为长久的思念。"后来，这个举人官居县令，他多次请椒树来，椒树都没有答应。后来，椒树年纪大了，门前车马渐渐稀少，她也没有到县衙去过一次。这也可称得上是一位奇女子了。假如当年淮阴侯韩信能够体会这层意思，哪里还会有"飞鸟尽，良弓藏"的遗憾呢！

　　陈裕斋言：有僦居道观者①，与一狐女狎，靡夕不至。忽数日不见，莫测何故。一夜，搴帘含笑入。问其旷隔之由。曰："观中新来一道士，众目曰仙。虑其或有神术，姑暂避之。今夜化形为小鼠，自壁隙潜窥，直大言欺世者耳。故复来也。"问："何以知其无道力？"曰："伪仙伪佛，技止二端：其一故为静默，使人不测；其一故为颠狂，使人疑其有所托。然真静默者，必淳穆安恬，凡矜持者伪也；真托于颠狂者，必游行自在，凡张皇者伪也。此如君辈文士，故为名高，或迂僻冷峭，使人疑为狷；或纵酒骂座，使人疑为狂，同一术耳。此道士张皇甚矣，足知其无能为也。"时共饮钱稼轩先生家。先生曰："此狐眼光如镜，然词锋太利，未免不留馀地矣。"

【注释】

①僦（jiù）居：租房子居住。

【译文】

陈裕斋说：有个人借住在道观里，跟一个狐女相好，狐女没有一夜不来。忽然狐女好几天没来，猜不出是为什么。一天晚上，狐女掀开门帘笑嘻嘻进屋。问她几天没来的缘故，狐女说："道观里新来了个道士，众人都把他看成是神仙。我担心他真有神术，所以暂避一时。今天晚上，我变幻成一只小老鼠，从墙洞偷偷地观察他，原来这道士不过吹牛骗人罢了。所以我又来了。"那人问："你凭什么说他没有道力？"狐女说："凡是伪仙伪佛，大抵只有两套伎俩：一种是假装沉默，让人揣摩不透；另一种是假装癫狂，让人觉得他真的有所倚仗。然而，真正静默的人，必然表现为淳朴、肃穆、闲适、恬静，凡是装腔作势的就是假的；真正依托癫狂状态的人，一定是言语行动真实自然，凡是东张西望、神情不安的就是假的。比如像您这样的文士，故作高傲，有的迂腐孤僻，使人觉得他耿直；或者借酒骂人，让人觉得他有些狂放，这是同一种把戏。这个道士慌慌张张，太明显了，我断定他没有什么本事。"当时，几个人一起在钱稼轩先生家喝酒。钱先生说："这个狐女眼光明亮如镜，然而词锋过于尖刻，未免不给别人留有馀地呵。"

卷十二

槐西杂志二

好学能成才，博学则多智。一卷书近 70 则笔记，涉及天地鬼神古今中外，如此庞杂，纪昀则举重若轻，运笔有神，体现了他的博学。本卷有 35 则笔记讲鬼狐。其实，所谓的鬼神狐怪、魑魅魍魉，都不过是人或动物形象的奇特化、美化或丑化而已，然而古代的人们却渐渐认为它们也是一种客观存在而有所畏惧。人们对鬼神膜拜和恐惧，是对事物虚幻、歪曲、颠倒的反应，是荒唐的意识形式。纪昀则努力从人们创造的神奇、荒唐形象和秩序中找见原型，因此，他笔下的鬼狐更具有人的特点，并非法力无边。这些当然源于他对生活超越常人的认知。在接受这一类信息时，按照他所特有的感知定势、他特有的博学和睿智进行选择，得出与众不同的结论。尽管有时不免半信半疑，他还是努力客观地认识自然现象、社会现象，而不像当时的许多人一样，出于对科学的无知，混淆社会现象与自然现象，把自己弄得迷蒙混沌。他也不掩饰自己的无知，态度开明而严肃地进行考辨，反映了他思维上的科学性。纪昀避免跟前辈和同时代的许多文人那样，把客观世界的某一局部、事物的某一方面、进程的某一片断孤立起来，避免把重复的过程简单化然后夸大、神化地表现出来，努力试图深入到事物的本质，这是难能可贵的。

虞惇有佃户孙某，善鸟铳，所击无不中。尝见一黄鹂，命取之。孙启曰：“取生者耶？死者耶？”问：“铁丸冲击，安能预决其生死？”曰：“取死者直中之耳，取生者则惊使飞而击其翼。”命取生者。举手铳发，黄鹂果堕。视之，一翼折矣。其精巧如此。适一人能诵放生咒，与约曰：“我诵咒三遍，尔百击不中也。”试之果然。后屡试之，无不验。然其词鄙俚，殆可笑噱，不识何以能禁制。又凡所闻禁制诸咒，其鄙俚大抵皆似此，而实皆有验，均不测其所以然也。

【译文】

虞惇家有个雇工孙某，擅长打鸟枪，瞄准目标没有打不中的。虞惇曾经看见一只黄鹂，就让孙某打下来。孙某问道：“你是要活的还是要死的？”虞惇奇怪地问：“铁弹发射，怎么能预先决定黄鹂是生是死呢？”孙某说：“假如要死的，我就直接打中它；假如要活的，我就先把它惊飞起来，再打它的翅膀。”虞惇就说要活的。孙某抬手射击，黄鹂果然掉落下来。拿来一看，折了一只翅膀。孙某的射术精湛到如此程度。碰巧，有个人能念诵放生的咒语，他与孙某相约说：“我诵念三遍咒语，而你就是打上一百枪也不中。”试了一下果然这样。以后又多次试验，没有不灵验的。然而那咒语粗俗不堪，听起来实在可笑，不知它怎么能让神射手射不中的。而且，凡是听到过的起禁制作用的各种咒语，粗俗可笑的程度大致全都像放生咒一样，却都很灵验，都猜不出这到底是什么原因。

蔡葛山先生曰："吾校《四库》书，坐讹字夺俸者数矣，惟一事深得校书力。吾一幼孙，偶吞铁钉，医以朴硝等药攻之，不下，日渐尪弱。后校《苏沈良方》①，见有小儿吞铁物方，云剥新炭皮研为末，调粥三碗，与小儿食，其铁自下。依方试之，果炭屑裹铁钉而出。乃知杂书亦有用也。此书世无传本，惟《永乐大典》收其全部②。余领书局时，属王史亭排纂成帙。苏沈者，苏东坡、沈存中也，二公皆好讲医药。宋人集其所论，为此书云。"

【注释】

① 《苏沈良方》：又名《苏沈内翰良方》，原书十五卷。是北宋末年（一说为南宋）佚名编者根据沈括的《良方》（又名《得效方》《沈氏良方》《沈存中良方》）十卷与苏轼的《苏学士方》（又名《医药杂说》）整理编撰而成的医学书籍。现流行本为十卷。本书近似医学随笔的体裁，广泛论述医学各方面问题。

② 《永乐大典》：编撰于明代永乐年间，初名《文献大成》，是中国的百科全书式的文献集。全书目录六十卷，正文两万馀卷，装成一万馀册，约3.7亿字，这一古代文化宝库汇集了古今图书七八千种。《永乐大典》惨遭浩劫，大多亡于战火，今存不到八百卷。

蔡葛山先生说："我校勘《四库全书》时，因为校错文字而几次被罚了俸禄，只有一件事，因为校勘图书而意外得到很大的收获。我有个小孙子，偶尔误吞了铁钉，医生用朴硝等药物催泻，铁钉没有泻下来，人却一天天虚弱了。后来，我校勘《苏沈良方》，见有小儿吞铁物方，说剥取新炭的皮，磨成粉末，用它调三碗粥，给小孩子吃了，铁钉自然会泻出来。我按照药方试了试，果然见炭末裹着铁钉泻了出来。这才知道杂书也有用处。这本书世间没有流传本子，只有在《永乐大典》中收录全文。我在主持书局工作时，让王史亭编定成册。苏沈就是苏东坡、沈存中，这两位先生都喜欢谈论医药。宋代的人收集他们的议论，编成这本书。"

东光有王莽河，即胡苏河也。旱则涸，水则涨，每病涉焉。外舅马公周篆言：雍正末，有丐妇一手抱儿，一手扶病姑涉此水。至中流，姑蹶而仆。妇弃儿于水，努力负姑出。姑大诟曰："我七十老妪，死何害！张氏数世，待此儿延香火，尔胡弃儿以拯我？斩祖宗之祀者尔也！"妇泣不敢语，长跪而已。越两日，姑竟以哭孙不食死。妇呜咽不成声，痴坐数日，亦立槁。不知其何许人，但于其姑詈妇时，知为姓张耳。有著论者，谓儿与姑较，则姑重；姑与祖宗较，则祖宗重。使妇或有夫，或尚有兄弟，则弃儿是。既两世穷嫠，止一线之孤子，则姑所责者是。妇虽死有馀悔焉。

姚安公曰："讲学家责人无已时。夫急流汹涌，少纵即逝，此岂能深思长计时哉！势不两全，弃儿救姑，此天理之正，而人心之所安也。使姑死而儿存，终身宁不耿耿耶？不又有责以爱儿弃姑者耶？且儿方提抱，育不育未可知。使姑死而儿又不育，悔更何如耶？此妇所为，超出恒情已万万。不幸而其姑自殒，以死殉之，其亦可哀矣！犹沾沾焉而动其喙，以为精义之学，毋乃白骨衔冤，黄泉赍恨乎！孙复作《春秋尊王发微》①，二百四十年内，有贬无褒；胡致堂作《读史管见》②，三代以下无完人。辨则辨矣，非吾之所欲闻也。"

【注释】

①《春秋尊王发微》：宋代孙复撰。十二卷。全书"尊王"意识强烈。孙复是宋代第一位以《春秋》名家的学者，《春秋尊王发微》也是今存宋人第一部篇幅完整的《春秋》学专著，可以看作是"新《春秋》学"成立发扬的重要标杆。

②胡致堂：胡寅（1098—1156），字明仲，建宁崇安（今属福建）人。学者称"致堂先生"。胡安国侄。徽宗宣和三年（1121）进士。钦宗靖康初召为校书郎，从祭酒杨时受学。高宗建炎中因张浚荐，擢起居郎。上书陈抗金大计，反对苟安议和，言词切直。绍兴中为中书舍人，力阻遣使入金。出知严

州、永州。官至礼部侍郎兼直学士院。秦桧当国，深忌之，以讥讪朝政落职，安置新州。桧死复官。卒谥文忠。著有《论语详说》《读史管见》和《斐然集》等。

【译文】

东光县有一条王莽河，即胡苏河。天旱时水干见底，发大水时河流涨满，人们常常害怕过河。岳父马周箓先生说：雍正末年，有个讨饭妇人，一手抱着儿子，一手扶着生病的婆婆，涉水过河。走到河中间，婆婆扑倒在水里。讨饭妇人扔掉儿子，用力背起婆婆出水。婆婆大骂道："我是七十岁的老太婆，死了又有什么关系！张家几代人，就指望这个孩子承继香火，你为什么把儿子抛开来救我？断绝祖宗祭祀的人，就是你啊！"讨饭妇人只是哭，不敢回答，直挺挺地跪着。过了两天，婆婆痛哭孙子，绝食而死。讨饭妇人哭到发不出声音，痴痴呆呆地坐了几天，也成为一具枯尸。不知她是哪里人，只是听到婆婆骂她时，知道她姓张而已。有人写文章议论，说儿子与婆婆比较，婆婆重要；婆婆与祖宗比较，祖宗重要。假如讨饭妇人还有丈夫，或者丈夫有兄弟，那么抛开儿子是对的。既然两代穷寡妇，只有一线单传的独子，那么婆婆的责备是对的。这个讨饭妇人即使死后，还是应该后悔的。

姚安公说："讲理学的道学家责备人真是没个完。在汹涌湍急的河流中，机会一下子就过去了，哪有时间深思熟虑从长计议呢！在不能两全的情况下，抛开儿子去挽救婆婆，是天理的正道，也是可以让人心感到安帖的。假如婆婆淹死了，儿子活着，讨饭妇人一生就不会于心有愧吗？不是又有人会责备她因为爱护儿子而抛弃了婆婆吗？而且，儿子还只是抱在怀里的婴儿，能不能养活还不知道。假如婆婆淹死了儿子也养不活，讨饭妇人更不知道怎样后悔了。这个讨饭妇人的行为，已经超出世间常情太多了。她婆婆不幸自殒性命，她又跟着去死，这也真够悲哀的了！有人还唾沫横飞地信口乱讲，认为是精深的理学，这不是使死者受到冤屈，阴间的灵魂也要怨恨吗！孙复写《春秋尊王发微》，对二百四十年间的人物，只有批评没有表扬；胡致堂写《读史管见》时，写到夏、商、周三代以后，就没有一个品德完美的人了。这些议论倒是够雄辩的，却并不是我愿意听到的。"

《象经》始见《庾开府集》①，然所言与今法不相符。《太平广记》载棋子为怪事，所言略近今法，而亦不同。北人喜为此戏，或有耽之忘寝食者。景城真武祠未圮时，中一道士酷好此，因共以"棋道士"呼之，其本姓名乃转隐。一日，从兄方洲入所居，见几上置一局，止三十一子，疑其外出，坐以相待。忽闻窗外喘息声，视之，乃二人四手相持，共夺一子，力竭并踣也。癖嗜乃至于此！南人则多嗜弈，亦颇有废时失事者。从兄坦居言：丁卯乡试②，见场中有二士，画号板为局，拾碎炭为黑子，剔碎石灰块为白子，对着不止，竟俱曳白而出。夫消闲遣日，原不妨偶一为之；以此为得失喜怒，则可以不必。东坡诗曰："胜固欣然，败亦可喜。"荆公诗曰："战罢两奁收白黑，一枰何处有亏成？"二公皆有胜心者，迹其生平，未能自践此言，然其言则可深思矣。辛卯冬③，有以《八仙对弈图》求题者。画为韩湘、何仙姑对局，五仙旁观，而铁拐李枕一壶卢睡。余为题曰："十八年来阅宦途，此心久似水中凫。如何才踏春明路，又看仙人对弈图。""局中局外两沉吟，犹是人间胜负心。那似顽仙痴不省，春风蝴蝶睡乡深。"今老矣，自迹生平，亦未能践斯言，盖言则易耳。

【注释】

①《象经》：北周武帝宇文邕作，唐代以后失传。宇文邕把古代象棋称为"象戏"，并亲自给文武百官讲解。《庾开府集》：庾信撰。庾信（513—581），字子山，小字兰成，北周时期南阳新野（今属河南）人。官至骠骑大将军开府仪同三司，故又称"庾开府"。庾信少负才名，博览群书。十五岁入官为太子萧统伴读，十九岁任抄撰博士。

②丁卯：乾隆十二年（1747）。

③辛卯：乾隆三十六年（1771）。

【译文】

《象经》一书，最初见于《庾开府集》，只是所讲和现在下棋的方法不同。《太平广记》记载棋子作怪的事，所讲的比较接近现在的方法，但也有所不同。北方人喜欢这种游戏，有人甚至着迷到了废寝忘食的地步。景城真武祠倒塌前，祠里有个道士热衷下棋，大家叫他"棋道士"，他本来的姓名倒不为人所知了。有一天，堂兄方洲到道士住的地方，见桌子上放着棋局，只有三十一个棋子，方洲以为道士外出了，就坐下来等他。忽然听到窗外有喘息的声音，过去一看，原来是两个人四只手拉扯在一起，在争夺一枚棋子，争得精疲力尽，都倒在地下。癖好竟然到了这种地步！南方人则多半嗜好围棋，也常有浪费时间、耽误事情的。堂兄坦居说：他参加丁卯年乡试，看到考场里有两个秀才，在号板上画上棋盘，捡碎炭做黑子，碎石灰块做白子，对局停不下来，最后居然都交了白卷出场。为了消闲，偶然下下棋原也无妨；但因下棋而得失喜怒，就大可不必了。苏东坡有诗说："胜固欣然，败亦可喜。"王荆公有诗说："战罢两奁收白黑，一枰何处有亏成？"这两位都有好胜之心，看看他们一生所为，并未能实践自己的诗意，但他们的话还是值得深思的。辛卯年冬天，有个人拿《八仙对弈图》来请我题辞。图中画着韩湘子、何仙姑对局下棋，其他五个仙人在旁边观看，只有铁拐李枕着一个葫芦睡大觉。我给这幅画题了两首诗："十八年来阅宦途，此心久似水中凫。如何才踏春明路，又看仙人对弈图。""局中局外两沉吟，犹是人间胜负心。那似顽仙痴不省，春风蝴蝶睡乡深。"我现在老了，回顾平生经历，也未能全都按照诗中的意思去做，真是讲比做容易呀。

　　明天启中，西洋人艾儒略作《西学凡》一卷①。

言其国建学育才之法，凡分六科：勒铎理加者，文科也；斐录所费哑者，理科也；默弟济纳者，医科也；勒斯义者，法科也；加诺撮斯者，教科也；陡禄日亚者，道科也。其教授各有次第，大抵从文入理，而理为之纲。文科如中国之小学，理科如中国之大学，医科、法科、教科皆其事业，道科则彼法中所谓尽性至命之极也。其致力亦以格物穷理为要，以明体达用为功，与儒学次序略似；特所格之物，皆器数之末，所穷之理，又支离怪诞而不可诘，是所以为异学耳。

末附唐碑一篇，明其教之久入中国。碑称贞观十二年[②]，大秦国阿罗木远将经像来献[③]，即于义宁坊敕造大秦寺一所，度僧二十一人云云。考《西溪丛语》[④]，贞观五年，有传法穆护何禄，将祆教诣阙奏闻[⑤]。敕令长安崇化坊立祆寺，号大秦寺，又名波斯寺。至天宝四年七月[⑥]，敕波斯经教，出自大秦，传习而来，久行中国。爰初建寺，因以为名；将以示人，必循其本，其两京波斯寺，并宜改为大秦寺。天下诸州县有者准此。《册府元龟》载[⑦]，开元七年[⑧]，吐火罗鬼王上表献解天文人大慕阇[⑨]，智慧幽深，问无不知。伏乞天恩唤取问诸教法，知其人有如此之艺能；请置一法堂，依本教供养。段成式《酉阳杂俎》载，孝亿国界三千馀里[⑩]，举俗事祆，不识佛法。有祆祠三千馀所。又载德建国乌浒河中有火祆祠[⑪]，相传其神本自波斯国来。祠内无像，于大屋下作小庐舍向西，人向东礼神。有一铜马，国人言自天而下。据此数说，则西洋人即所谓波斯，天主即所谓祆神。中国具有纪载，不但此碑也。又杜预注《左传》"次睢之社"曰⑫："睢受汴，东经陈留，是谯彭城入泗。此水次有祆神，皆社祠之。"顾野王《玉篇》亦有"祆"字⑬，音阿怜切，注为祆神。徐铉据以增入《说文》。宋敏求《东京记》载宁远坊有祆神庙，注曰："《四夷朝贡图》云⑭：'康国有神名祆毕，国有火祆祠，或传石勒时立此。'"是祆教其来已久，亦不始于唐。岳珂《桯史》记番禺海獠⑮，其最豪者号白番人，本占城之贵人，留中国以通往来之货，屋室侈靡逾制。性尚鬼而好洁，平居终日，相与膜拜祈福。有堂焉以祀，如中国之佛，而实无像设，称为聱牙。亦莫能晓，竟不知为何神。有碑高袤数丈，上皆刻异书如篆籀，是为像主，拜者皆向之。是祆教至宋之末年，尚由贾舶达广州。而利玛窦之初来，乃诧为亘古未有。艾儒略既援唐碑以自证，其为祆教更无疑义。乃当时无一人援据古事，以抉源流。盖明自万历以后，儒者早年攻八比，晚年讲心学，即尽一生之能事，故征实之学全荒也。

【注释】

①艾儒略作《西学凡》：明代天启癸亥（1623）季夏，意大利耶稣会士艾儒略著，是关于欧洲大学教育的

概说。建国以来《阅微草堂笔记》历年版本断句为"《西学》，凡一卷"，误。

②贞观十二年：公元636年。贞观，唐太宗李世民的年号。

③大秦国：即古罗马帝国。

④《西溪丛语》：宋姚宽撰。姚宽字令威，浙江嵊县人。

⑤祆（xiān）教：亦称"拜火教"、"火祆教"。公元前539年至公元331年为波斯帝国的国教，系二神教。

⑥天宝四年：公元745年。天宝，唐玄宗李隆基的年号。

⑦《册府元龟》：北宋四大部书之一，史学类书。景德二年（1005），宋真宗赵恒命王钦若、杨亿、孙奭等十八人一同编修历代君臣事迹。

⑧开元七年：公元719年。开元，是唐玄宗李隆基的第二个年号，从713到742年，即历史上所谓的"开元盛世"。

⑨吐火罗：原本是指古老的游牧民族，地处最东的原始印欧人的一支。最早定居天山南北，主要是阿尔泰山至巴里坤草原之间的月氏人、天山南麓的龟兹人和焉耆人、吐鲁番盆地的车师人以及塔里木盆地东部的楼兰人。中世纪转为地名。"吐火罗国"位于今天的阿富汗，13世纪后，"吐火罗国"一名逐渐消失。阇（shé）：高僧。

⑩孝亿国：《西阳杂俎》里所记载的一个古国。有人认为是欧洲的一个国家，也有人认为是埃及南部的古艾斯尤特（Siut）。

⑪德建国乌浒河：德建国，1747年，阿赫马德在阿富汗建立的部落联盟性的封建王国。乌浒河，即阿姆河，唐代音译为"乌浒河"。阿姆河是中亚流程最长、水量最大的内陆河，上游瓦赫基尔河位于阿富汗境内。

⑫杜预（222—285）：字元凯，西晋时期著名的政治家、军事家和学者。著有《春秋左氏经传集解》及《春秋释例》等。

⑬顾野王《玉篇》：顾野王（519—581），字希冯，南朝梁陈间官员，文字训诂学家、史学家。博通经史，擅长丹青。《玉篇》是中国古代一部按汉字形体分部编排的字书。

⑭《四夷朝贡图》：唐代画家阎立本作。

⑮岳珂《桯史》：岳珂（1183—1243），岳飞之孙。《桯史》是岳珂记载两宋时代朝野见闻的一部史料随笔。

【译文】

明代天启年间，西洋人艾儒略著《西学凡》一卷，谈到他们国家设立学科培育人才的方法，共分六科：勒铎理加是文科；斐录所费哑是理科；默弟济纳是医科；勒斯义是法科；加诺撷斯是教科；陡禄日亚是道科。学科教育有次序，一般先文科后理科，以理科为主。文科类似中国的小学，理科类似中国的大学，医科、法科、教科都是专业教育，道科就是他们认为探索实践基本规律的最重要的学问。他们的努力是把推求万物的原理作为根本，注重弄清原理、学以致用，这跟儒家学问的次序大致相同；只是他们所分析的事物都是具体的物体，所推究的道理却离奇怪诞不能深入追问，这就是西学为什么是异端学说的原因了。

书后附有唐代碑文一篇，强调他们的宗教传入中国很久了。碑文说，贞观十二年，大秦国阿罗木从远方带着书籍图像来献给皇上，唐太宗就下旨在义宁坊建造一座大秦寺，有僧人二十一人在此出家，等等，碑文就是这样一些文字。考证《西溪丛语》，也记载贞观五年，有个传法的传教士何禄向朝廷奏请祆教的事情。朝廷诏示在长安崇化坊建立祆教寺院，称为大秦寺，又叫波斯寺。到天宝四年七月，朝廷降旨，波斯经文宗教都来自大秦国，传播已经很长时间，在中国已有历史。最初建立寺院时，以国名来命名；今后宣告世人时，应该按照原来的含义，东西两京的波斯寺，都应改名为大秦寺。全国的州县有相同的寺院也以此为准。《册府元龟》记载，开元七年，吐火罗鬼王上表，向朝廷献上懂得天文的人大慕阇，智慧渊博深刻，有问必答。乞求皇上大恩，询问他各种教派的情况，了解到这个人有如此的学问技能；请求为他设立一所传法的地方，按照本宗教方式供奉。段成式的《酉阳杂俎》中记载，孝亿国面积三千馀里，百姓都信奉祆教，不懂佛法。有祆教祠三千多处。又载德建国乌浒河中有火祆祠，相传这个神灵来自波斯国。祠堂内没有神像，在大屋子下面建一间简陋的朝西小屋，人们朝东面敬神。有一匹铜马，该国的人说是从天上降下来的。根据以上几种说法，西洋人就是所谓的波斯，天主就是祆教的神。中国的书籍中都有所记载，不仅仅是这块碑文有这样的记载。还有，杜预注释《左传》

"次睢之杜"这句时说："睢水承受汴水，向东经过陈留、谯及彭城，流入泗水。这条水边有祆神，都当作土地神来祭祀。"顾野王的《玉篇》也有"祆"字，音阿怜切，注解为祆神。徐铉作为依据，增补进《说文》一书中。宋敏求《东京记》记载宁远坊有祆神庙，注释说："《四夷朝贡图》说，康国有个叫祆毕的神灵，国内有火祆祠，有人传说是石勒时建立的。"这说明祆教来源很久了，也不是从唐代开始的。岳珂《桯史》记载番禺的海上的少数民族，其中最有势力的称为白番人，本来是南海占城的贵族，留在中国进行海内外交易，住宅豪华，超过官府规定的制度。他们喜好鬼神，又喜爱清洁，平常每天都时时礼拜祈祷，祈求幸福。有专门的殿堂祭祀，类似中国人拜佛，但没有具体的神像陈设，叫做"聱牙"。也不清楚究竟拜的是什么神。有个碑，长阔几丈，上面刻着奇怪的文字，像篆书、籀书的形状，当作天主象征，众人都向巨碑礼拜。祆教到了宋朝末年，还由海上商船传到广州。可是利玛窦刚来中国时，却惊讶地认为中国自古没有祆教。艾儒略用唐碑作为证据，那么一定是祆教了，这一点更不用疑惑。当年没有一个人根据古代事实来辨明源流衍变。原因是明代从万历以后，儒生们年轻时攻读八股文，年老时讲理学，就算是尽了一生的能耐了，因而考证事实的学问全都荒废了。

　　前母安太夫人家有小书室，寝是室者，中夜开目，见壁上恍惚有火光，如燃香状，谛视则无。久而光渐大，闻人声乃徐徐隐。后数岁，谛视之竟不隐，乃壁上悬一画猿，光自猿目中出也。金曰："此画宝矣。"外祖安公讳国维，佚其字号。今安氏零落殆尽，无可问矣。曰："是妖也，何宝之有！为虺弗摧①，为蛇奈何？不知后日作何变怪矣？"举火焚之，亦无他异。

【注释】

①虺（huǐ）：古书上说的一种毒蛇。

【译文】

前母安太夫人娘家有间小书房，睡在这间书房里的人，半夜睁开眼，看到墙上仿佛有火光，像点着的香头，仔细再看，就什么也没有了。时间一久，亮光逐渐大起来，听到人的声音，才慢慢隐灭。过了几年，人盯着仔细看，亮光也竟然不隐灭，原来，墙上挂着一幅画猿，亮光是从画里猿猴的眼睛里发出来的。大家都说："这幅画宝贵啊。"外祖安老先生名国维，不知道他的名号。现在安家人丁稀少，已经没有人可问了。说："这是妖怪，有什么可宝贵的呢！毒蛇在小的时候不杀掉，长成大蛇就不知怎么对付呢！不知今后会兴什么怪呢！"就点火把画烧了，也没有其他的怪异。

　　姚安公官刑部江苏司郎中时，西城移送一案，乃少年强污幼女者。男年十六，女年十四。盖是少年游西顶归①，见是女撷菜圃中，因相逼胁。逻卒闻女号呼声，就执之。讯未竟，两家父母俱投词，乃其未婚妻，不相知而误犯也。于律未婚妻和奸有条，强奸无条。方拟议间，女供亦复改移，称但调谑而已。乃薄责而遣之。或曰："是女之父母受重赂，女亦爱此子丰姿，且家富，故造此虚词以解纷。"姚安公曰："是未可知。然事止婚姻，与贿和人命、冤沉地下者不同。其奸未成无可验，其贿无据难以质。女子允矣，父母从矣，媒保有确证，邻里无异议矣，两造之词亦无一毫之牴牾矣^②，君子可欺以其方，不能横加锻炼，入一童子远戍也。"

【注释】

①西顶：也称"广仁宫"。位于北京海淀区四季青蓝靛厂，旧址为明正德朝创建的嘉祥观。

②牴牾（dǐwǔ）：抵触，矛盾。

【译文】

姚安公任刑部江苏司郎中时，西城移交来一桩案子，是一个少年奸污一名幼女案。少年十六岁，女孩十四岁。原来是这个少年游玩西顶后回家，看到女孩在菜园里摘菜，就胁迫女孩。巡逻的兵卒听到女孩呼叫，就把少年抓起来。审讯还没结束，男女两家的父母都到衙门里说，女孩本来是男孩的未婚妻，因为不认识才冒犯了女孩。按照法律条文，未婚夫妻和奸是有条款可以处置；强奸未婚妻却没有条款。官员们正在商量如何处置，女孩的口供也改了，说男孩只是调戏了她。于是官员不疼不痒地训斥了少年一通就让他们走了。有人说："这个女孩的父母接受了男方的一大笔贿赂；女孩也看上了少年的翩翩风度，男孩的家境宽裕，所以才编造了一套假话来解决这场纠纷。"姚安公说："是不是这样，都说不定。不过这桩案子只事关婚姻，与那些贪赃枉法、使死者含冤九泉的案子不同。少年强奸未遂，就查不出什么，贿赂没有证据也无法对质。女孩已经认可了这桩婚事，父母也同意，媒人、保人加以证实，街坊邻居也都没有什么异议，男女双方的话也没有一丝矛盾的地方。在这种情况下，做君子的可以因为正直受到欺骗，却不能横生枝节罗织罪名，把一个少年流放到远方。"

世传推命始于李虚中[①]，其法用年月日而不用时，盖据昌黎所作虚中墓志也。其书《宋史·艺文志》著录，今已久佚，惟《永乐大典》载虚中《命书》三卷，尚为完帙。所说实兼论八字，非不用时。或疑为宋人所伪托，莫能明也。然考虚中墓志，称其最深于五行，书以人始生之年月日，所直日辰，支干相生，胜衰死生，互相斟酌，推人寿夭贵贱、利不利云云。按，天有十二辰，故一日分为十二时。日至某辰，即某时也，故时亦谓之日辰。《国语》"星与日辰之位，皆在北维"是也。《诗》："跂彼织女，终日七襄[②]。"孔颖达疏[③]："从旦暮七辰一移，因谓之七襄。"是日辰即时之明证。《楚辞》"吉日兮辰良"，王逸注："日谓甲乙，辰谓寅卯。"以辰与日分言，尤为明白。据此以推，似乎"所直日辰"四字，当连上年月日为句。后人误属下文为句，故有不用时之说耳。余撰《四库全书总目》，亦谓虚中推命不用时，尚沿旧说。今附著于此，以志余过。

至五星之说，世传起自张果。其说不见于典籍。考《列子》称禀天命，属星辰，值吉则吉，值凶则凶，受命即定，即鬼神不能改易，而圣智不能回。王充《论衡》称天施气而众星布精④。天施气而众星之气在其中矣。含气而长，得贵则贵，得贱则贱。贵或秩有高下，富或赀有多少，皆星位大小尊卑之所授。是以星言命，古已有之，不必定始于张果。又韩昌黎《三星行》曰："我生之辰，月宿南斗，牛奋其角，箕张其口。"杜樊川自作墓志曰⑤："余生于角星昂毕，于角为第八宫，曰疾厄宫，亦曰八杀宫，土星在焉，火星继木。星工杨晞曰：'木在张于角为第十一福德宫。木为福德大君子，无虞也。'余曰，湖守不周岁迁舍人，木还福于角足矣。火土还死于角，宜哉。"是五星之说，原起于唐，其法亦与今不异。术者托名张果，亦不为无因。特其所托之书，词皆鄙俚，又在李虚中《命书》之下，决非唐代文字耳。

【注释】

①李虚中：字常容，唐魏郡（今河北大名）人。贞元十一年（795）进士及第，补秘书正字，后授监察御史，迁殿中侍御史。下文《命书》，即世传《李虚中命书》，署名"鬼谷子撰，虚中注"。

②"跂（qí）彼织女"二句：出自《诗经·小雅·大东》。跂，慢走。终日七襄，谓织女星白昼移位七次。

③孔颖达疏：应作"郑玄笺"。

④王充《论衡》：王充（27—97），东汉杰出思想家。拜班彪为师，博览群书。曾接受征召为官，与上司意见不合而辞职。《论衡》大约作成于汉章帝元和三年（86），现存文章有八十五篇（其中的《招致》仅存篇目，实存八十四篇）。该书被称为"疾虚妄古之实论，讥世俗汉之异书"。

⑤杜樊川：即杜牧（803—约852），字牧之，号樊川居士，京兆万年（今陕西西安）人，唐代诗人。人称"小杜"，以别于杜甫。与李商隐并称"小李杜"。

【译文】

传说算命是从唐朝人李虚中开始的，他推算时只要了解人出生的年、月、日，而不问人出生的时辰，这种说法来自韩愈为他写的墓志铭。李虚中论述算命的书，在《宋史·艺文志》中有记载，现在已经失传很久了，只有《永乐大典》还保存了他的《命书》三卷，还算是个完好无缺的本子。书上说他算命实际上兼论到生辰八字，并不是不问出生的时辰。有人怀疑《命书》是宋朝人假冒的，没有谁能说得清。查考《殿中侍御李君墓志铭》，韩愈认为李虚中对阴阳五行学说最精通，他只要把人出生的年月日以及生辰记录下来，就可以利用干支相生、盛衰死生的规律推求，推算出人的寿命长短、地位高低以及顺利不顺利等等。按，一天有十二个辰，所以一天分为十二个时。太阳运行到某一辰，也就是到了某一时刻，因此"时"也叫作"日辰"。《国语》中说"星与日辰的位置，都在天空的北方"就是这个意思。《诗经》中说："织女星缓缓移动，从早到晚历经七辰。"孔颖达的注释说："织女星从清晨到天黑经历了七个时辰，因此人们把这称作'七襄'。"这就是日辰即时辰的证明。《楚辞》中有"吉日啊良辰"的句子，王逸作注说："日指的是甲乙，辰指的是寅卯。"把"辰"与"日"分开说，就显得格外明白了。根据上述推论，似乎"所直日辰"这四个字，应该与上文的"年月日"相连，变成一句话。后人却错误地把这四个字与下文拼接在一起了，因此才出现李虚中算命不考虑出生时辰的说法。我在编写《四库全书总目》时，也说过李虚中算命不考虑出生的时辰，仍然沿用了旧说。现在把这事写在这里，记录自己的过失。

至于用金、木、水、火、土来算命的学问，传说是从唐朝人张果开始的。可他的学说在典籍中没有记载。考查《列子》上说，人禀承天命，隶属于星辰，命中该吉则吉，该凶则凶，命数早已注定，即使鬼神也不能改变，即使有超凡才智的人也无力回天。王充在《论衡》中指出，自然界给人元气而众星散布光明。天施予元气而众星之气也就包含在其中了。人的命运取决于含气的多少，元气充足生命才能生长，该贵则贵，该贱则贱。尊贵的人有等级高低的差别，富裕的人钱则有多有少，这些差别都是人所归属的星位的大小尊卑决定的。因此利用五星算命，自古就有，不一定是从张果开始的。此外，韩昌黎的《三星行》中写道："我出生的时刻，正值月亮居于南斗之位，牛宿用力昂起犄角，簸宿张开了簸箕口。"杜牧给自己写的墓志铭说："我出生时正值角宿、星宿、昂宿、毕宿同时出现在中天，而角宿居于主疾患、厄运、生杀的第八宫，即'疾厄宫'，也叫做'八杀宫'，当时土星正守在这里，而木克土，火克木，火星不久将紧随木星运行到土星所守的位置。星工杨晞说：'木星守于张宿，刚好角宿处于第十一福德宫。木星是福分大的星，所以您不会有忧患。'我认为，我担任湖州刺史还不到一年就被提升为中书舍人，当然是木星把福分带给了角宿，对我来说也就足够了。而火星步木星后尘，运行到土星所守的位置，又把死亡带给了角宿，这对我来说也是应该的。"这种五星算命的说法，本来起源于唐代，占卜的方法也和今天没什么两样。术士们假冒张果的名字，也不是没有原因的。只不过他们伪托的书籍，语言都俗不可耐，水平远在李虚中的《命书》之下，绝不是唐人的作品。

　　骁骑校萨音绰克图与一狐友①。一日，狐仓皇来曰："家有妖祟，拟借君坟园栖眷属。"怪问："闻狐祟人，不闻有物更祟狐，是何魅欤？"曰："天狐也，变化通神，不可思议；鬼出电入，不可端倪。其祟人，人不及防；或祟狐，狐亦弗能睹也。"问："同类何不相惜欤？"曰："人与人同类，强凌弱，智绐愚，宁相惜乎？"魅复遇魅，此事殊奇。天下之势，辗转相胜；天下之巧，层出不穷。千变万化，岂一端所可尽乎！

【注释】

①骁骑校：将军的名号。清代，八旗兵中置"骁骑营"，该营的将校为"骁骑校"。

【译文】

骁骑校尉萨音绰克图与一只狐狸交了朋友。有一天，狐友慌慌张张地跑来说："我家里有妖精作怪，想借您家的坟地安顿我的家眷。"萨音绰克图奇怪地问："我只听说狐狸害人，却没听说过有别的妖精给狐狸捣乱的，这到底是什么妖怪？"狐友说："那是天狐。它们的变化神奇莫测，无法猜测；进出如同鬼怪、闪电般地迅疾，谁也搞不清它们的行踪。如果天狐害人，人肯定来不及防备；要是和狐狸为难，狐狸也看不见它。"萨音绰克图说："天狐与狐狸本是同类，为什么不彼此怜惜呢？"狐友说："人与人也是同类，可还不是强大的欺负弱小的，聪明的哄骗愚笨的，难道人类彼此怜惜了吗？"狐怪又碰上了天狐怪，这事非常稀奇。从天下的大势看来，都是一物降一物。天下的奇能异技，层出不穷。世上万物千变万化，怎么能只持一端就能穷尽事理了呢？

卷十三

槐西杂志三

　　本卷的体量是《阅微草堂笔记》各卷中最大的，讲的故事多，作者的思考也较为深入，总是试图推测事理、分析原因。纪氏推理的最大特点是看上去环环相扣，滴水不漏，似乎很能说服人。人们还来不及对这一点表示怀疑，就已经被引导到步步紧逼的论证中去，在不知不觉中被引入他规定的轨道。但是很遗憾，纪昀常用类比推理的方法，推理过程尽管很缜密，但用来作为类比的前提往往经不起推敲，结论自然也就不足为信，严密推理论证却导致自己陷入了误区。纪昀其实知道却似乎是有意忽略了，无论什么事，几乎都可以用事情发生前的一些现象来附会解释，之所以如此，原因就在于语言信号的多义性以及不确定性。纪昀始终没有摆脱唯心论的羁绊，在试图作出科学分析的同时，他其实还是自觉地投身于"宿命论"的庇荫之下。他不可能了解到，事实上，人的个性和自由发展虽然为一定的社会关系所决定，但人绝不可能让那种由于生产力的发展已经和人的自由个性发展不能相容的社会关系长期存在下去，使自己永远成为它的奴隶。作为能动的人，他们将无情打破这种社会关系，建立与人的个性自由发展相适应的新的社会关系。关于这些，纪昀也东爪西鳞地写了一些，可惜的是，这种理性的光芒太微弱了。由于他的出身和经历，他不可能正确评价那种压制人的个性自由发展的社会关系以及反抗这种社会关系的新的社会力量，对于这种社会力量的成长，他表现出一种漠然的平静。他更多的只是把人看成完全消极被动、听凭社会关系摆布的可怜卑微的角色，表现他们的消极和无奈。这种宿命论的观念在作品中几乎常常表现为下意识的流露。纪昀还总是习惯在"因果报应"这样一个宿命论的陈腐框架中写出鞭挞世情万相的故事，故事本身往往切中时弊，揭示颇为深刻独到，然而"框架"的限制毫无疑问反倒削弱了作品的思想意义。

王符九言：凤皇店民家，有儿持其母履戏，遗后圃花架下，为其父所拾。妇大遭诟诘，无以自明，拟就缢。忽其家狐祟大作，妇女近身之物，多被盗掷于他处，半月馀乃止。遗履之疑，遂不辩而释，若阴为此妇解结者，莫喻其故。或曰："其姑性严厉，有婢私孕，惧将投缳。妇窃后圃钥纵之逃。有是阴功，故神遣狐救之欤！"或又曰："既为神佑，何不遣狐先收履，不更无迹乎？"符九曰："神正以有迹明因果也。"余亦以符九之言为然。

【译文】

王符九说：凤皇店的一户人家，有个小孩子拿着母亲的鞋子玩耍，丢在房后菜园的花架下面，被他的父亲捡到了。这个妇人因此遭到盘问和辱骂，她无法证明自己的清白，打算上吊自杀。忽然他家大闹起狐怪来，凡是妇女贴身的衣物，不少被偷走扔到别处，闹了半个多月才停止。这样，丢鞋的嫌疑，就不用辩解也明白了，好像有意暗地里帮这个妇人忙，谁也不知道是什么原因。有人说："妇人的婆婆很厉害，她家有个婢女与人私通怀孕了，十分害怕，想上吊自杀。妇人偷偷拿到菜园园门的钥匙，打开门放这个婢女跑了。由于积了这种阴德，所以神派遣狐精来救她的吧！"又有人说："既然神灵保佑她，为什么不先派狐精把她的鞋收走，不是更不露痕迹了吗？"王符九说："神正是要露出痕迹表示因果报应分明啊。"我也同意王符九的说法。

雍正乙卯[1]，佃户张天锡家生一鹅，一身而两首。或以为妖。沈丈丰功曰："非妖也。人有孪生，卵亦有双黄；双黄者，雏必枳首[2]。吾数见之矣。"与从侄虞惇偶话及此，虞惇曰："凡鹅一雄一雌者，生十卵即得十雏。两雄一雌者，十卵必鷻一二[3]，父气杂也。一雄两雌者，十卵亦必鷻一二，父气弱也。鸡鹜则不妨，物各一性尔。"余因思鹅鸭皆不能自伏卵，人以鸡代伏之。天地生物之初，羽族皆先以气化，后以卵生，不待言矣。凡物皆先气化而后形交，前人先有鸡先有卵之争，未之思也。第不知最初卵生之时，上古之民淳淳闷闷，谁知以鸡代伏也；鸡不代伏，又何以传种至今也。此真百思不得其故矣。

【注释】

①雍正乙卯：雍正十三年（1735）。

②枳（zhī）首：歧首，两个头。枳，通"枝"，歧出。

③鷻（duàn）：卵坏散，孵化不成。

【译文】

雍正乙卯年，佃户张天锡家里孵出了一只鹅，一个身体两个头。有人认为是妖怪。沈丰功老先生说："不是妖怪。人有双胞胎，蛋也有双黄蛋；双黄蛋孵出的小鹅，一定两个头。我见过几次了。"我和堂侄虞惇谈到这件事时，虞惇说："凡是一雄一雌配对的鹅，生下十只蛋会孵出十只小鹅。两只雄鹅一只雌鹅配对的，生下十只蛋一定会败坏一两只，是因为雄性精气混乱。一只雄鹅两只雌鹅配对的，生下十只蛋也一定会败坏一两只，因为雄性精气薄弱。鸡鸭就不要紧，各种动物的性质不一样罢了。"我由此想到，鹅鸭都不能自己孵卵，人们用鸡来孵卵。天地产生万物的时候，羽毛类都先以气化，然后卵生，就不必再细说了。凡是物种都是先有精气变化然后有形体交配，过去的人关于先有鸡还是先有蛋的争论，是没有深入思考啊。只是不知道最初卵生的时代，原始人类还浑浑沌沌，谁会知道用母鸡来代替母鸭母鹅孵卵；母鸡不去代替母鹅孵卵，鹅又怎么能传种到现在。这些事真令人百思不得其解了。

缢鬼溺鬼皆求代，见说部者不一。而自刭自鸩以及焚死压死者，则古来不闻求代事，是何理软？热河罗汉峰①，形酷似跌坐老僧②，人多登眺。近时有一人堕崖死，俄而市人时有无故发狂，奔上其顶，自倒掷而陨者。皆曰："鬼求代也。"延僧礼忏，无验。官守以逻卒，乃止。夫自戕之鬼候代，为其轻生也。失足而死，非其自轻生。为鬼所迷而自投，尤非其自轻生。必使辗转相代，是又何理软？余谓是或冤谴，或山鬼为祟，求祭享耳，未可概目以求代也。

【注释】

①热河：地名。即今河北、辽宁和内蒙古的交界地带。
②跌（fū）坐：盘腿端坐，即互交二足，将右脚盘放

于左腿上，左脚盘放于右腿上的坐姿。在诸坐法之中，以此坐法为最安稳而不易疲倦。

【译文】

据说吊死鬼和淹死鬼都要找替身，这种事常见于小说，说法不一。但是自刎、喝毒药以及烧死、被埋压而死的鬼，自古以来没听说寻找替身的事，这是什么道理呢？热河的罗汉峰，形状很像打坐的老和尚，许多人登上峰顶去看山景。最近有一个人从山崖上掉下来摔死了，不久，常有镇上的人无缘无故地发疯，跑上罗汉峰顶，头朝下跳下去摔死。人们都说："是鬼魂寻找替死鬼。"请和尚做法事超度祈祷，没有灵验。官府只好派兵巡逻，才不再有人去跳崖。自杀的鬼魂等候替代，是因为他自己不珍惜生命。失足堕崖而死的人，并非自己不珍惜生命。被鬼迷惑自杀的更不是他自己不想活。但一定要让他们循环往复地找替身，这又是什么道理呢？我认为，这件事也许是冤冤相报，也许是山鬼作怪害人，以求得到祭品享用，不能一概看成是鬼魂寻找替代。

余在翰林日，侍读索公尔逊同斋戒于待诏厅[①]。厅旧有何义门书"衡山旧署"一匾，又联句一对。今联句尚存，匾则久亡矣。索公言：前征霍集占时，奉参赞大臣檄调。中途逢大雪，车仗不能至，仅一行帐随。姑支以憩，苦无枕，觅得二三死人首，主仆枕之。夜中并蠕蠕掀动，叱之乃止。余谓此非有鬼，亦非因叱而止也。当断首时，生气未尽，为严寒所束，郁伏于中；得人气温蒸，冻解而气得外发，故能自动。已动则气散，故不再动矣。凡物生性未尽者，以火炙之皆动，是其理也。索公曰："从古战场，不闻逢鬼；吾心恶之，谓吾命衰也，今日乃释此疑。"

【注释】

①侍读：官名。从四品，可充任南书房侍值、上书房教习及提督、总纂、纂修等官。斋戒：在祭祀或行大礼前，沐浴更衣，不喝酒，不吃荤（"斋"是取"齐"的意义），不与妻妾同房，减少娱乐活动（"戒"是戒除欲望），表示诚心致敬，称为"斋戒"。这里指值班。

【译文】

我在翰林院供职的时候，有一天和侍读索尔逊公一道在待诏厅值班。这所厅堂上原有何义门书写的"衡山旧署"匾额，左右有联句一对。现在联句尚存，而匾额早就已不见了。索公说：他曾经参加征讨霍集占的战役，奉参赞大臣的命令随部调动。中途遇上大雪，道路艰难，车仗等物资不能及时供给，一行人只带着帐篷走，没有其他物资。到了晚上，姑且支起帐篷歇息，没有枕头，睡不下去，他们就找来两三个死人头，主仆几个当枕头枕着睡。半夜，死人头蠕动起来，他对着这些头大声呵斥，才止住不动。我告诉他说，这不是鬼，死人头也不是听到呵斥才停止不动。这些人被斩首时，生气还没有完全消尽，残馀的生气被严寒凝固，郁结在里面；用来做枕头，由于人的体温，消解了冰冻而生气外发，所以能自己动起来。而一动之后，生气消散，所以又不再动了。凡是生气未尽的动物躯体，用火烤它，都会颤动，就是这个道理。索公说："自古不曾听说战场上会遇到鬼；遇到此事，本来心里不舒服，以为自己的生命衰微了，今天才消释了疑虑。"

有富室子病危，绝而复苏，谓家人曰："吾魂至冥司矣。吾尝捐金活二命，又尝强夺某女也。今活命者在冥司具保状，而女之父亦诉牒喧辩。尚未决，吾且归也。"越二日，又绝而复苏曰："吾不济矣。冥吏谓夺女大恶，活命大善，可相抵。冥王谓活人之命，而复夺其女，许抵可也。今所夺者此人之女，而所活者彼人之命；彼人活命之德，报此人夺女之仇，以何解之乎？既善业本重，未可全销，莫若冥司不刑赏，注来生恩自报恩，怨自报怨可也。"语讫而绝。

案，欧罗巴书不取释氏轮回之说，而取其天堂地狱，亦谓善恶不相抵。然谓善恶不抵，是绝恶人为善之路也。大抵善恶可抵，而恩怨不可抵，所谓冤家债主，须得本人是也。寻常善恶可抵，大善大恶不可抵。曹操赎蔡文姬，不得不谓之义举，岂足抵篡弑之罪乎？曹操虽未篡，然以周文王自比，其志则篡也，特畏公议耳。至未来生中，人未必相遇，事未必相值，故因缘凑合，或在数世以后耳。

【译文】

有个富家子病危，他死后又苏醒过来，告诉家里人说："我的魂到了阴曹地府。我曾经捐钱救活两条命，又曾经强抢某个女子。现在，被救活性命的人在阴曹投递状书保我，而被抢女子的父亲也交了诉状吵闹着申辩。还没有结果，我就先回来了。"过了两天，他气绝后又苏醒过来说："我不行了。阴官说，强夺女子罪大恶极，救人活命是大仁大义，可以相互抵销。阎王说救活人命，又抢他的女儿，抵销还可以。现在在被强夺的是这个人的女儿，而被救活的是那个人的性命；救那个人命的恩德，报答女儿被抢的仇怨，怎么了结呢？既然善行本来更重，不能全部勾销，不如地府不作赏罚，注明你们在来生有恩的报恩，有怨的报怨。"说完他就咽气了。

按，欧洲的书不讲佛家轮回的学说，而采纳天堂和地狱的说法，也讲到善行和恶举不能相互抵销。但是说善恶不能抵销，这是断绝了恶人向善的路。一般来说善与恶可以抵销，但恩和怨不能抵销，这就是人们平常说的，冤家债主，必须要本人来清算。一般的善恶可以抵销，大的善行和恶事不能抵销。曹操赎回蔡文姬，不能不说是义举，但怎么能抵销他篡夺王位、弑君的罪行呢？曹操虽然没有篡位，但他把自己比作周文王，他是有篡位的用心的，只是怕众人议论罢了。在来生，人们不一定再相遇，恩怨相报不一定相等，所以，因为有缘而聚合到一起，或许在几世之后。

梁豁堂言：有廖太学，悼其宠姬，幽郁不适，姑消夏于别墅。窗俯清溪，时开对月。一夕，闻隔溪榜掠冤楚声，望似缚一女子，伏地受杖。正怀疑凝眺，女子呼曰："君乃在此，忍不相救耶？"谛视，正其宠姬，骇痛欲绝。而崖陡水深，无路可过，问："尔葬某山，何缘在此？"姬泣曰："生前恃宠，造业颇深。殁被谪配于此，犹人世之军流也。社公酷毒，动辄鞭棰。非大放焰口，不能解脱也。"语讫，为众鬼牵曳去。廖爱恋既深，不违所请；乃延僧施食，冀拔沉沦。

　　月馀后，声又如前。趋视，则诸鬼益众，姬裸身反接，更摧辱可怜。见廖哀号曰："前者法事未备，而牒神求释，被驳不行。社公以祈灵无验，毒虐更增，必七昼夜水陆道场，始能解此厄也。"廖猛省社公不在，谁此监刑？社公如在，鬼岂敢斥言其恶？且社公有庙，何为来此？毋乃黠鬼幻形，绐求经忏耶？姬见廖凝思，又呼曰："我实是某，君毋过疑。"廖曰："此灼然伪矣。"因诘曰："汝身有红痣，能举其生于何处，则信汝矣。"鬼不能答，斯须间，稍稍散去。自是遂绝。

　　此可悟世情狡狯，虽鬼亦然；又可悟情有所牵，物必抵隙。廖自云有灶婢殁葬此山下，必其知我眷念，教众鬼为之，又可悟外患突来，必有内间矣。

【译文】

　　梁豁堂说：有个姓廖的太学生，哀悼他宠爱的姬妾，忧郁不已，身体不舒服，就暂且到别墅消夏。别墅有个窗口对着清清的溪水，廖生常常开窗望月。一天夜里，听到溪对岸有挨打叫冤的声音，他远远望去，仿佛是一个女子被绑着，趴在地下挨棒打。正在疑惑注视，女子高喊："你原来在这里，忍心不来救我吗？"仔细看时，女子正是他宠爱的姬妾，廖生又惊慌又心痛，差点儿晕过去。可是溪岸陡峭，溪水很深，没有路可以过去，就问道："你埋葬在某山上，怎么会到这里呢？"姬妾哭着说："我生前仗着你的宠爱，犯了不少罪过。死后被贬谪，发配到这里，好比人间的充军流放。土地公十分狠毒，动不动就对我鞭打棒敲。如果不大放焰口，我就不能解脱了。"姬妾说完，就被一群鬼拉着走了。廖生对姬妾爱恋怀念感情很深，不愿违背她的请求；于是请来僧人布施食物，希望把姬妾超度出痛苦的境地。

　　一个多月后，姬妾哭喊声又像以前一样响起。廖生赶到窗口细看，只见鬼影更多了，姬妾赤裸着身体，双手反绑着，被摧残侮辱得更加可怜。姬妾看到廖生，就哀哀哭叫着说："上次的法事还不够完备，我去请求神灵释放，被神灵驳回了，不准放行。土地爷因为你的祈祷没有灵验，更加虐待我，一定要办一次七日七夜的水陆道场，才能解救我的危难呀。"廖生猛然省悟，土地爷不在场，由谁来监督行刑呢？土地爷如果在场，这个鬼魂怎么敢讲他的坏话？而且土地爷有自己的庙，为什么来这里？莫非是狡猾的鬼变幻形象，欺骗我请僧人念经超度吧？姬妾看见廖生认真考虑，又喊道："我真的是某某，你不要过分疑心。"

...

廖生心里说:"这就分明是假鬼了。"随即反问姬妾说:"你身上有颗红痣,你能说出长在什么地方,我就相信你了。"鬼回答不出,一会儿群鬼就慢慢散去。从此,鬼魂就不再来了。

从这件事可以体会到世间人情狡猾虚伪,连鬼也是如此;又可以醒悟到感情有所牵挂时,怪物一定乘虚而入。廖生自己说有个烧火丫头死后埋葬在这座山脚下,一定知道我牵挂什么人,于是让那些鬼这么做的。从这里又可以明白,外面的灾祸突然来临,一定是内部有人做了奸细。

王觐光言:壬午乡试[①],与数友共租一小宅读书。觐光所居室中,半夜灯光忽黯碧,剪剔复明,见一人首出地中,对灯嘘气。拍案叱之,急缩入。停刻许复出,叱之又缩。如是七八度,几四鼓矣,不胜其扰;又素以胆自负,不欲呼同舍,静坐以观其变。乃惟张目怒视,竟不出地。觉其无能为,息灯竟睡,亦不知其何时去,然自此不复睹矣。吴惠叔曰:"殆冤鬼欲有所诉,惜未一问也。"

余谓果为冤鬼,当哀泣不当怒视。粉房琉璃街逶东,皆多年丛冢,民居渐拓,每夷而造屋。此必其骨在屋内,生人阳气薰烁,鬼不能安,故现变怪驱之去。初拍案叱,是不畏也,故不敢出。然见之即叱,是犹有鬼之见存,故亦不肯竟去。至息灯自睡,则全置此事于度外,鬼知其终不可动,遂亦不虚相恐怖矣。东坡书孟德事一篇,即是此义。小时闻巨盗李金梁曰："凡夜至人家，闻声而嗽者，怯也，可攻也；闻声而启户以待者，怯而示勇也，亦可攻也；寂然无声，莫测动静，此必劲敌②，攻之十恒七八败，当量力进退矣。"亦此义也。

【注释】

①壬午：乾隆二十七年（1762）。

②劲（qíng）：强大，强有力。

【译文】

　　王觐光说：壬午年参加乡试时，与几位朋友一道租了一处小宅院读书。有天半夜，王觐光住的房间，灯光忽然昏暗发绿色，他挑剪了灯芯，灯光又大明亮了，看见有个人头从地下冒出来，对着灯烛吹气。王觐光拍着几案大声叱骂，那个人头急忙缩回地里去。过了一会儿，又冒上来，一骂又缩回去。这样反复折腾了七八次，快到四更天了，实在受不了这样搅扰；王觐光一向认为自己有胆量，所以也不愿去叫同院的朋友，索性静坐着看它有什么变化。那个人头也只是瞪着眼睛对他怒视着，终究没有从地里钻出来。王觐光觉得这个鬼头也没多大本事，干脆吹灭灯上床睡觉了，那个鬼头也不知何时消失的，反正从此以后就再未出现。吴惠叔说："这可能是个冤鬼，想要诉说什么，可惜王觐光没有问问他。"

　　我认为，假如真是冤鬼，应该哀哭而不应怒视。粉房琉璃街往东一带，有很多是年代久远的乱坟岗，民房渐渐扩展到那里，老百姓常常是平了坟，就在上面盖屋。这必定是屋内地下有遗骨残留，受到活人阳气的熏灼，鬼魂感到不安，所以变幻现出怪异，想把活人吓跑。王觐光第一次拍案叱骂，证明他不怕鬼，鬼也因此不敢从地下钻出来。但一见就叱骂，说明虽然不怕，心里还是给鬼留下了一席之地，所以鬼也不肯完全退去。到王觐光索性熄灯睡觉，已经把鬼置之度外，鬼知道他不为所动，也就不再虚张声势吓唬他了。苏轼在《东坡志林》中，记载了曹操征乌桓后的感慨，他说胜利虽有时出于侥幸，但事前要有足够的勇气和胆识，说的就是同一个道理。我小时候听人说，大盗李金梁曾经说过这样的话："凡是夜里进到人家里，听到有声响就咳嗽的人，心里一定胆怯，就可以去攻击他；听到有声响就打开门等候的人，是胆怯却偏要表示勇敢，也可以去攻击他；一点儿也没有反应，没有任何动静，这一定是劲敌，你攻击他，十有七八是要失败的，对此要特别小心，量力而行，能进则进，不能进则退。"李金梁的话和前面所述的故事，是同样的道理。

卷十四

槐西杂志四

　　《阅微草堂笔记》的创作主导思想是劝惩风化，匡扶正道，这一点在纪昀刚开始写作时就声明过；在"槐西杂志一"中，纪昀说是因为"昼长多暇"，提供素材的同僚和作者有充分的时间，似乎践行了"闲暇出小说"的说法；在本卷末尾，纪昀又说明了自己写作的另一个用途：当某些人因为各种原因进不了史书、得不到旌表时，可以通过自己的小说，让他们发出微弱的光亮。小说历来被认为是以"消闲自娱"为目的，类似纪昀这样写作在当时居然也是一种时尚，同样类似的是这一类小说作家大多为仕途畅达的官宦文人，他们当然无须为生计奔忙，仕途虽亦有波折但并无偃蹇困顿之忧，比起在底层挣扎的一帮文人，他们自然来得从容恬淡，因此作品中绝无抑郁不平的愤世嫉俗气息。作为代表作家，纪昀同样不可能像蒲松龄那样以底层平民的眼光来看世界，怀着孤愤去揭露种种时弊，或带着仇恨去抨击封建统治。纪昀一向把小说用以劝诫、风化的社会功用看得很重。他居高临下，以"上以风化下"的角度站在当政者的立场上感化下民，希望感化"下愚"，并警诫"下愚"，还试图使含冤受屈者"怨尤都泯"，净化人们的心灵，去除作恶的念头。他的小说中，社会是复杂的，特定的社会环境能激活人本身在某一方面的恶习并使之膨胀，而有了鬼神的监督和惩戒，让人时时惧怕鬼的凶残和魔力，可以抑制恶习，避免犯罪。同时，鬼神观念牢固确立，特别是善恶报应观念通过鬼神的实施日益强化，为人们多做善事、乐于行善提供了精神动力。

明公恕斋，尝为献县令，良吏也。官太平府时①，有疑狱，易服自察访之。偶憩小庵，僧年八十馀矣，见公合掌肃立，呼其徒具茶。徒遥应曰："太守且至，可引客权坐别室。"僧应曰："太守已至，可速来献。"公大骇曰："尔何以知我来？"曰："公一郡之主也，一举一动，通国皆知之，宁独老僧！"又问："尔何以识我？"曰："太守不能识一郡之人，一郡之人则孰不识太守。"问："尔知我何事出？"曰："某案之事，两造皆遣其党②，布散道路间久矣，彼皆阳不识公耳。"公怃然自失，因问："尔何独不阳不识？"

僧投地膜拜曰："死罪死罪！欲得公此问也。公为郡不减龚黄③，然微不慊于众心者④，曰好访。此不特神奸巨蠹，能预为蛊惑计也；即乡里小民，孰无亲党，孰无恩怨乎哉？访甲之党，则甲直而乙曲；访乙之党，则甲曲而乙直。访其有仇者，则有仇者必曲；访其有恩者，则有恩者必直。至于妇人孺子，闻见不真；病媪衰翁，语言昏愦，又可据为信谳乎？公亲访犹如此，再寄耳目于他人，庸有幸乎？且夫访之为害，非仅听讼为然也。闾阎利病⑤，访亦为害，而河渠堤堰为尤甚。小民各私其身家，水有利则遏以自肥，水有患则邻国为壑，是其胜算矣。孰肯揆地形之大局⑥，为永远安澜之计哉？老僧方外人也，本不应预世间事，况官家事耶？第佛法慈悲，舍身济众，苟利于物，固应冒死言之耳。

惟公俯察焉。"公沉思其语，竟不访而归。次日，遣役送钱米。归报曰："公返之后，僧谓其徒曰：'吾心事已毕。'竟泊然逝矣。"

此事杨丈汶川尝言之，姚安公曰："凡狱情虚心研察，情伪乃明，信人信己皆非也。信人之弊，僧言是也；信己之弊，亦有不可胜言者。安得再一老僧，亦为说法乎！"

【注释】

①太平府：清代属于安徽省。太平府下辖当涂（首县）、芜湖、繁昌三个县。

②两造：指涉及诉讼关系的原告和被告。

③龚黄：汉代循吏龚遂与黄霸的并称。亦泛指循吏。

④慊（qiè）：满足，满意。

⑤闾阎：泛指平民老百姓。闾，门户，人家。中国古代以二十五家为闾。阎，指里巷的门。

⑥揆（kuí）：揣测。

【译文】

明恕斋先生曾经担任献县令，是个好官。他任太平府知府时，因为一宗疑案，换上便装亲自查访。偶然在一座小庙里休息，庙里的和尚八十多岁了，见了他合掌肃立，呼唤他的徒弟备茶。徒弟在远处应声说："太守要来了，可以先请客人在别的屋子里休息。"和尚回答说："太守已经到了，赶快献茶来。"明公大吃一惊说："怎么知道我要来？"和尚回答说："大人是一郡之主，一举一动，全郡都知道，岂止我老和尚一人知道！"又问："你怎么认识我？"
回答说："太守不能认识郡中所有的人，全郡的人谁不认识
太守呢。"又问："你知道我为什么事出来？"和尚说："是
为某件案子的事而来，双方早就派了他们的同伙，分散在
您经过的路上了，不过都假装不认识大人。"明公听了，若
有所失，又问："你怎么不佯装不认识我呢？"

老僧急忙跪下磕头，说："死罪死罪！就想等大人这么
问呢。大人作为一郡之主，政绩不比汉代名臣龚遂、黄霸
差，但是让百姓心中稍嫌不足的就是喜欢微服私访。这不
仅容易让那些大奸大恶设计迷惑您，就是乡里小民，谁没
有亲朋好友，谁没有恩怨呢？访查到甲的朋友，那么甲就
有理而乙就没有理；访查到乙的同伙，甲就没理而乙就有
理。询问到与当事人有仇的，那么当事人肯定没理；寻访
到与当事人有恩的，那么当事人肯定有理。至于妇女小孩，
所见所闻不真实；衰翁病婆，话语糊涂，这些能作为定案
的根据吗？大人亲自访查还是这样，如果再依靠别人的所
见所闻来定案，能有好效果吗？而且，私访的弊端，不仅
仅体现在听到诉状这一点上。民情败坏，私访也有害，在
修河渠、筑堤堰上尤为突出。小民只顾自身的利益，当水
有利于自己时，就竭力拦截下来满足自己的需要；当水成
为祸患时，就把邻里当做沟壑，这就是他们的神机妙算。
谁肯出面根据地形的大局，制定长久的治水计划呢？老僧
是世外之人，本来不应该干预人世间的事物，更何况官府
的事务？但是佛法慈悲，舍身帮助众人，只要有利于大众，
本来就应该冒死直言相告。望大人明察。"明公认真思考老

僧的一番话，不再私访，径直回府了。第二天，明公派衙役给老和尚送钱粮。衙役回来向他报告说："大人回府后，老和尚对他的徒弟们说：'我的心事已经了结。'竟然安详地辞世了。"

杨汶川先生曾经讲过这件事，姚安公说："凡是审案断案，只要虚心研究观察，真伪就会明了，过分相信别人，过分相信自己，都是不对的。过分听信别人的弊端，正如老僧所讲的；盲目相信自己的害处，也有说不完的例子。哪里再有一个老和尚，也为我们说法啊！"

一恶少感寒疾，昏愦中魂已出舍，怅怅无所适。见有人来往，随之同行。不觉至冥司，遇一吏，其故人也。为检籍良久，蹙额曰："君多忤父母，于法当付镬汤狱。今寿尚未终，可且反，寿终再来受报可也。"恶少惶怖，叩首求解脱。吏摇首曰："此罪至重，微我难解脱，即释迦牟尼亦无能为力也。"恶少泣涕求不已。吏沉思曰："有一故事，君知乎？一禅师登座，问：'虎额下铃，何人能解？'众未及对，一沙弥曰：'何不令系铃人解。'得罪父母，还向父母忏悔，或希冀可免乎！"少年虑罪业深重，非一时所可忏悔。吏笑曰："又有一故事，君不闻杀猪王屠，放下屠刀，立地成佛乎？"遣一鬼送之归，霍然遂愈。自是洗心涤虑，转为父母所爱怜。后年七十馀乃终。虽不知其果免地狱否，然观其得寿如是，似已许忏悔矣。

【译文】

有个品行恶劣的年轻人得了伤寒病，昏迷中灵魂离开了肉体，迷茫困惑不知往哪里去。见有人来来往往，就跟着一起走。不知不觉到了阴曹地府，遇见一个小吏，正好是熟人。小吏替他翻生死簿查了很久，皱着眉头说："你太不孝顺父母，按律条应当下油锅。现在你寿命还没完结，可以先回去，寿命完结了再来受报应吧。"这个年轻人吓坏了，磕头请求解救。小吏摇头说："这种罪过很重，不但我解救不了，就是释迦牟尼也无能为力。"年轻人痛哭流涕哀求不止。小吏想了一会儿说："有一个故事，你知道吗？一个禅师登上法座问：'老虎脖子上的铃铛，谁能解下来？'大家还没来得及回答，一个小和尚说：'为什么不叫系铃人去解。'得罪了父母，还是向父母悔罪，或许有希望免罪吧！"年轻人担心罪恶太重，不是一时忏悔就能有效的。小吏笑着说："还有一个故事，你没听说杀猪的王屠户，放下屠刀，立刻成了佛吗？"地府派一名鬼卒送他回去，他的病一下子就好了。从此他洗心革面，反而得到了父母的怜爱，后来活到七十多岁才死。虽然不知道他是否免除了地狱的报应，可看他这么长寿，他似乎已获准悔过了。

毛其人言：有耿某者，勇而悍。山行遇虎，奋一梃与斗，虎竟避去，自以为中黄、伕飞之流也^①。偶闻某寺后多鬼，时魙醉人，愤往驱逐。有好事者数人随之往。至则日薄暮，乃纵饮至夜，坐后垣上待其来。二鼓后，隐隐闻啸声，乃大呼曰："耿某在此！"倏人影无数，涌而至，皆吃吃笑曰："是尔耶，易与耳。"耿怒跃下，则鸟兽散去，遥呼其名而詈之，东逐则在西，西逐则在东，此没彼出，倏忽千变。耿旋转如风轮，终不见一鬼，疲极欲返，则嘲笑以激之，渐引渐远。突一奇鬼当路立，锯牙电目，张爪欲搏。急奋拳一击，忽嗷然自仆，指已折，掌已裂矣，乃误击墓碑上也。群鬼合声曰："勇哉！"瞥然俱杳。诸壁上观者闻耿呼痛，共持炬舁归②。卧数日，乃能起，右手遂废。从此猛气都尽，竟唾面自干焉。夫能与虓虎敌，而不能不为鬼所困，虎斗力，鬼斗智也。以有限之力，欲胜无穷之变幻，非天下之痴人乎？然一惩即戒，毅然自返，虽谓之大智慧人，亦可也。

【注释】

①中黄：亦称"中黄伯"，古代勇士。伙（cì）飞：即伙非，春秋时期楚国勇士，力能斩蛟。

②舁（yú）：抬。

【译文】

毛其人说：有个耿某，勇猛凶狠。走山路时碰上老虎，挥舞一根木棒就和老虎搏斗，老虎竟然躲开逃走了，他自以为属于中黄、伙飞一类勇士。有一次，偶尔听说某寺院后面有鬼，时常作弄喝醉的人，耿某很生气，愤愤地赶去驱逐那些鬼。有几个喜欢看热闹的人跟着耿某前往。到寺院时，天已黄昏，大家痛饮到夜晚，然后坐在后墙上等鬼群出现。二更后，隐隐约约听到呼啸声，耿某就大声喊道："耿某人在这里！"一下子无数人影，汹涌而至，都"吃吃"地笑着，说："是你呀，容易对付的。"耿某愤怒地跳下墙头，人影就作鸟兽散，还远远地喊耿某的名字，臭骂他，耿某追到东面；它们跑到西面；追到西面，又跑到东面；这里不见那里又出现了，转眼间千变万化。耿某像风车一样团团转，始终见不到一个鬼，累极了，就想回去，那些鬼又嘲笑着激怒他，把他越引越远。突然，耿某看见一个奇怪的鬼站在路中间，牙齿像锯子，眼光像闪电，张牙舞爪，想和耿某搏斗。耿某急忙用力一拳打过去，突然自己大叫一声倒在地上，手指骨头都断了，手掌也裂开了，原来是错打在墓碑上。群鬼一起喊道："真勇敢啊！"一转眼都不见了。在墙头上观看的人听到耿某痛苦的叫喊，一起举着火把，把耿某抬回家去。躺了几天，他才能起床，右手因此就残废了。从此，耿某的刚猛之气消除，被人唾了一脸也不擦。能与咆哮的猛虎相搏，却不能不被鬼围困，虎是以力气相斗，鬼是以智谋相斗的呀。想用有限的力气，去战胜无穷的变幻，这不是天底下的痴人吗？不过，耿某受一次惩罚后就自戒，毅然回头了，说他是有大智慧的人，也是可以的。

沧州一带海滨煮盐之地，谓之灶泡。袤延数百里，并斥卤不可耕种，荒草粘天，略如塞外，故狼多窟穴于其中。捕之者掘地为阱，深数尺，广三四尺，以板覆其上，中凿圆孔如盂大，略如枷状。人蹲阱中，携犬子或豚子，击使嗥叫。狼闻声而至，必以足探孔中攫之。人即握其足立起，肩以归。狼隔一板，爪牙无所施其利也。然或遇其群行，则亦能搏噬。故见人则以喙据地嗥，众狼毕集，若号令然，亦颇为行客道途患。有富室偶得二小狼，与家犬杂畜，亦与犬相安。稍长，亦颇驯，竟忘其为狼。一日，主人昼寝厅事，闻群犬呜呜作怒声，惊起周视，无一人。再就枕将寐，犬又如前。乃伪睡以俟，则二狼伺其未觉，将啮其喉，犬阻之不使前也。乃杀而取其革。此事从侄虞惇言。狼子野心，信不诬哉！然野心不过遁逸耳；阳为亲昵，而阴怀不测，更不止于野心矣。兽不足道，此人何取而自贻患耶！

【译文】

　　沧州一带海边煮盐的地方，叫做"灶泡"。方圆几百里，都是盐碱地，不能耕种，荒草连天，有点儿像塞外，所以很多狼在那里挖洞筑巢。捕狼人挖开地面做成陷阱，深约几尺，阔三四尺，把木板盖在上面，木板中间凿一个圆孔，有盆子大小，有点儿像枷锁的样子。人蹲在陷阱里，带着小狗或小猪，打它们，让它们叫唤。狼听到喊声就跑过来，一定会用脚伸到木板洞里探查。人马上抓紧狼脚站起来，背在肩上跑回家去。狼隔着一层板，爪子牙齿都无法抓咬到人。但是遇到狼群，人也会被咬死的。所以，狼一见有人，就把嘴靠近地面嗥叫，狼群就集中过来，好像听到号令一样，这也成为赶路人在旅途上的祸患。有个富户意外得到两只小狼，就把它们放到家里的狗群里一起养，小狼和狗也能平安相处。小狼长大了，也很驯良，主人已经忘记它们是狼了。有一天，主人在客厅午睡，听到狗群发出愤怒的"呜呜"声，他吃了一惊，起来四处查看，没有看见什么人。当他靠着枕头又要睡觉时，狗群又像前面一样发出叫声。于是，他装假睡着，静静等待，原来那两只狼想趁主人没有发觉，要咬主人的喉咙，狗群在阻止，不让狼靠近主人。主人就把两只狼杀了，剥下狼皮。这件事是堂侄虞惇说的。狼子野心这句话，真是一点儿也不假啊！不过，说野心不过指想要逃跑而已；表面上亲热，暗地里心怀不轨，就不仅仅是野心了。野兽的本性不值得一说，这个人为什么给自己制造祸患呢！

北方之桥，施栏楯以防失足而已。闽中多雨，皆于桥上覆以屋，以庇行人。邱二田言：有人夜中遇雨，趋桥屋。先有一吏携案牍，与军役押数人避屋下，枷锁琅然。知为官府录囚，惧不敢近，但畏缩于一隅。中一囚号哭不止，吏叱曰："此时知惧，何如当日勿作耶？"因泣曰："吾为吾师所误也。吾师日讲学，凡鬼神报应之说，皆斥为佛氏之妄语。吾信其言，窃以为机械能深，弥缝能巧，则种种惟所欲为，可以终身不败露；百年之后，气反太虚，冥冥漠漠，并毁誉不闻，何惮而不恣吾意乎！不虞地狱非诬，冥王果有。始知为其所卖，故悔而自悲也。"又一囚曰:"尔之堕落由信儒,我则以信佛误也。佛家之说,谓虽造恶业,功德即可以消灭;虽堕地狱,经忏即可以超度。吾以为生前焚香布施,殁后延僧持诵,皆非吾力所不能。既有佛法护持,则无所不为,亦非地府所能治。不虞所谓罪福,乃论作事之善恶,非论舍财之多少。金钱虚耗,舂煮难逃。向非恃佛之故,又安敢纵恣至此耶?"语讫长号。诸囚亦皆痛哭。乃知其非人也。

夫六经具在,不谓无鬼神;三藏所谈,非以敛财赂。自儒者沽名,佛者渔利,其流弊遂至此极。佛本异教,缁徒借是以谋生,是未足为责。儒者亦何必乃尔乎?

【译文】

北方的桥上,装着栏杆以防行人失足落水而已。闽中地区多雨,所以,桥上都盖着桥屋,为行人挡雨。邱二田说:有个行人夜间遇雨,赶忙躲进了桥屋。桥屋里已经有一个小吏模样的人带着案卷,几个士兵押着戴枷的犯人,枷锁锒铛作响。这个人明白是官府在押送囚犯,心里害怕不敢靠近,只是蜷缩到一个角落里。听到一个囚徒不停地号哭,小吏呵斥说:"现在知道害怕了,何如当初不做坏事呢?"那个囚徒哭着说:"我是被老师害了。我的老师每日讲学,凡是鬼神因果报应的说法,统统斥为佛门的胡说八道。我相信了他的话,心里认为,只要机智、乖巧,什么缺失都能遮蔽掩盖,即便是胡作非为,也可以终身不败露;

到我百年之后，精气回到太虚之中，安安静静迷迷茫茫，所有的诋毁与赞誉我全都听不到了，那么还有什么可怕的，有什么不敢恣情纵意去做的呢！可是没想到，地狱之说不是假话，阎王果然存在。我这才明白被老师卖了，所以，又是悔恨又是自悲啊。"另一个囚徒说："你的堕落是由于相信了儒家的说教，我却是被佛家骗了。按照佛家的说法，一个人即使做了恶事，只要有了功德，就可以把原先的罪恶抹掉；即使进了地狱，只要诵经忏悔就可以超度转生。那么，我只要活着时多烧香多磕头多多布施，死后请僧人念经超度，这些都没有我办不到的。既然有了佛法保护，我自然可以无所不为，地狱也不能把我怎么样。没想到，阴间给人降罪或降福，是根据一个人所做善事、恶事的情况来定，不管捐出钱财是多还是少。现在，我的钱财耗尽，却仍然是该被舂捣还是被舂捣，该下油锅还是要下油锅。如果不是过分信赖佛门之说，又怎么敢恣情纵欲，以至于落到今天这步田地呢？"说完后号啕大哭。其他囚徒也都痛哭。行人这才明白，他们不是人而是鬼。

儒家的六经都还在，其中并没有主张无鬼神的文字；三藏真经所说的，也不是唆使佛门弟子收敛财物。自从儒者利用六经沽名钓誉、佛者利用教义图谋钱财以来，流弊才发展到如今这种极端的地步。佛家本来是异族的宗教，它的徒众借以谋生，不必过分指责。但是儒家学者何必也这样呢？

　　倪媪，武清人，年未三十而寡。舅姑欲嫁之，以死自誓。舅姑怒，逐诸门外，使自谋生。流离艰苦，抚二子一女，皆婚嫁，而皆不才。茕茕无倚，惟一女孙度为尼，乃寄食佛寺，仅以自存，今七十八岁矣。所谓青年矢志，白首完贞者欤！余悯其节，时亦周之。马夫人尝从容谓曰："君为宗伯，主天下节烈之旌典。而此媪失诸目睫前，其故何欤？"余曰："国家典制，具有条格。节妇烈女，学校同举于州郡，州郡条上于台司，乃具奏请旨，下礼曹议，从公论也。礼曹得察核之、进退之，而不得自搜罗之，防私防滥也。譬司文柄者，棘闱墨牍①，得握权衡，而不能取未试遗材，登诸榜上。此媪久去其乡，既无举者；京师人海，又谁知流寓之内，有此孤嫠？沧海遗珠，盖由于此。岂余能为而不为欤？"念古来潜德，往往借稗官小说，以发幽光。因撮厥大凡，附诸琐录。虽书原志怪，未免为例不纯；于表章风教之旨，则未始不一耳。

【注释】

①棘闱：指古时考试场所。墨牍：这里是墨卷的意思，考生的试卷。

【译文】

倪老妇人是武清县人，不到三十岁就死了丈夫。公婆要她再嫁，她发誓宁死不嫁。公婆发怒，把她赶出家门，让她自谋生路。她流离失所艰难困苦，她把两个儿子、一个女儿抚养成人，结婚成了家，却都没有什么出息。她孤零零地没有依靠，只有一个孙女削发做了尼姑，她就在尼姑庵里寄食，好歹活下来，如今已经七十八岁了。她可以说是年轻时立志，一辈子贞洁了吧！我怜悯她的气节，也时常周济她。马夫人曾经不急不慢地对我说："老爷身为礼部尚书，主管天下节妇烈女的旌典表彰，而这个老太太就在眼前却顾不到，这是为什么？"我说："国家的典章制度都有程序规定。节妇烈女，由学校推举到州郡，州郡上报给御史台，然后才启奏皇上下圣旨，下达礼部衙门评议，为的是听从公论。礼部可以调查核实，决定取舍，但是不能擅自搜罗人选，以防止营私或滥加表彰。比如掌管科考的，可以在科考的答卷中，行使权力录取，但是不能录取没有经过考试遗漏的人才登录到榜上。这个老妇人长期离开家乡，就没有推举她的人；在京城的人海中，又有谁知道流动的人群中有这么个孤单的老寡妇？茫茫大海里有采珠人遗漏的珍珠，就是因为这个原因。哪里是我能做而不做呢？"我想到古往今来被埋没的有德之人，往往借助小说，才得以发出一点儿光亮。因此，我大略记一点儿倪老妇人的情况，附在这本琐谈录中。虽然本书属于志怪，写进这些内容与体例不合；但在表彰教化的宗旨上，却未尝不是一致的。

卷十五

姑妄听之一

"姑妄听之"的出处是《庄子·齐物论》:"予尝为女妄言之,女以妄听之。"以此为题,表明了纪昀对庄子的喜爱。《阅微草堂笔记》与庄子精神和气质上有颇多相通之处,纪昀也常常表现出老庄的豁达、淡然。《阅微草堂笔记》除了多处直接引用以外,话语方式也大有庄子遗风,主要表现为:叙事说理的法天贵真、复归于朴,以自然为宗;超越世俗,在俗常的道德之外让读者获得新的发现,同时建立起属于作者自己的叙事伦理;尚质黜华,作品中漫溢着一种怡然悠然气息;将凝聚着独特思想的语言深层结构通过行云流水的文字表达出来,又体现了作者的诗性智慧。显然,纪昀并不是庄子哲学的忠实继承者。作为一介鸿儒,他为维护儒学的本真而创作,阅微知著,站在一定高度,全面透彻地去看社会、看现实,作者通过笔记所寄托的是一种类似于庄子的理想主义精神哲学,这只是纪昀的无心插柳之举。

同时,纪昀与庄子一样,善于用文学的形式表达哲理。本卷简直像一部当时社会生活的纪录片,五花八门,包罗万象,有各种稀奇故事,比如市井细民的爱情传奇、道士摄狐狸演戏、木偶成精、官员借奴仆妻子的尸体还魂、一女二嫁却嫁给了一家人等等;描述了各种稀奇的物事,如西藏的野人、漳州水晶、珍稀的腥唇和兰虫、花蕊上的红衣女、给孤寺的紫藤、纪氏花园的青桐、决堤前的棒椎鱼等等;也有贯彻创作宗旨的那些教化故事。纪昀一路写来,亦庄亦谐,文笔如行云流水一般,从容恬淡,潇洒自如。

　　龚集生言：乾隆己未①，在京师，寓灵佑宫，与一道士相识，时共杯酌。一日观剧，邀同往，亦欣然相随。薄暮归，道士拱揖曰："承诸君雅意，无以为酬，今夜一观傀儡可乎②？"入夜，至所居室中，惟一大方几，近边略具酒果，中央则陈一棋局。呼童子闭外门，请宾四面围几坐。酒一再行，道士拍界尺一声，即有数小人长八九寸，落局上，合声演剧。呦呦嘤嘤，音如四五岁童子；而男女装饰，音调关目，一一与戏场无异。一出终，传奇以一折为一齣。古无是字，始见吴任臣《字汇补注》，"齣"读如"尺"。相沿已久，遂不能废。今亦从俗体书之。瞥然不见。又数人落下，别演一出。众且骇且喜。畅饮至夜分，道士命童子于门外几上置鸡卵数百，白酒数罂，戛然乐止，惟闻啜之声矣。诘其何术。道士曰："凡得五雷法者，皆可以役狐。狐能大能小，故遣作此戏，为一宵之娱。然惟供驱使则可，若或役之盗物，役之祟人，或摄召狐女荐枕席，则天谴立至矣。"众见所未见，乞后夜再观，道士诺之。次夕诣所居，则早起已携童子去。

【注释】

①乾隆己未：乾隆四年（1739）。

②傀儡（kuǐlěi）：此指木偶戏。

【译文】

　　龚集生说：乾隆己未年，他住在京城灵佑宫，结识了一个道士，时常在一起饮酒对酌。一天，龚集生请朋友们去看戏，邀请了这位道士，道士也高高兴兴跟着去了。归来时天色将晚，道士拱手对大家说："承蒙诸位雅意邀我看戏，无以为报，今夜请大家看一场傀儡戏，可以吗？"夜里，到了道士的住所，众人见屋里只有一张大方桌，桌边摆放了一点儿水酒和果品，桌子中央，放着一只棋盘。道士招呼小童关了外面的门，请来宾围着桌子坐下。酒过三巡，道士将界尺一拍，"啪"地一声，就有几个八九寸高的小人儿落到了棋盘上，齐声说唱演起戏来。声音呦呦嘤嘤，如同四五岁的小孩儿；而男男女女的服装打扮以及戏中的唱腔、道具，都和剧场里演出一样。一出戏唱完，传奇以一折为一"齣"。古代没有这个字，最早见吴任臣《字汇补注》，说这个读如"尺"。用的时间长了，于是就不能废除了。如今也就从俗体书写。这些小人儿忽然不见了。紧接着，又有几个落到棋盘上，又演了一出。众人又是惊讶又是高兴。畅饮到午夜时分，道士命小童在外屋的桌子上放置了几百个鸡蛋和几坛白酒，乐曲声戛然而止，外屋只传出了吸饮的声音。众人问道士这是什么法术。道士说："凡是炼成五雷法的人，都可以驱使狐辈做事。狐辈能变化，可大可小，所以我调遣他们来演戏，作为一夜的消遣。不过，驱使他们干这种事可以，如果让他们去偷盗，或是去作祟害人，或者摄招狐女寻欢作乐，那么上天就会立即惩罚。"众人见所未见，恳请第二天夜里再来看，道士答应了。第二天晚上，众人又到了道士的住所，道士却早晨就已带着小童离去了。

乌鲁木齐遣犯刚朝荣言：有二人诣西藏贸易，各乘一骡，山行失路，不辨东西。忽十馀人自悬崖跃下，疑为夹坝。西番以劫盗为夹坝，犹额鲁特之玛哈沁也。渐近，则长皆七八尺，身毵毵有毛①，或黄或绿，面目似人非人，语啁哳不可辨②。知为妖魅，度必死，皆战栗伏地。十馀人乃相向而笑，无搏噬之状，惟挟人于胁下，而驱其骡行。至一山坳，置人于地，二骡一推堕坎中，一抽刀屠割，吹火燔熟③，环坐吞啖④。亦提二人就坐，各置肉于前。察其似无恶意，方饥困，亦姑食之。既饱之后，十馀人皆扪腹仰啸，声类马嘶。中二人仍各挟一人，飞越峻岭三四重，捷如猿鸟，送至官路旁，各予以一石，瞥然竟去。石巨如瓜，皆绿松也。携归货之，得价倍于所丧。事在乙酉、丙戌间⑤。朝荣曾见其一人，言之甚悉。此未知为山精，为木魅，观其行事，似非妖物。殆幽岩穹谷之中，自有此一种野人，从古未与世通耳。

【注释】

①毵毵（sān）：毛发、枝条等细长的样子。

②啁哳（zhāozhā）：形容声音繁杂而细碎。

③燔（fán）：烧，烤。

④啖（dàn）：吃。

⑤乙酉：乾隆三十年（1765）。丙戌：乾隆三十一年（1766）。

【译文】

被流放到乌鲁木齐的犯人刚朝荣说：有两个人到西藏做生意，各骑着一头骡子，在山里迷了路，分不清东西南北了。忽然有十几个人从悬崖上跳下来，商人以为遇上了夹坝。西部人称强盗为"夹坝"，就像额鲁特人所说的"玛哈沁"。来到近前，才看清这些人都身高七八尺，浑身上下都披散着黄色或绿色的毛，脸面似人非人，说话音节繁杂细碎，听不懂说什么。两个人心想这是些妖怪，猜想自己必死无疑，都颤抖着趴在地上。这十几个人却对着他们笑，好像没有要抓来撕咬啃吃的意思，只是把两人夹在腋下，赶着骡子走。到了一个山坳，把人放在地上，将一头骡子推在坑里，拔出刀子杀了另一头，然后点火烧熟，围坐着大吃起来。十几个人还把两个商人拎来就坐，在面前放上肉。商人看怪人们好像没有恶意，况且正饿得慌，也就吃起来。吃饱之后，这十几个怪人都拍着肚子仰头长啸，声音像马嘶。其中两个怪人仍各夹着一个人，攀越了三四道峻岭，敏捷得像猿猴、像飞鸟，把两人送上大道旁，各人给了一块石头，转眼便不见了。石头像瓜那么大，都是绿松石。两人回来卖掉了绿松石，得的钱是他们所受损失的一倍。这件事发生在乾隆乙酉、丙戌年之间。刚朝荣曾经见过其中一个人，说得很详细。不知是山精，还是木魅，看他们的作为，好像不是妖怪。也可能是在崇山幽谷之中，就有这么一种野人，自古以来就没有与外界接触过吧。

漳州产水晶，云五色皆备，然赤者未尝见，故所贵惟紫。别有所谓金晶者，与黄晶迥殊，最不易得；或偶得之，亦大如豇豆，如瓜种止矣。惟海澄公家有一三足蟾，可为扇坠，视之如精金镕液，洞彻空明，为希有之宝。杨制府景素官汀漳龙道时，尝为余言，然亦相传如是，未目睹也。姑录之以广异闻。

【译文】

福建漳州出产水晶，据说各种颜色都有，然而赤色的从来不曾见到，所以认为紫色的最贵重。另有一种叫做金晶的，与黄晶完全不同，最不容易得到；即使偶尔得到，也只不过豇豆、瓜籽那么大。只有海澄公家有一颗，像一只三条腿的蛤蟆，可以作扇坠，看去像纯金的熔液凝成，晶莹透明，是件稀有宝物。杨景素巡抚做福建汀漳龙道道员时，曾经对我说起，但也不过是传闻如此，并没有亲眼见到。姑且记载在这里，以广见闻。

董家庄佃户丁锦，生一子曰二牛。又一女，赘曹宁为婿，相助工作，甚相得也。二牛生一子曰三宝。女亦生一女，因住母家，遂联名曰四宝。其生也同年同月，差数日耳。姑嫂互相抱携，互相乳哺，襁褓中已结婚姻。三宝四宝又甚相爱，稍长，即跬步不离①。小家不知别嫌疑，于二儿嬉戏时，每指曰："此汝夫，此汝妇也。"二儿虽不知为何语，然闻之则已稔矣。七八岁外，稍稍解事，然俱随二牛之母同卧起，不相避忌。会康熙辛丑至雍正癸卯岁屡歉②，锦夫妇并殁。曹宁先流转至京师，贫不自存，质四宝于陈郎中家。不知其名，惟知为江南人。二牛继至，会郎中求馆僮，亦质三宝于其家，而诫勿言与四宝为夫妇。郎中家法严，每笞四宝，三宝必暗泣；笞三宝，四宝亦然。郎中疑之，转质四宝于郑氏，或云，即貂皮郑也。而逐三宝。三宝仍投旧媒媪，又引与一家为馆僮。久而微闻四宝所在，乃夤缘入郑氏家③。数日后，得见四宝，相持痛哭，时已十三四矣。郑氏怪之，则诡以兄妹相逢对。郑氏以其名行第相连，遂不疑。然内外隔绝，仅出入时相与目成而已。后岁稔，二牛、曹宁并赴京赎子女，辗转寻访至郑氏。郑氏始知其本夫妇，意甚悯恻，欲助之合卺，而仍留服役。其馆师严某，讲学家也，不知古今事异，昌言排斥曰④："中表为婚礼所禁，亦律所禁，违之且有天诛。主人意虽善，然我辈读书人，当以风化为己任，见悖理乱伦而不沮，是成人之恶，非君子也。"以去就力争。郑氏故良懦，二牛、曹宁亦乡愚，闻违法罪重，皆慑而止。后四宝鬻为选人妾，不数月病卒。三宝发狂走出，莫知所终。

或曰："四宝虽被迫胁去，然毁容哭泣，实未与选人共房帏。惜不知其详耳。"果其如是，则是二人者，天上人间，会当相见，定非一瞑不视者矣。惟严某作此恶业，不知何心，亦不知其究竟。然神理昭昭，当无善报。或又曰："是非泥古，亦非好名，殆觊觎四宝，欲以自侍耳。"若然，则地狱之设，正为斯人矣。

【注释】

① 跬（kuǐ）步：半步，小步。

② 康熙辛丑：康熙六十年（1721）。雍正癸卯：雍正元年（1723）。

③ 夤（yín）缘：攀附，拉拢关系。

④ 昌言：毫无顾忌直言。

【译文】

董家庄的佃户丁锦，生了个儿子叫二牛。还有个女儿，招了个上门女婿，叫曹宁，他帮着干活，一家处得很好。二牛生了个儿子叫三宝。女儿生了个女孩，因为住在娘家，就连着排下来叫四宝。这两个孩子在同年同月出生，只差几天。姑嫂俩一道抱着玩耍、一起喂养两个孩子，在襁褓中就定下了婚姻。三宝、四宝又非常友爱，稍稍大一些后，两人就形影不离。小户人家不知避嫌，看见两个孩子在一起玩耍时，就常指着说："这是你丈夫，这是你老婆。"两个孩子虽然不懂是什么意思，但是已经听习惯了。到了七八岁，稍稍懂事了，两个孩子仍然跟着二牛的母亲同睡同起，也不避忌。康熙辛丑年到雍正癸卯年间，年年歉收，丁锦夫妇相继去世。曹宁先流落到京城，穷得养活不了自己，把四宝典卖到陈郎中家。不知叫什么名字，只知道是江南人。二牛跟着来到京城，赶上陈郎中需要馆僮，也把三宝典卖给了陈家，二牛告诉三宝不要说他和四宝已经定为夫妻。陈郎中家法严厉，每当责打四宝时，三宝必定偷偷哭泣；打三宝时，四宝也是这样。陈郎中生疑，便把四宝转卖给郑家，有人说，就是"貂皮郑"家。后来陈郎中家又赶走了三宝。三宝去找介绍他来陈家的老妈子，老妈子又把他介绍到一家去当馆僮。过了一段时间，他打听到四宝的所在，通过各种关系，也来到了郑家。几天之后，他才见到了四宝，两人抱头痛哭，当时两个人都十三四岁了。郑某觉得奇怪，两人便谎称是兄妹。郑某看他们的名字排行相连，也就不怀疑了。然而内外宅隔绝，两人只能在出入时彼此眉目传情而已。后来年成好了，二牛、曹宁一起到京城赎子女，辗转寻访到了郑家。郑某这才知道这两个孩子本来定为夫妻，很同情他们，想帮助操办婚礼，并且仍然留他们在郑家服役。郑家的馆师严某，是一个道学家，他不了解如今世情与古时不同，毫无顾忌斥责说："中表结婚是违背礼法的，也是律令禁止的，犯了这一条，上天也要惩罚。主人的想法很好，可是我们这些读书人，应当以端正风俗教化为己任，见了违理乱伦的事而不阻止，是促成别人做坏事，这不是君子的行为。"他以辞职相要挟力争。郑某本来就善良懦弱，二牛、曹宁都是愚笨的乡下人，听说违法罪重，都吓得打消了让两人结婚的念头。后来四宝被卖给一个候补官员做姜，没过几个月，四宝就病逝了。三宝发疯跑出去，也不知后来怎样了。

有人说："四宝虽然被胁迫而去，但是她毁了妆容不停地哭泣，实际上并没有与候补官员同房。可惜不知详情是怎么回事。"如果真是这样，这两个人在天上人间，定会相见，肯定不会就此永别。只是严某造了这种罪孽，不知出于什么居心，也不知他最终是怎样的结局。不过天理昭昭，他不会有好报的。还有人说："严某不是拘泥于古法，也不是沽名钓誉，而是对四宝存有非分之想，想要娶她做侍妾。"如果是这样，那么冥府设立的地狱，正是为这个人预备的。

八珍惟熊掌、鹿尾为常见，驼峰出塞外，已罕觏矣①。此野驼之单峰，非常驼之双峰也。语详《槐西杂志》。猩唇则仅闻其名。乾隆乙未②，闽抚军少仪馈余二枚，贮以锦函，似甚珍重。乃自额至颏全剥而腊之，口鼻眉目，一一宛然，如戏场面具，不仅两唇。庖人不能治，转赠他友。其庖人亦未识，又复别赠。不知转落谁氏，迄未晓其烹饪法也。

【注释】

①觏（gòu）：遇见。

②乾隆乙未：乾隆四十年（1775）。

【译文】

八珍中只有熊掌、鹿尾常见，驼峰出于塞外，已经不容易见到了。这是指野生骆驼的单峰，不是一般骆驼的双峰。《槐西杂志》中有详细说明。猩唇则只听到有这个名。乾隆乙未年，巡抚闽少仪赠我两个猩唇，装在锦盒里，好像极为珍贵。实际上是把猩猩从额到下颏完整地剥下来晾干的，口鼻眉眼都在，极像演戏用的面具，不仅仅是两个猩唇。厨子不会弄，便转赠给了朋友。朋友的厨子也不会做，又转赠别人。不知最后转到了谁的手中，至今我也不知道猩唇是怎么个烹饪法。

李又聃先生言：东光毕公偶忘其名，官贵州通判，征苗时运饷遇寇，血战阵亡者也。尝奉檄勘苗峒地界，土官盛谯款接。宾主各一磁盖杯置面前，土官手捧启视，则贮一虫如蜈蚣，蠕蠕旋动。译者云，此虫兰开则生，兰谢则死，惟以兰蕊为食，至不易得。今喜值兰时，搜岩剔穴，得其二。故必献生，表至敬也。旋以盐末少许洒杯中，覆之以盖。须臾启视，已化为水，湛然净绿，莹澈如琉璃，兰气扑鼻。用以代醯①，香沁齿颊，半日后尚留馀味。惜未问其何名也。

【注释】

① 醯（xī）：用于保存蔬菜、水果、鱼蛋、牡蛎的净醋或加香料的醋。

【译文】

李又聃先生说：东光人毕公偶尔忘记了他的名字，他曾任贵州的通判，征讨苗民时负责运送粮饷，遇到匪徒袭击，血战阵亡。曾奉命勘定苗族人居住的地界，苗族酋长盛宴接待。宾主前面各放一个杯子，用磁盖盖着，酋长站起来用手捧起杯子，打开来看，里面装着一条虫，样子像蜈蚣，在杯里慢慢地翻滚爬动。翻译说，这种虫兰花开时就生，兰花谢时就死，只吃兰花的花蕊，非常不容易抓到。现在幸好是兰花盛开的时候，派人到山岭峡谷中到处搜寻，好不容易抓到两条。所以一定要把活的献给您，表示我们最深的敬意。接着他们洒了一点儿盐末在杯子里，再盖上。稍过一会儿，再打开一看，虫子已经化成水，水色碧绿清澈，透明得像琉璃一样，兰香扑鼻。用它代替醋，香味满口，半天过后嘴里还有馀香。只可惜没有问这种虫叫什么名字。

京师花木最古者，首给孤寺吕氏藤花①，次则余家之青桐，皆数百年物也。桐身横径尺五寸，耸峭高秀，夏月庭院皆碧色。惜虫蛀一孔，雨渍其内，久而中朽至根，竟以枯槁。吕氏宅后售与高太守兆煌，又转售程主事振甲。藤今犹在，其架用梁栋之材，始能支拄。其阴覆厅事一院，其蔓旁引，又覆西偏书室一院。花时如紫云垂地，香气袭衣。慕堂孝廉在日，慕堂名元龙，庚午举人②，朱石君之妹婿也。与余同受业于董文恪公。或自宴客，或友人借宴客，觞咏殆无虚夕。迄今四十馀年，再到曾游，已非旧主，殊深邻笛之悲③。倪穟畴年丈尝为题一联曰④："一庭芳草围新绿，十亩藤花落古香。"书法精妙，如渴骥怒猊⑤。今亦不知所在矣。

【注释】

①给（jǐ）孤寺：唐贞观年间（7世纪中）建立。明代

称"寄骨寺"。清顺治（17世纪中）时重建，称"万善给孤寺"。20世纪30年代末毁于一场大火。

②庚午：乾隆十五年（1750）。

③邻笛之悲：魏晋时嵇康、吕安被司马昭杀害后，他们的好友向秀过嵇康的旧居，听到邻人的笛声，感怀亡友，写了《思旧赋》。后用为哀念亡友的典故。

④穟（suì）：禾穗成熟的样子。此处用于人名。

⑤猊（ní）：狻猊，传说中的一种猛兽。

【译文】

京城最古老的花木，第一就是给孤寺吕家的藤花，其次就是我家的青桐，都已经是几百年的东西了。这棵梧桐，直径有一尺五寸，清秀挺拔，枝叶茂盛，高高耸立，每到夏季，庭院一片绿色。可惜的是，树干被虫子蛀了一个洞，雨水长年积在树里，久而久之，树干腐烂到树根，竟因此枯死。吕家的宅院后来卖给了太守高兆煌，高太守又转卖给主事程振甲。如今，那株藤花还在，支撑藤箩的架子要用栋梁之材才能撑得起来。藤箩枝叶形成的树荫覆盖着厅前的院子，藤蔓往旁边延伸，又覆盖了西面书房的一个院子。藤花盛开时，犹如紫云垂地，香气都沾染到人的衣服上。慕堂举人在世的时候，慕堂名云龙，庚午举人，朱石君的妹婿。与我一起就学于董文恪公。有时自己宴请客人，有时朋友借这个地方宴请客人，饮酒赋诗，简直没有空过一个晚上。光阴荏苒，转眼四十馀年过去，旧地重游，已经不是旧主人，我不禁像魏晋时的向秀怀念老朋友嵇康一样，伤感不已。倪穟畴老先生曾为藤花题了副对联："一庭芳草围新绿，十亩藤花落古香。"书法精妙，笔势就像渴极的马奔向泉水和发怒的狻猊越过山石一般奔放。如今，这副对联也不知落于何处了。

居卫河侧者言：河之将决，中流之水必凸起，高于两岸；然不知其在何处也。至棒椎鱼集于一处，则所集之处不一两日溃矣。父老相传，验之百不失一。棒椎鱼者，象其形而名，平时不知在何所，网钓亦未见得之者，至河暴涨乃麇至①。护堤者见其以首触岸，如万杵齐筑，则决在斯须间矣，岂非数哉！然唐尧洪水，天数也；神禹随刊②，则人事也。惟圣人能知天，惟圣人不委过于天，先事而绸缪，后事而补救，虽不能消弭，亦必有所挽回。

【注释】

①麇（qún）：成群。

②刊：消除，修改。

【译文】

住在卫河岸边的人说：河堤决口的时候，河水中流必然凸起，高于两岸；但不知将在什么地方决口。到棒椎鱼集聚在一起的时候，那么这个地方用不了一两天就要决口了。父老们都这么传说，验证下来百无一失。棒椎鱼，是因为它长得像棒椎而得名的，不知它平时在什么地方，下网下钩都捉不到它，到了河水暴涨之时才集合到一起。护堤的人看见它们用头撞堤岸，好像千万个棒椎向堤岸猛捣，那么决口就是转瞬间的事了，这不是天数么！不过，唐尧时朝的洪水，是天数；大禹实地勘察，因势利导，则是人事。只有圣人才能掌握天的规律，唯有圣人才不把过错推给上天，他们凡事预算谋划，事后加以补救，即使不能完全消除祸患，但也必然有所挽回。

表叔王月阡言：近村某甲买一妾，两月馀，逃去。其父反以妒杀焚尸讼。会县官在京需次时，逃妾构讼，事与此类。触其旧愤，穷治得诬状。计不得逞，然坚不承转鬻。盖无诱逃实证，难于究诘，妾卒无踪。某甲妇弟住隔县。妇归宁，闻弟新纳妾，欲见之。妾闭户不肯出，其弟自曳之来。一见即投地叩额，称死罪，正所失妾也。妇弟以某甲旧妾，不肯纳；某甲以曾侍妇弟，亦不肯纳，鞭之百，以配老奴，竟以爨婢终焉。

夫富室构讼，词连帷簿，此不能旦夕结也，而适值是县官。女子转鬻，深匿闺帏，此不易物色求也，而适值其妇弟。机械百端，可云至巧，乌知造物更巧哉！

【译文】

表叔王月阡说：邻近村子里的某甲买了个妾，两个多月后，那个妾逃走了。妾的父亲反而到官府告状，说是某甲正妻因为妒忌杀死了他女儿并且焚尸灭迹。正好审案的县官本人在京城中等候委任时，也经历过小妾逃走、妾的父亲反而诬告的事，和这件诉讼案类似。这个案子触起他的旧恨，因此他极力追查，弄清了妾父诬告的真相。眼看阴谋不能得逞，但妾的父亲坚决不承认是转卖给了另一家。因为没有引诱逃走的证据，所以也无法再审，那个妾也一直没有下落。某甲妻子的弟弟住在邻县。某甲妻子回娘家，听说弟弟新娶了一个妾，想见见，那个妾关着门不肯出来，妻子的弟弟自己把她拖了出来。一见面，她就跪在地上叩头，称自己有死罪，原来她就是某甲逃走的那个妾。妻子的弟弟因为她是姐夫的旧妾，不肯要了；某甲又因为她已经与妻子的弟弟同寝，也不肯要了，于是打了她一百鞭，配给一个老奴仆，后来一直到死都是做烧饭的女佣。

有钱人家打官司，又涉及家庭内部的男女之事，往往是不可能几天就了结的，而这次正好碰上了这样一位县官。女子已被转卖，整天藏在闺房内室，一般是查找不到的，而这一次又碰巧是卖在原主人妻子的弟弟家。这个妾和她父亲设计的这个圈套，算是够巧妙的了，哪里知道上天的安排更巧妙呢！

卷十六

姑妄听之二

  本卷依旧是汇总各种或者是好玩的、或者是离奇的故事，依旧是在叙说令人眼花缭乱的事件过程中贯穿道德伦理宣教。不过，本卷突出的一个特点是，作者强调，身边的事件也许千变万化，个人的道德准则不能变；周边环境可以乱，个人的心思不能乱。纪昀非常看重儒家"内省"和"慎独"的修身方法，希望人们坚持自我反省，在独自行动无人监督的时候，仍然坚持自己的道德信念，自觉地按照一定的行为准则决定自己的言行举止。纪昀也深知，儒学十分看重的"慎独"，是不易到达的境界，因而，他为故事主人公设置了相应的褒奖惩戒结局，凡是能够坚持个人道德操守的，即使物质方面不能丰衣足食，精神层面也能得到慰藉和奖励；即使今生不能摆脱苦难，来生也一定能够随心如愿；反之，要么身败名裂狼狈不堪，要么本人暂时得逞而后代遭殃。纪昀描写了这样的现实生活场景：洁身自好到底有多重要，不到一定的时候，人们是无法领悟的，人们总是到身陷狼狈时才会反省。若是时时坚持道德信念，对于功名利禄就能任何时候都想得清楚，做得清楚，就能保证一生都能平平安安，如果能抵制美女钱财等等各种诱惑，即便是有着天罗地网一般的威胁，也能逢凶化吉，遇难呈祥。纪昀在每一则笔记中的议论表明，应当把修身看作是人安身立命之本。他主张，如果在社会交往和个人生活中出现问题，首先应该自我反省，考虑自己有什么地方做得不够，这应该成为发自内心的自觉行为，而不是因为畏惧外在的强制。而且这种"修身"不是一种阶段性的、技能性的学习和操练，而是长期的、持续一生的修行；同时还必须从点滴小事做起。在纪昀看来，道德是生命的本质，也是生命价值的具体表现，轮回为人身标志着自身价值的保持和提高，这就是纪昀写作那些以冥律控制、惩罚阳世活人的篇章的目的。作者以有悖于他身份的琐屑和俚俗，书写那些闾里市井间的家常事故，显示其救世之婆心。

余十一二岁时，闻从叔灿若公言：里有齐某者，以罪戍黑龙江，殁数年矣。其子稍长，欲归其骨，而贫不能往，恒蹙然如抱深忧。一日，偶得豆数升，乃屑以为末，水拌成丸；衣以赭土，诈为卖药者以往，姑以绐取数文钱供口食耳。乃沿途买其药者，虽危证亦立愈。转相告语，颇得善价，竟借是达戍所，得父骨，以箧负归。归途于窝集遇三盗①，急弃其资斧，负箧奔。盗追及，开箧见骨，怪问其故。涕泣陈述。共悯而释之，转赠以金。方拜谢间，一盗忽擗踊大恸曰②："此人孱弱如是，尚数千里外求父骨。我堂堂丈夫，自命豪杰，顾乃不能耶？诸君好住，吾今往肃州矣。"语讫，挥手西行。其徒呼使别妻子，终不反顾，盖所感者深矣。惜人往风微，无传于世。余作《滦阳消夏录》诸书，亦竟忘之。癸丑三月三日③，宿海淀直庐④，偶然忆及，因录以补志乘之遗。倘亦潜德未彰，幽灵不泯，有以默启余衷乎！

【注释】

①窝集：吉林、黑龙江一带称原始森林为"窝集"。

②擗踊（pǐyǒng）：形容极度悲哀。擗，捶胸。踊，以脚顿地跳起来。

③癸丑：乾隆五十八年（1793）。

④直庐：旧时侍臣值宿之处。

【译文】

我十一二岁时，听堂叔灿若公说：老家有个姓齐的人，因为犯了罪充军到黑龙江戍守边关，已经去世几年了。他的儿子稍稍长大后，想把父亲的遗骨接回老家，可是家里穷得没有盘缠去不了，终日忧郁好像有什么事让他深深焦虑。一天，他偶尔得了几升豆子，就把豆子研成细末，用水抟成丸；外面又涂了一层赭土，装成卖药的奔赴黑龙江，一路上，就靠假药丸骗几文钱糊口。可是沿途的病人凡是吃了他的药，即便是危急重病也立即痊愈。于是人们争相转告，他的药卖出了好价钱，竟然靠着卖药的钱到了父亲充军的地方，找到了父亲的遗骨，然后背着装遗骨的匣子回来。在丛林里碰上了三个强盗，他急忙丢弃了行李盘缠，背着匣子飞跑。强盗追上去抓住了他，打开匣子见到骨骸，十分奇怪就问是怎么回事。他哭着把事情经过说了一遍。强盗都很同情，放了他，还送了他一些钱。他正拜谢着，一个强盗忽然捶胸顿足跳着脚大哭道："这个人如此孱弱，尚能到千里之外寻找父亲的遗骨。我这个堂堂男子汉，自命英雄豪杰，反而做不到吗？诸位保重，我也要到肃州去收父亲的遗骨了。"说完，挥挥手奔西方而去。他的同伙喊他回家与妻子告别，他连头也没回，这是被齐某儿子的行为深深感动了呵。可惜，斯人已去，影响不大，齐某儿子的义行未能流传开来。我写《滦阳消夏录》各书，也忘记收录了。乾隆癸丑年三月三日，我在海淀值班的地方，偶然想起了这件事，记录下来，以补充地方志记载的遗漏。这或许是因为孝子的德行没有得到彰扬，齐某的灵魂还没有泯灭，所以暗暗提醒了我吧！

　　沧州南一寺临河干，山门圮于河，二石兽并沉焉。阅十馀岁，僧募金重修，求二石兽于水中，竟不可得，以为顺流下矣。棹数小舟，曳铁钯，寻十馀里无迹。

　　一讲学家设帐寺中，闻之笑曰："尔辈不能究物理。是非木柿，岂能为暴涨携之去？乃石性坚重，沙性松浮，湮于沙上，渐沉渐深耳。沿河求之，不亦颠乎？"众服为确论。一老河兵闻之，又笑曰："凡河中失石，当求之于上流。盖石性坚重，沙性松浮，水不能冲石，其反激之力，必于石下迎水处啮沙为坎穴①。渐漱渐深②，至石之半，石必倒掷坎穴中。如是再啮，石又再转。转转不已，遂反溯流逆上矣。求之下流，固颠；求之地中，不更颠乎？"如其言，果得于数里外。然则天下之事，但知其一、不知其二者多矣，可据理臆断欤！

【注释】

①坎：坑穴。

②漱：冲刷，冲荡。

【译文】

　　沧州南有座寺庙临河岸，山门坍塌到河里，两个石兽也一道沉入水中。过了十多年，和尚募捐重修寺庙，到水里找两个石兽，却没有找到，以为石兽顺着水流到了下游。

驾着几条小船，拖着铁钯在水里寻找，找出十多里仍然没有踪迹。

有个道学家在寺里讲学，听说此事后笑道："你们不懂其中的道理。石兽不是木片，怎么能被河水冲走？石头又硬又重，沙土松软而轻浮，石兽压在沙土上，会越沉越深。你们沿河去找，不是太荒谬了么？"大家认为他说得有理。一个护河的老兵听了，又笑道："凡是河里丢了石头，应当到上游去找。因为石头又硬又沉，沙土松软而轻浮，水冲不动石头，反激的力量必然在石头下面迎着水流的那一边冲动沙子，以致冲出一个空洞来。越冲越深，等到超过石头一半时，石头必定翻倒在沙坑里。水再冲，石头又翻倒。如此翻倒不已，石头便逆流而上了。到下游找，当然不对；到地下找，更错了。"按老兵的话到上游找，果然在几里之外的上游找到了。由此可见，人们对于世上的事情，只知其一、不知其二这种情况很多，怎么能想当然臆断呢！

交河及友声言：有农家子，颇轻佻。路逢邻村一妇，伫目眈视。方微笑挑之，适有馌者同行，遂各散去。阅日，又遇诸途，妇骑一乌牸牛[①]，似相顾盼。农家子大喜，随之。时霖雨之后，野水纵横，牛行沮洳中甚速[②]。沾体濡足，颠踬者屡，比至其门，气殆不属。及妇下牛，觉形忽不类；谛视之，乃一老翁。恍惚惊疑，有如梦寐。翁讶其痴立，问："到此何为？"无可置词，诡以迷路对，踉跄而归。

次日，门前老柳削去木皮三尺馀，大书其上

曰："私窥贞妇，罚行泥泞十里。"乃知为魅所戏也。邻里怪问，不能自掩，为其父箠几殆。自是愧悔，竟以改行。此魅虽恶作剧，即谓之善知识可矣。

友声又言：一人见狐睡树下，以片瓦掷之。不中，瓦碎有声，狐惊跃去。归甫入门，突见其妇缢树上，大骇呼救。其妇狂奔而出，树上缢者已不见。但闻檐际大笑曰："亦还汝一惊。"此亦足为佻达者戒也。

【注释】

①牸（zì）：雌性牲畜。

②沮洳（jùrù）：低湿之地。

【译文】

交河人及友声说：有个农家子，很轻薄。有一次，他在路上遇到了邻村的一个女子，就站住傻呆呆地斜着眼睛看着。正嘻皮笑脸打算上前挑逗，正巧有几个到田间送饭的人一同走，只好各自散开。过了几天，他又在路上与女子相遇，女子骑在黑母牛背上，似乎朝他递眼色。农家子高兴极了，急忙跟着走。当时，刚好下过一场大雨，遍地都是积水，母牛在泥水里却走得飞快。农家子浑身上下沾满了泥水，一路磕磕绊绊，好不容易到了女子家门外，他累得气都喘不上来了。等到女子从牛背上下来，农家子忽然觉得她的样子不像了；仔细一看，原来是个老翁。他恍惚惊疑，仿佛是在做梦。老翁见他呆立一旁，奇怪地问："你来这里干什么？"他无言以对，只好诡称迷了路，踉踉跄跄逃回了家。

第二天，他家门前的一棵老柳树，被削去了三尺多长的一块树皮，上面大字写着："私窥贞妇，罚行泥泞十里。"他这才知道，自己是被鬼魅戏弄了。邻居们觉得奇怪，一再追问，他瞒不住，差点儿给父亲打死。他从此惭愧悔恨，竟改邪归正了。虽然是鬼魅的恶作剧，说它有见识也是可以的。

友声又说：有个人看见一只狐狸睡在树下，就扔瓦片砸它。没有打中，狐狸被瓦片摔碎的声音惊醒，跳起来逃走了。这个人刚进院门，忽然发现自己的妻子吊在树上，他吓坏了，大声呼救。他妻子从屋子里狂奔而出，树上吊着的那个却不见了。只听屋檐上有声音大笑道："让你也吓一跳。"这个故事，足以让那些轻佻随便的人引以为戒。

杨雨亭言：登莱间有木工，其子年十四五，甚姣丽。课之读书，亦颇慧。一日，自乡塾独归，遇道士对之诵咒，即惘惘不自主，随之俱行。至山坳一草庵，四无居人，道士引入室，复相对诵咒。心顿明了，然口噤不能声，四肢缓軃不能举①。又诵咒，衣皆自脱。道士掖伏榻上，抚摩偎倚，调以媟词，方露体近之，忽蹶起却坐曰："修道二百馀年，乃为此狡童败乎？"沉思良久，复偃卧其侧，周身玩视，慨然曰："如此佳儿，千载难遇。纵败吾道，不过再炼气二百年，亦何足惜！"奋身相逼，势已万万无免理。间不容发之际，又掉头自语曰："二百年辛苦，亦大不易。"掸身下榻，立若木鸡；俄绕屋旋行如转磨。突抽壁上短剑，自刺其臂，血如涌泉。攲倚呻吟②，约一食顷，掷剑呼此子曰："尔几败，吾亦几败，今幸俱免矣。"更对之诵咒。此子觉如解束缚，急起披衣。道士引出门外，指以归路。口吐火焰，自焚草庵，转瞬已失所在，不知其为妖为仙也。

余谓妖魅纵淫，断无顾虑。此殆谷饮岩栖③，多年胎息④，偶差一念，魔障遂生；幸道力原深，故忽迷忽悟，能勒马悬崖耳。老子称不见可欲，使心不乱；若已见已乱，则非大智慧不能猛省，非大神通不能痛割。此道士于欲海横流，势不能遏，竟毅然一决，以楚毒断绝爱根，可谓地狱劫中证天堂果矣。其转念可师，其前事可勿论也。

【注释】
①掸（duǒ）：下垂。
②攲（qī）：倾斜。
③谷饮岩栖：汲谷水而饮，择山岩而居。多指山中隐居生活。
④胎息：像胎儿一样用脐呼吸。道家的一种修炼方法，又称"脐呼吸"、"丹田呼吸"。

【译文】
杨雨亭说：登州、莱州一带有个木匠，儿子十四五岁，长得很俊秀。教他读书，也很聪慧。一天他从乡里的学馆独自回来，遇见一个道士对他念咒，他就昏昏沉沉，不由自主跟着道士走。走到山坳里的一间草房，周围没有邻居，道士把他领进屋，又对着他念咒，他清醒过来，但不能说话，四肢无力软软耷拉着。道士又念咒，他的衣服就自动脱下来了。道士把他抱到床上，亲昵地抚摸偎依，用下流话挑逗他，道士刚脱掉衣服接近他，忽然又猛地坐到一边道："修炼道行二百多年，难道就为这个漂亮男孩败坏了吗？"沉思了好久，道士又趴在男孩身边，把男孩全身一点儿一点儿看过摸过，像是豁出去了，说："这么俊秀的孩子，真是千载难逢。纵然败坏了道行，也不过再练二百年，有什么可惜的！"道士突然扑过来，看样子男孩万万不可能免于淫污了。就在这千钧一发之际，道士又掉头自言自语道："两百年辛辛苦苦修炼，也实在不容易。"他又跳身下床，呆若木鸡站在那儿；不一会儿围着草屋像转磨一样转着圈子。突然，他抽出墙上的短剑刺进自己的胳膊，血喷了出来。他斜靠着墙呻吟了约一顿饭的工夫，扔了剑叫着孩子说："你差点儿完了，我也差点儿完了，现在幸亏都没事了。"又对孩子念咒，孩子这才觉得好像解开了绑绳一样四肢可以活动了，急忙起来穿衣服。道士把他带到门外，指给他回去的路。然后吐了一口火焰，自己把草房烧了，转眼之间，道士不见了，不知他是妖还是仙。

我认为，如果是妖怪要行淫，一定不会有任何顾虑。这个道士可能隐居在深山老林里修炼多年，偶然一念之差，心里就生起魔障；幸亏他道力本来深厚，所以一会儿迷惑一会儿又醒悟，最后终于悬崖勒马了。老子说过，不见到可以引起人欲念的东西，就可以使心思不被扰乱；若是已经见到而且心思已经被扰乱，不具备非凡的智慧的人就不能猛然醒悟，不具备非凡勇气力量的人也不能忍痛割舍。这个道士在欲念强烈得简直不可遏止时，竟然能够毅然作出决断，以痛苦的手段断绝情欲，可以说是在地狱的劫难中实现了天堂的功德。他转变念头的行为值得效法，至于这之前的事就可以不去计较了。

莆田林生霈言：闻泉州有人，忽灯下自顾其影，觉不类己形。谛审之，运动转侧，虽一一与形相应，而首巨如斗，发蓬髟如羽葆①，手足皆钩曲如鸟爪，宛然一奇鬼也。大骇，呼妻子来视，所见亦同。自是每夕皆然，莫喻其故，惶怖不知所为。邻有塾师闻之，曰："妖不自兴，因人而兴。子其阴有恶念，致罗刹感而现形欤？"其人悚然具服，曰："实与某氏有积仇，拟手刃其一门，使无遗种，而跳身以从鸭母。康熙末，台湾逆寇朱一贵结党煽乱。一贵以养鸭为业，闽人皆呼为鸭母云。今变怪如是，毋乃神果警我乎？且辍是谋，观子言验否。"是夕鬼影即不见。此真一念转移，立分祸福矣。

【注释】

① 蓬髟（sēng）：头发散乱貌。羽葆：古时葬礼仪仗的一种。将鸟羽聚于柄头，如同华盖。

【译文】

莆田林生霈说：泉州有个人，忽然在灯下看见自己的影子，觉得不像自己的形状。仔细再看，那个影子四面转动或左右摇摆，虽然一一都与自己的形体相应，但是影子的头却有斗那么大，头发蓬乱，好像用羽毛扎的仪仗，手脚都弯曲得像鸟的爪子，看上去简直像一个奇形怪状的鬼。他大声叫妻子来看，妻子看到的也是这样。从此每天晚上影子都是这个形状，不明白是怎么回事，他惊慌害怕不知道该怎么办。邻居有个教书先生听说后道："妖物不会无缘无故地产生，都是由人们本身的原因产生的。你莫非有什么藏得很深的邪恶念头，才招致罗刹鬼受到感召而现形了吧？"这个人很吃惊地承认说："确实和某某有旧仇，想杀了他满门，叫他断子绝孙，然后我去投靠鸭母。康熙末年，台湾有逆寇朱一贵聚众造反。朱一贵曾经以养鸭为生，所以福建人都称他为鸭母。现在妖怪这样显现，莫不是神在警告我？暂且绝了这个恶念，看你说的灵不灵。"当天晚上，鬼影就不见了。这真是一个念头的转变就可以决定是祸还是福了。

董曲江前辈言：有讲学者，性乖僻，好以苛礼绳生徒。生徒苦之，然其人颇负端方名，不能诋其非也。

塾后有小圃。一夕，散步月下，见花间隐隐有人影。时积雨初晴，土垣微圮，疑为邻里窃蔬者。迫而诘之，则一丽人匿树后，跪答曰："身是狐女，畏公正人不敢近，故夜来折花。不虞为公所见，乞曲恕。"言词柔婉，顾盼间百媚俱生。讲学者惑之，挑与语，宛转相就。且云妾能隐形，往来无迹，即有人在侧亦不睹，不至为生徒知也。因相燕昵，比天欲晓，讲学者促之行。曰："外有人声，我自能从窗隙去，公无虑。"俄晓日满窗，执经者麇至^①，女仍垂帐偃卧。讲学者心摇摇，然尚冀人不见。忽外言某媪来迓女。女披衣径出，坐皋比上^②，理鬓讫，敛衽谢曰："未携妆具，且归梳沐。暇日再来访，索昨夕缠头锦耳^③。"乃里中新来角妓^④，诸生徒贿使为此也。讲学者大沮，生徒课毕归早餐，已自负衣装遁矣。外有馀必中不足，岂不信乎！

【注释】

①麇（qún）：成群。

②皋比：铺设着虎皮的座位，古代将军帐中、儒师讲堂、文人书斋常用。这里指讲台。

③缠头锦：用作缠头的罗锦，借指买笑寻欢的费用。

④角妓：艺妓。

【译文】

董曲江前辈说：有个道学家生性乖僻，总是用苛刻的礼法约束学生。学生们受不了，但是他一向有着行为端庄方正的名声，所以不能说他什么坏话。

学塾后面有个小菜园。一天晚上，道学家在月下散步，看见花丛中隐隐约约有人影。当时连绵阴雨刚刚放晴，土墙稍稍有些坍塌，他怀疑是邻居来偷菜的。追过去靠近了质问，却是一个美女藏在树后，美女跪下来答话说："我是狐女，害怕你为人公正，不敢靠近，所以夜里来折花。不料还是被先生看见了，请饶恕我。"她言词柔婉，顾盼之间风情万种。道学家被迷住了，用话语挑逗她，她就娇滴滴地投入道学家的怀抱。她还说她能隐形，来来往往不留踪迹，即便旁边有人也看不见，不会让学生们知道。两人缠绵亲热到快天亮时，道学家催她走。她说："外面有人声，我能从窗缝出去，你不必担心。"不一会儿，早晨的阳光已经照满窗户，学生们都拿着经书成群的来了，女子仍然挂着帐子躺在床上。道学家心神不宁，还指望别人看不见。忽然听外面说某某老妈子来接这个女子来了。女子披上衣服径直出来，坐在讲台上，理了理鬓发，整了整衣襟致歉说："我没带梳妆用具，暂且回去梳洗。有时间再来探望，要昨夜陪睡的酬金。"原来她是新来的艺妓，几个学生买通她演了这场戏。道学家沮丧极了，学生们听完课回去吃早餐，他已经背着行李逃了。外表装得过分，内心世界必然有所欠缺，难道不是真的么！

　　朱介如言：尝因中暑眩瞀，觉忽至旷野中，凉风飒然，意甚爽适。然四顾无行迹，莫知所向。遥见数十人前行，姑往随之。至一公署，亦姑随入。见殿阁宏敞，左右皆长廊；吏役奔走，如大官将坐衙状。中一吏突握其手曰："君何到此？"视之，乃亡友张恒照。悟为冥司，因告以失路状。张曰："生魂误至，往往有此，王见之亦不罪；然未免多一诘问。不如且坐我廊屋，俟放衙，送吾返；我亦欲略问家事也。"入坐未几，王已升座。自窗隙窃窥，见同来数十人，以次庭讯，语不甚了了，惟一人昂首争辩，似不服罪。王举袂一挥，殿左忽现大圆镜，围约丈馀。镜中现一女子反缚受鞭像。俄似电光一瞥，又现一女子忍泪横陈像。其人叩颡曰^①："伏矣。"即曳去。良久放衙，张就问子孙近状。朱略道一二，张挥手曰："勿再言，徒乱人意。"因问："顷所见者业镜耶？"曰："是也。"问："影必肖形，今无形而现影，何也？"曰："人镜照形，神镜照心。人作一事，心皆自知；既已自知，即心有此事；心有此事，即心有此事之象。故一照而毕现也。若无心作过，本不自知，则照亦不见。心无是事，即无是象耳。冥司断狱，惟以有心无心别善恶，君其识之。"又问："神镜何以能照心？"曰："心不可见，缘物以形。体魄已离，存者性灵。神识不灭，如灯荧荧。外光无翳，内光虚明，内外莹澈，故纤芥必呈也。"语讫，遽曳之行。觉此身忽高忽下，如随风败蓁^②。倏然惊醒，则已卧榻上矣。此事在甲子七月。怪其乡试后期至，乃具道之。

【注释】

①叩颡（sǎng）：古代一种跪拜礼，屈膝下拜，以额触地。居丧、请罪、投降时行之。颡，额，脑门儿。

②箨（tuò）：竹笋上一片一片的皮。

【译文】

朱介如说：他曾经中暑昏迷，觉得忽然来到旷野，凉风一阵阵掠过，很舒服。然而四面环顾没有人走过的踪迹，不知往哪儿去。远远望见几十个人在前面走，也就跟在后面。走到一个衙门，也跟着那些人往里走。只见殿阁宽敞，左右都是长廊；吏员杂役来回奔走，好像有大官要登堂办案。有个小吏忽然握住他的手说："先生怎么到了这儿？"一看，却是亡友张恒照。他这才明白这儿是地府，就告诉亡友自己迷了路。张恒照说："活人的魂错跑到这里，常常有这种事，阎王见了也不怪罪；不过难免也要审问几句。不如暂且坐在我的廊屋里，等退了堂，我送你回去；我也想问问家里的事。"他坐了不大一会儿，阎王已经升堂。他从窗缝偷看，发现同来的几十个人都按顺序受审，听不大清说什么，只有一人昂头争辩，好像不服罪。阎王举起衣袖一挥，殿左边忽然出现一个大圆镜，周长有一丈多。镜子里出现一个女子，被反绑着挨鞭打。不一会儿，又好像电光一闪，镜子里又出现一个女子含着泪躺在床上被玷污的景象。这人叩头说："伏罪。"随即便被拖走了。过了好一会儿，退了堂，张恒照来问子孙的近况。朱介如大略说了一下，张恒照挥手道："不要再讲了，只能叫人心烦意乱。"朱介如问："刚才看见的镜子是不是所谓的业镜？"张恒照说："是的。"朱介如问："有原形镜子才能照出来，这个镜子没有原形，怎么能照出人像来？"张恒照答："人镜照形，神镜照心。人做了一件事，心里都明白；既然明白，心里就有这件事；心里有这件事，心里就有这件事的影像。所以一照就全部显现出来了。如果无意中做了错事，他自己也不知道，就照不出来。因为心里没有这件事，就没有这件事的影像。地府断案，只根据有心无心来分辨善恶，你要记住。"朱介如又问："神镜怎么能照心？"张恒照答："心思是不显形的，它要附着一定的物体才能显现。人死了，人的体魄和性灵相互分离，体魄要腐朽消散，性灵却还存在。神志没有消亡就像灯一样发出荧荧的光亮。外部没有阴影遮掩，内部也空彻透明，内外都是晶莹透彻的，所以里面一丝一毫的迹象都会清楚地显现。"说完便急急地拉着朱介如走。朱介如觉得自己身体忽高忽下，如随风飞舞的枯叶。忽然惊醒，他已经躺在卧榻上。这事发生在乾隆甲子年七月。我觉得奇怪他参加乡试为何来晚了，他给我详细讲了这件事。

图裕斋前辈言：有选人游钓鱼台。时西顶社会，游女如织。薄暮，车马渐稀，一女子左抱小儿，右持鼗鼓①，袅袅来。见选人，举鼗一摇，选人一笑，女子亦一笑。选人故狡黠，揣女子装束类贵家，而抱子独行，又似村妇，踪迹诡异，疑为狐魅。因逐之絮谈，女子微露夫亡子幼意。选人笑语之曰："毋多言，我知尔，亦不惧尔。然我贫，闻尔辈能致财。若能赡我，我即从尔去。"女子亦笑曰："然则同归耳。"至其家，屋不甚宏壮，而颇华洁；亦有父母姑姊妹。彼此意会，不复话氏族，惟献酬款洽而已。酒阑就宿，备极嬿婉②。次日，入城携小奴及襆被往，颇相安。惟女子冶荡无度，奔命殆疲。又渐使拂枕簟③，侍梳沐，理衣裳，司洒扫，至于烟筒茗碗之役，亦遣执之。久而其姑若姊妹，皆调谑指挥，视如僮婢。选人耽其色，私其财，不能拒也。一旦，使涤厕牏④，选人不肯，女子愠曰："事事随汝意，此乃不随我意耶？"诸女亦助之诮责。由此渐相忤。既而每夜出不归，云亲戚留宿。又时有客至，皆曰中表，日嬉笑燕饮，或琵琶度曲，而禁选人勿至前。选人恚愤，女子亦怒，且笑曰："不如是，金帛从何来？使我谢客易，然一家三十口，须汝供给，汝能之耶？"选人知不可留，携小奴入京，僦住屋。次日再至，则荒烟蔓草，无复人居，并衣装不知所往矣。选人本携数百金，善治生，衣颇褴缕，忽被服华楚，皆怪之。具言赘婿状，人亦不疑。俄又褴缕，讳不自言。后小奴私泄其事，人乃知之。曹慕堂宗丞曰："此魅窃逃，犹有人理。吾所见有甚于此者矣。"

【注释】

①鼗（táo）鼓：俗称"拨浪鼓"。两旁缀灵活小耳的小鼓，有柄，执柄摇动时，两耳双面击鼓作响。

②嬿（yàn）婉：美好的样子。

③簟（diàn）：竹席。

④厕牏（yú）：便器。

【译文】

图裕斋前辈说：有个到京城等待候补官职的举人到钓鱼台游玩。当时西顶正好赛神聚会，出来游玩的女子很多。傍晚时分，车马渐渐稀少，只见有个女子左手抱个小孩，右手拿着一只拨浪鼓，袅袅婷婷走过来。见到举人，举起拨浪鼓一摇，举人一笑，女子也一笑。举人本来很机灵，打量女子的装束，像是富贵人家；但是抱着小孩独自行走，又像个乡村妇人，行迹可疑，猜疑这是个狐狸精。于是追随着跟她走，与她唠唠叨叨闲扯，女子微微吐露丈夫已经去世孩子还小的意思。举人笑着对她说："不用多说了，我知道你是什么，也不怕你。但是我很穷，听说你们这一类能招来钱财。如果能养着我，我就跟你去。"女子也笑道："那么就一起回去吧。"到了她家，房子不很高大，不过极为华丽整洁；也有父母小姑姊妹等。彼此心里都明白，也就不再互相打听家族姓氏，只是寒暄摆酒欢宴饮酒而已。酒足饭饱，两人同寝，极其恩爱欢悦。第二天，举人回城，把一个小仆和行李也带来了，相处还算不错。只是那个女子淫荡无度，举人被折腾得筋疲力尽。她又渐渐支使他收拾床铺，侍候她梳头洗脸，帮她整理衣裳，洒水扫地，以至于递烟端茶之类的事也要他做。久而久之，她的小姑及姊妹之类都随便对他开玩笑，指来挥去叫他做这做那，好像使唤奴仆一样。举人迷恋她的美貌，贪图她的钱财，不敢拒绝。一天，她竟然叫他洗贴身内衣扫厕所，他不肯，女子生气说："事事都随你的意，这件事就不能随我的意吗？"其他女人也帮着责备他。从此相互间常有冲突。接着那个女子常常晚上出去不归，说是亲戚挽留住下。又常常有客人来，都说是表兄弟，天天嬉戏饮酒，有时还弹着琵琶唱歌助兴，而禁止举人不许靠近。举人又羞又怒，女子也发怒并冷笑道："不这样，金钱财物从哪里来？让我不见客容易，但是一家三十口人，由你供养，你能办到吗？"举人知道不能留下去了，带着小仆回京城去租房子。第二天再去，却只见一片荒烟野草，不见人影，连自己的衣服行李也不知到哪里去了。举人本来带了几百两银子进京，平时很节俭，衣服破旧，忽然穿得衣冠楚楚起来，人们都感到奇怪。他说是给人家做了入赘女婿，人们也不怀疑。不久他又穿得破破烂烂了，他又不肯说出缘故。后来小仆悄悄把这事泄露出去，人们才知道真相。曹慕堂宗丞说："这个妖怪偷了钱财逃走，还算有点儿人的味道。我见到的事还有比这更厉害的。"

王洪绪言：郑州筑堤时①，有少妇抱衣袱行堤上，力若不胜，就柳下暂息。时佣作数十人，亦散憩树下。少妇言归自母家，幼弟控一驴相送。驴惊坠地，弟入秫田追驴，自辰至午尚未返。不得已沿堤自行，家去此西北四五里，谁能抱袱送我，当谢百钱。一少年私念此可挑，不然亦得谢，乃随往。一路与调谑，不甚答亦不甚拒。行三四里，突七八人要于路曰②："何物狂且，敢觊觎我家妇女？"共执缚箠楚，皆曰："送官徒涉讼，不如埋之。"少妇又述其谑语。益无可辩，惟再三哀祈。一人曰：

"姑贳尔③。然须罚掘开此塍，尽泄其积水。"授以一锸，坐守促之。掘至夜半，水道乃通，诸人亦不见。环视四面，芦苇丛生，杳无村落。疑狐穴被水，诱此人浚治云。

【注释】

①鄚（mào）州：古邑名。战国时属赵，汉置县。故城在今河北任丘境内。

②要（yāo）：古同"邀"，中途拦截。

③贳（shì）：宽纵，赦免。

【译文】

王洪绪说：鄚州修堤坝时，有个少妇抱着个包袱在堤坝上走，好像走不动了，走到柳树下休息。有几十个打工的人也三三两两在树下休息。少妇说她从娘家回来，只有小兄弟赶着驴送她。驴受惊把她掀下来，弟弟到高粱地里找驴，从早晨一直到中午也没回来。她不得已沿着堤坝自己走，家离这儿往西北还有四五里，谁能扛着包袱送送，就谢一百钱。一个年轻人暗想，路上可以挑逗勾引这个女子，沾不成便宜也能得酬谢的几个钱，就送她走。一路上这个年轻人和她调笑，她不怎么搭理，也不拒绝。走了三四里，突然有七八个人拦在路上，说："哪儿来的狂徒，敢打我家女人的主意？"七手八脚把年轻人绑起来打了一顿，都说："送到官府打官司太麻烦，不如活埋了他。"少妇又讲述了年轻人一路上说的轻薄话。他更是有口难辩，只能再三求饶。一个人说："姑且饶你，罚你把这段田埂挖开，把积水排出去。"于是交给他一把铁锹，大家坐下来催他快挖。他一直挖到半夜，水路通了，那几个人也忽然不见了。他环视四周，只见芦苇丛生，一眼望去，不见村落。有人怀疑是狐狸洞遭水淹，诱惑这个年轻人来替它们疏通。

卷十七

姑妄听之三

　　《阅微草堂笔记》对讲学家的批评比比皆是，散见于各卷的琐屑故事中。如果说以往批评属于零敲碎打，那么，本卷中就有了集中火力的一次讨伐。所谓讲学家，是指那些职业的理学教育家，从北宋开始到清代，一直有这样一个人群，以圣贤自居，宣扬理学。纪昀历来痛恨讲学家，他认为这些人歪曲了儒学经典的原意，同时，更为可憎的是，这些人借宣扬儒学播扬自己的名声。纪昀无法容忍他们对儒学的篡改，批评他们总是"崖岸太峻"，动不动以不情之理责人，而且"责人无已时"；他们虚伪，道貌岸然却内心肮脏，没有真才实学却喜欢标榜门户。纪昀激烈抨击讲学家只是一味空谈，不研究治国理政的可行性策略，不探求抵御灾难的实际方案；他们只是耍弄伎俩，大谈那些根本不可能实施的学说，让人无法试验、不敢试验，在他们的高谈阔论之下，包藏着不可叵测的祸心。纪昀是正统思想的代言人，是封建统治思想的崇拜和推行者，他借狐鬼故事不止一次地强调，四书五经由世代宿儒胡乱转注，以讹传讹，此类书不能读，他主张子弟读真"圣贤"书。众所周知，儒学精神的核心是"爱人"，人性的主体是人的欲望，而儒家从未断然否定过人的正当欲望，只是要求人们必须在正义和道德原则下满足欲望，儒教宣扬的道理与人之常情基本一致，因而，处处捍卫儒学经典真意的纪昀，他本人的说理叙事都比较接近人们真实的伦理生活。同时，对于那些没有接受过正统教育的下层百姓，纪昀又显得比较宽容，这些人只要本性善良，懂得孝道，即使是其他方面有瑕疵，甚至做过坏事，纪昀也能原谅。

族侄竹汀言：文安有佣工古北口外者，久无音问。其父母值岁荒，亦就食口外，且觅子，亦久无音问。后乃有人见之泰山下。言昔至密云东北，日已暮，风雪并作。遥见山谷有灯光，漫往投止。至则土屋数楹，围以秫篱，有老妪应门，问其里贯，入以告。又遣问姓名年岁，并问："曾有子出口否？子何名？年几何岁？"具以实对。忽有女子整衣出，延入上坐，拜而侍立；促老妪督婢治酒肴，意甚亲昵。莫测其由，起而固诘。则失声伏地曰："儿不敢欺翁姑。儿狐女也，尝与翁姑之子为夫妇。本出相悦，无相媚意。不虞其爱恋过度，竟以瘵亡。心恒愧悔，故誓不别适，依其墓以居。今无意与翁姑遇，幸勿他往，儿尚能养翁姑。"初甚骇怖，既而见其意真切，相持涕泣，留共居。狐女奉事无不至，转胜于有子。如是六七年，狐女忽遣老妪市一棺，且具锸畚①。怪问其故，欣然曰："翁姑宜贺儿。儿奉事翁姑，自追念逝者，聊尽寸心耳，不期感动土神，闻于岳帝。岳帝悯之，许不待丹成，解形证果。今以遗蜕合窆②，表同穴意也。"引至侧室，果一黑狐卧榻上，毛光如漆；举之轻如叶，扣之乃作金石声。信其真仙矣。葬事毕，又启曰："今隶碧霞元君为女官，当往泰山。请共往。"故相偕至此，僦屋与土人杂居。狐女惟不使人见形，其供养仍如初也。后不知其所终。此与前所记狐女略相近，然彼有所为而为，故仅得遒诛③；此无所为而为，故竟能成道。天上无不忠不孝之神仙，斯言谅哉。

【注释】

①锸（chā）畚（běn）：锹与簸箕。

②合窆（biǎn）：合葬。窆，葬。

③逭（huàn）诛：逃避诛罚。

【译文】

堂侄竹汀说：文安县有个人到古北口外当雇工，久无音信。他的父母因为年成不好，也到口外谋生，同时寻找儿子，去后也久无音信。后来有人在泰山下见到了老两口。他们说当初到密云县东北时，天色已晚，风雪交加。远远看见山谷里有灯光，就投奔过去。到了跟前，看到几间土房，围着高粱秸秆的篱笆，有个老妈子出来，问了他们的籍贯乡里，进去通告。老妈子又出来问姓名年龄，并问道："有没有儿子到口外？儿子叫什么？多大了？"老两口都照实说了。忽然有个女子衣履整齐迎了出来，请老两口坐上座，拜见之后，侍立一旁；叫老妈子催促婢女准备酒菜，态度很亲热。老两口不知是怎么回事，站起来再三追问。女子失声痛哭，趴在地上说："我不敢骗公婆。我是狐女，曾和您的儿子结为夫妻。我本来出于爱慕，没有媚惑他的意思。没想到他爱恋我过度，竟然因为精气枯竭得痨病死了。我心里时常悔恨，所以发誓不再嫁，就在他的墓旁住着。如今无意间遇见了公婆，希望不要到别处去了，我还能赡养公婆。"老两口开始时害怕极了，后来见她情真意切，相互拉着手哭了一场，留了下来。狐女侍奉公婆无所不至，反而胜过儿子。这么过了六七年，狐女忽然打发老妈子去买了一副棺材，而且准备铁锹簸箕之类。老两口奇怪地问她这是干什么，狐女高兴地说："公婆应该祝贺我。我侍奉公婆，不过是为追念死去的丈夫，尽我的心意，不料却感动了土神，报告了东岳帝。东岳帝同情我，准许我不等我修炼丹药成功，就能脱形成正果。如今我要把自己的遗蜕和丈夫合葬在一起，表示死则同穴的意思。"说罢把老两口带到旁边的屋子里，果然有一只黑色狐狸躺在榻上，毛色如黑漆；举起来轻得像树叶，一敲却发出金属的响声。这才相信她是真仙。安葬完毕，她又对公婆说："如今我隶属碧霞元君为女官，应该到泰山去。请公婆和我一起走。"于是一起到了泰山，租了房子和当地人杂居在一块儿。狐女只是不叫人看见她的形体，奉养公婆还像以前一样。后来就不知他们怎样了。这个故事和前面所记叙的狐女大致相同，不过前一个狐女是为了自己的目的供养婆婆，所以仅仅免于天诛；这个狐女不是有所求而奉养公婆，所以能修炼成仙。天上没有不忠不孝的神仙，这话一点儿也不假啊。

康熙癸巳秋①，宋村厂佃户周甲，不胜其妇之箠楚，夜伺妇寝，逃匿破庙，将待晓，介邻里乞怜。妇觉之，追迹至庙，对神像数其罪，叱使伏受鞭。庙故有狐。鞭甫十馀，方哀呼，群狐合噪而出，曰："世乃有此不平事！"齐夺甲置墙隅，执其妇，褫无寸缕②，即以其鞭鞭之，至流血未释。突狐妇又合噪而出，曰："男子但解护男子。渠背妻私昵某家女，不应死耶？"亦夺其妇置墙隅，而相率执甲。群狐格斗争救，喧哄良久。守田者疑为劫盗，大呼鸣铳为声援，狐乃各散。妇已委顿，甲竭蹶负以归③。王德庵先生时设帐于是，见妇在途中犹喃喃骂也。

先生尝曰："快哉诸狐！可谓礼失而求野。狐妇乃恶伤其类，又别执一理，操同室之戈。盖门户分而朋党起，朋党盛而公论淆，樛轕纷纭④，是非蜂起，其相轧也久矣。"

【注释】

①康熙癸巳：康熙五十二年（1713）。

②褫（chǐ）：解下、脱去衣服。

③竭蹶：跌跌撞撞，走路艰难的样子。

④樛轕（jiāogé）：交错，杂乱。

【译文】

康熙癸巳年秋天，宋村厂的佃户周甲因为受不了老婆的殴打，夜里趁着老婆睡了觉，逃到破庙里躲了起来，打算天亮之后，求邻里帮忙让老婆可怜可怜他。他老婆发觉了，追寻到破庙，对着神像数落丈夫的罪过，喝骂丈夫趴在地上挨鞭子。这座庙里一直有狐精。老婆刚打了十几鞭，丈夫正在哀呼，一群狐精一齐嚷着冲出来，说："世上还有这种不平的事！"一齐把周甲抢过来放在墙角，却抓住他老婆，扒得精光，就用她打丈夫的鞭子抽她，一直打到流血也不放手。突然狐精的妻子们又一齐嚷着冲出来，说：

"男子只知道护着男子。那个家伙背着妻子私通某某家的女人，不应该打死么？"又把周甲的老婆抢过来放在墙角，然后来抓周甲。于是狐精们混打争抢，闹哄哄地吵了很久。守庄稼的人以为是强盗来了，都大叫大喊放鸟枪互相声援，狐精才都散去。周甲的老婆已经动弹不了，周甲跌跌撞撞好歹把老婆背了回去。王德庵先生当时正在这里的私塾教书，看见他们俩在回去的路上，妻子还喃喃地骂着。

王先生曾经说："真令人痛快啊，这些狐狸！这真可以说是礼仪在朝廷里已经丧失了，只能在乡下偏僻的地方去找；人间的礼仪已经丧失了，只有在狐狸那儿去找。狐狸的妻子们因为痛恨伤害它们的同类，又另外根据一种道理，于是与它们的丈夫打起来。门派主张一旦有了区别，人们就各自结成朋党；朋党兴盛，公正的看法就被混淆掩盖了。于是相互纠缠，是是非非纷纭复杂，彼此倾轧，这种情况存在已经很久了。"

张石邻先生，姚安公同年老友也。性伉直[①]，每面折人过。然慷慨尚义，视朋友之事如己事，劳与怨皆不避也。尝梦其亡友某公盛气相诘曰："君两为县令，凡故人子孙零替者，无不收恤。独我子数千里相投，视如陌路，何也？"先生梦中怒且笑曰："君忘之软？夫所谓朋友，岂势利相攀援，酒食相征逐哉？为缓急可恃，而休戚相关也。我视君如弟兄，吾家奴结党以蠹我，其势蟠固，我无可如何。我尝密托君察某某，君目睹其奸状，而恐招嫌怨，讳不肯言。及某某贯盈自败，君又博忠厚之名，百端为之解脱。我事之偾不偾②，我财之给不给，君皆弗问，第求若辈感激，称长者而已。是非厚其所薄，薄其所厚乎？君先陌路视我，而怪我视君如陌路，君忘之欤？"其人瑟缩而去。此五十年前事也。

大抵士大夫之习气，类以不谈人过为君子，而不计其人之亲疏，事之利害。余尝见胡牧亭为群仆剥削，至衣食不给。同年朱学士竹君奋然代为驱逐，牧亭生计乃稍苏。又尝见陈裕斋殁后，孀妾孤儿，为其婿所凌逼。同年曹宗丞慕堂亦奋然鸠率旧好，代为驱逐，其子乃得以自存。一时清议，称古道者百不一二，称多事者十恒八九也。又尝见崔总宪应阶娶孙妇，赁彩轿亲迎。其家奴互相钩贯，非三百金不能得，众喙一音。至前期一两日，价更倍昂。崔公恚愤，自求朋友代赁。朋友皆避怨不肯应，甚有谓彩轿无定价，贫富贵贱，各随其人为消长，非他人所可代赁，以巧为调停者。不得已，以己所乘轿结彩缯用之③。一时清议，谓坐视非理者亦百不一二，谓善体下情者亦十恒八九也。彼一是非，此一是非，将乌乎质之哉？

【注释】

① 伉（gāng）直：刚直。

② 偾（fèn）：败坏，破坏。

③ 缯（zēng）：古代对丝织品的总称。

【译文】

张石豀先生是姚安公同年考中科举的老朋友。他性格刚直，时常当面指责别人的过错。但是他慷慨讲义气，把朋友的事当成自己的事，任劳任怨，从不推辞。他曾经梦见一位死去的朋友怒冲冲地质问他："你两次担任县令，凡是老朋友的子孙败落的，你无不收养抚恤。只有我的儿子从几千里外来投奔你，你当成陌生人一样，为什么？"张先生在梦里又好气又好笑，说："你忘了么？所谓朋友，怎么能形势有利时便相互攀援，有了酒肉时便相互追随？交朋友为的是危急时可以依靠，休戚相关、荣辱与共。我把你当成弟兄，我家的奴仆相互勾结欺骗我，他们的势力盘根错节，我没有办法。我曾经暗暗托你观察某某，你亲眼见过他耍奸使刁，却怕招嫌惹怨，不肯告诉我。等到某某恶贯满盈自我暴露时，你又为了博得忠厚的名声而千方百计地为他说情。至于我的事是否受到损失，我的钱够不够用，你都不关心，而只想求得那些人的感激，称你为忠厚长者。你这不是厚待应当疏远的人，而疏远应当厚待的人么？你先把我看作是陌生人，却来责怪我把你看作陌生人，你忘了么？"这个人瑟缩着离去了。这是五十年前的事了。

一般士大夫的习气，似乎是以不谈别人的过失为君子，而不管关系的亲疏和事情的利害。我曾看见胡牧亭被仆奴们算计，到了衣食都没有保障的地步。同年朱竹君学士奋然代他驱逐奴仆，胡牧亭的生活才得以维持。我又曾经看到陈裕斋死后，寡妇孤儿被女婿欺凌。他的同年宗丞曹慕堂愤然集合了旧友，代为驱逐，陈裕斋的儿子才得以安然过活。当时人议论，认为上述作为是古道热肠的，一百个人当中没有一两个人；认为是多事的，十个中有八九个人。又曾经看到，巡抚崔应阶娶孙媳妇，要租彩轿迎亲。他的家奴互相串通，说没有三百两银子租不来，家奴们众口一辞，到迎亲前的一两天，价码又涨了一倍。崔公愤恨，自己去求朋友代租。朋友们怕招怨都不肯答应，甚至有的还说彩轿没有一定的租价，随着租轿人的贫富贵贱而涨落，别人可不能代租，以这种巧辩来调停。崔公不得已，将自己乘坐的轿子披红挂彩，用来迎亲。当时的舆论，认为崔公的朋友们坐视不帮是不合情理的，一百个人中也没有一两个；认为崔公的朋友们善于体恤下情的，倒是占了十之八九。此方有个是非的标准，彼方也有个是非标准，那么，请谁来作评判呢？

河间有游僧，卖药于市。以一铜佛置案上，而盘贮药丸，佛作引手取物状。有买者，先祷于佛，而捧盘进之。病可治者，则丸跃入佛手；其难治者，则丸不跃。举国信之。后有人于所寓寺内，见其闭户研铁屑。乃悟其盘中之丸，必半有铁屑，半无铁屑；其佛手必磁石为之，而装金于外。验之信然，其术乃败。会有讲学者，阴作讼牒，为人所讦。到官昂然不介意，侃侃而争。取所批《性理大全》核对①，笔迹皆相符，乃叩额伏罪。太守徐公，讳景曾，通儒也②。闻之笑曰："吾平生信佛不信僧，信圣贤不信道学。今日观之，灼然不谬。"

【注释】

①《性理大全》：又名《性理大全书》，收录宋代理学家有关理学著述的文集，凡七十卷，明代胡广等人奉敕编辑。胡广，明初著名学者，建文二年（1400）举进士第一。永乐时期任翰林学士、文渊阁大学士。

②通儒：学识渊博的儒者。

【译文】

河间府有个游方和尚，常在集市上卖药。他把一尊铜佛放在几案上，铜佛面前摆着一个盛药丸的盘子，铜佛的一只手前伸作取物状。有人买药，先要向着佛像祷告，然后捧起药盘靠上前去。如果病能治好，药丸会自己跳入铜佛手里；如果治不好，药丸就静止不动。和尚的法术十分灵验，整个河间府的人深信不疑。后来，有人在和尚借住的寺庙里，见到他关着房门在屋里研磨铁屑。那人忽然明白了，盘子里的药丸，有一半掺上了铁屑，另一半没有掺；铜佛的手也一定是磁石做的，只不过表面涂上了金色。经过验证果真是这样，和尚的法术因此败露。还有一位道学家，私下为他人撰写讼词，被人揭露出来。到了官府的大堂上，他昂首挺胸，毫不介意，侃侃而谈，为自己辩解。官府取出他批注的《性理大全》核对，笔迹与他写的讼词完全一样，他这才磕头伏罪。河间府太守徐景曾，是位大学问家。听了这两个故事后，他说："我平生相信佛，但不相信和尚；信奉圣贤，但不相信道学家。现在看来，真是一点儿不错。"

周化源言：有二士游黄山，留连松石，日暮忘归。夜色苍茫，草深苔滑，乃共坐于悬崖之下，仰视峭壁，猿鸟路穷；中间片石斜欹，如云出岫①。缺月微升，见有二人坐其上，知非仙即鬼，屏息静听。

　　右一人曰："顷游岳麓，闻此翁又作何语？"左一人曰："去时方聚众讲《西铭》，归时又讲《大学衍义》也②。"右一人曰："《西铭》论万物一体，理原如是。然岂徒心知此理，即道济天下乎？父母之于子，可云爱之深矣，子有疾病，何以不能疗？子有患难，何以不能救？无术焉而已。此犹非一身也。人之一身，虑无不深自爱者，己之疾病，何以不能疗？己之患难，何以不能救？亦无术焉而已。今不讲体国经野之政，捍灾御变之方，而曰吾仁爱之心，同于天地之生物。果此心一举，万物即可以生乎？吾不知之矣。至《大学》条目，自格致以至治平，节节相因，而节节各有其功力。譬如土生苗，苗成禾，禾成谷，谷成米，米成饭，本节节相因。然土不耕则不生苗，苗不灌则不得禾，禾不刈则不得谷，谷不舂则不得米，米不炊则不得饭，亦节节各有其功力。西山作《大学衍义》，列目至齐家而止，谓治国平天下可举而措之。不知虞舜之时，果瞽瞍允若而洪水即平③，三苗即格乎④？抑犹有治法在乎？又不知周文之世，果太姒徽音而江汉即化⑤，崇侯即服乎⑥？抑别有政典存乎？今一切弃置，而归本于齐家，毋亦如土可生苗，即炊土为饭乎？吾又不知之矣。”左一人曰："琼山所补⑦，治平之道其备乎？"右一人曰："真氏过于泥其本，邱氏又过于逐其末，不究古今之时势，不揆南北之情形，琐琐屑屑，缕陈多法，且一一疏请施行，是乱天下也。即其海运一议，胪列历年漂失之数⑧，谓所省转运之费，足以相抵。不知一舟人命，讵止数十；合数十舟即逾千百，又何为抵乎？亦妄谈而已矣。"左一人曰："是则然矣。诸儒所述封建井田，皆先王之大法，有太平之实验，究何如乎？"右一人曰："封建井田，断不可行，驳者众矣。然讲学家，持是说者，意别有在，驳者未得其要领也。夫封建井田不可行，微驳者知之，讲学者本自知之。知之而必持是说，其意固欲借一必不行之事，以藏其身也。盖言理言气，言性言心，皆恍惚无可质。谁能考未分天地之前，作何形状；幽微暧昧之中，作何情态乎？至于实事，则有凭矣。试之而不效，则人人见其短长矣。故必持一不可行之说，使人必不能试，必不肯试，必不敢试，而后可号于众曰：'吾所传先王之法，吾之法可为万世致太平，而无如人不用，何也！'人莫得而究诘，则亦相率而欢曰：'先生王佐之才，惜哉不竟其用'云尔。以棘刺之端为母猴⑨，而要以三月斋戒乃能观，是即此术。第彼犹有棘刺，犹有母猴，故人得以求其削。此更托之空言，并无削之可求矣。天下之至巧，莫过于是。驳者乃以迂阔议之，乌识其用意哉！"相与太息者久之，划然长啸而去。

　　二士窃记其语，颇为人述之。有讲学者闻之，曰："学求闻道而已。所谓道者，曰天曰性曰心而已。忠孝节义，犹为末务；礼乐刑政，更末之末矣。为是说者，其必永嘉之徒也夫⑩！"

【注释】

①岫（xiù）：山。

②《大学衍义》：作者真德秀，号西山，南宋著名理学家，是朱子学术思想最典型的秉承者，为理学取得正宗地位起到巨大作用。《大学衍义》为元、明、清三朝皇族学士必读之书。

③瞽瞍（gǔsǒu）：古帝虞舜之父。允若：顺从。

④三苗：古代传说中黄帝至尧舜禹时代的古族名，与驩兜、共工、鲧合称为"四罪"。

⑤太姒（sì）徽音：出《诗经·大雅·思齐》"太姒嗣徽音，则百斯男"，意思是太姒继承太任、太姜的美德，必能多生儿子。太姒，周文王的妃子。徽音，美誉。

⑥崇侯：即崇侯虎。纣王任命西伯昌（即周文王姬昌）、九侯、鄂侯为三公。九侯的女儿被纣王纳入后宫，因为不喜淫乐，纣王就把她杀掉，把九侯也剁成肉酱，鄂侯争辩几句，也被做成肉干，"西伯昌闻之，窃叹。崇侯虎知之，以告纣，纣囚西伯羑里"。见《史记·殷本纪》。

⑦琼山：指丘濬（1418—1495），字仲深，号深庵、玉峰，别号海山老人。明代著名政治家、理学家、经济学家和文学家。海南四大才子之一，著述颇丰。

⑧胪（lú）列：罗列。

⑨棘刺之端为母猴：燕王征求身怀绝技的能工巧匠。有个卫国人自称能在荆棘的尖刺上雕刻出母猴子，不过燕王要是想看，必须半年不入后宫，不喝酒，不吃肉，雨晴日出之时，半明半暗中，才能看到。燕王始终没有机会欣赏。有个铁匠告诉燕王，再小的刻制品也要用刻刀，如果棘刺尖细到容不下最小的刀刃，就没法雕刻。燕王就问卫人雕刻猴子用什么工具，卫人借口取刻刀逃跑了。见《韩非子·外储说》。

⑩永嘉之徒：永嘉学派的门徒。永嘉，即永嘉学派，又称"事功学派"、"功利学派"等，是南宋时期在浙东永嘉（今浙江温州）地区形成的、提倡事功之学的一个儒家学派，南宋浙东学派中的一个重要分支学派。因为代表人物多为浙江永嘉人，故名。在哲学思想上，永嘉学派认为充盈宇宙者是"物"，而"道"存在于事物本身（物之所在，道则在焉）；提倡功利之学，反对虚谈性命。

【译文】

周化源说：有两个读书人游览黄山，流连松柏山石，日暮时分忘了返回。夜色苍茫，草深苔滑不能下山，他们只好一道坐在悬崖下面，仰望峭壁，猿猴飞鸟也无法穿越；

峭壁中间，斜嵌着一片巨石，仿佛出岫白云。残月渐渐升起，他们看见两个人坐在那片巨石上，两个书生知道非仙即鬼，屏住呼吸静听。

右边那个人说："刚才游览岳麓山，听到那个老先生又说了些什么？"左边那人说："我去的时候，他聚集了一些人在讲张载的《西铭》，我回来时，又听他在讲真德秀编的《大学衍义》了。"右边那人说："《西铭》主张万事万物本属一体，道理上本来确实如此。然而，难道只是明白这种道理，就能拯救天下了么？父母对待子女，可以说爱得很深了，但是子女得了病，父母为什么治不好？子女遭遇危难，父母为什么救不了？是因为没有办法罢了。这还是因为子女与父母并不是同一个身体。人对于自身，考虑最多、最为关心，而自己得了病，为什么还是不能自己治疗？自身遭遇了灾难，为什么不能自我拯救呢？也是因为没有办法罢了。现在讲道学的人，不去研究治理国家安抚百姓的策略，不去探求抵御灾难应付变故的方法，却在痴谈什么我仁慈友爱的心就像天地孕育万物一样。果真是一旦有了仁爱之心，万物就可以生长繁衍吗？这个道理我就弄不懂了。至于《大学》一书的条目，从格物致知乃至于治国、平天下，环环相扣，每个环节都显出功力。比如土壤中生出秧苗，秧苗长成庄稼，庄稼生出谷穗，谷穗磨出米粒，米粒做成饭，也是环环相扣。然而，土地不耕种就长不出秧苗；秧苗得不到灌溉就无法长成庄稼；庄稼长熟了没人收割，就得不到谷穗；有了谷穗不去舂，也就得不到米；有了米不去烧煮，就成不了饭，各个环节也都有各自的功效。真德秀编著《大学衍义》目录至'齐家'就止了，认为治国、平天下就自然可以做到。不知唐尧、虞舜在位时，果然因为瞽叟最终被舜的大孝感化信服顺从，于是洪水灾害自然就平息，三苗等叛乱的部落自然就归顺了呢？还是另有别的治理办法？又不知周文王在位时，果然因为他的王妃太姒说了几句贤德仁惠的话，于是长江上游和汉水流域的部落就自然归顺，殷商的后裔崇侯虎就自然服从了呢？还是他推行了一系列正确的政治法规才实现的呢？现在这一切都被抛在一边，而把所有的希望都寄托于自身修养、管理好家庭，这不是就像因为土可以生出禾苗，于是就把土拿来煮了当饭吃？这也是我弄不明白的。"左边那人说："的确那么明代的邱濬补充的《大学衍义》的'治国'、'平天下'两个条目，完整吗？"右边那人说："真德秀过分拘泥于根本部分，邱濬又过于探究一些细枝末节，他们不考虑古今时代情况的变化，不估量南北情形的不同，琐琐碎碎罗列各种政策方法，而且一一上疏请朝廷加以实施，这必将引起天下混乱。就说他主张把南方的粮食走海路运往北方这一件事吧，他罗列了历年海运翻船沉没的数字，认为节省的运河运输费用足以相抵。却没有想到一只船上人命就不止几十条，几十只船加在一起，就超过了千百条人命，这又用什么相抵呢？也不过是胡说而已。"左边那人说："的确是这样。但是，历代儒家学者以至现在的道学家都谈分封国王、实行井田制等等，这些都是夏、商、周时代君主们实行过的根本大法，并且实践证明它们能够使得天下太平，您以为到底如何？"右边那人说："分封诸侯王、推行井田制等都绝不可能实施，以前对它加以批驳的人已经不少了。不过，道学家中大谈这一套的人，另有意图，批驳者们还没有抓住其中要害。分封制度、井田制度的不可能推行，不仅批驳的人知道，道学家们自己心里也明白。他们知道不可行还是要大谈这一套，其意图在于故意借一种必不可能推行的主张，作为保护自己面子的挡箭牌。因为谈'理'、'气'、'性'、'心'等等，都是些空洞不着边际的话题，无法着实。谁能考察出天地未分之前究竟是什么样子；复杂微妙的心理活动中'性'与'情'又各是什么样子？至于实际的事情，则有事实可以把握。一试行而没有生效，那么人人都能看出它的长短优劣。于是，他们必须大谈一种根本不可能实施的学说，使别人必定不能去试行，必定不肯去试行，必定不敢去试行，然后他们就可以当着众人的面大肆吹嘘：'我所传授的是先代圣王的大法，我的大法可以带来万代太平，可惜没有人任用我实施这些大法，又有什么办法呢！'旁人也无法考察他们的话究竟是真是假，于是也都跟着一齐高兴地嚷嚷：'先生您真是辅佐圣君的大才啊，可惜啊，你们的才能不能充分施展'等等。《韩非子·外储说左上》记载，战国时宋国有个人说能为燕王在棘刺尖上雕刻母猴，但说要斋戒三个月后才能看见，用的就是这种骗术。但那个人还得有棘刺，还有母猴，所以人们还可以要求看他究竟使用的是什么刻刀。而道学家所说的这一套更加空洞，连看刻刀也无法要求。天下的至巧莫过于这种手段。批驳的人总认为它的过失在于迂腐，哪里知道他们的真实用意呢！"两个人彼此叹息了好久，发出响亮的长长啸声离去。

两个书生偷偷记下了他们的话，后来经常讲给别人听。有个道学家听到后说："学习的目的不过是懂得大道而已。所谓大道，也就是天、性、心而已。至于忠孝节义之类，还属于细枝末节；礼乐刑法政治制度等等，就更是末节的末节了。说这种话的人，肯定是永嘉学派的门徒吧！"

卷十八

姑妄听之四

　　纪昀在本卷中有不少篇幅描述了各色女子，有兽类人心的狐女，善良的女鬼，不贪财的民女，挺身而出智救灾民的妓女，托名降坛的"乩仙"才女，以及孝妇、贞女等等。她们的奇特之处就是，即便是地位悬殊、力量悬殊，她们还是超越了同一语境中的男人。《阅微草堂笔记》的妇女观曾经受到一些研究者的赞扬。的确，在《阅微草堂笔记》中，纪昀对于文人、对于官员，在道德层面以及家庭生活等诸多方面都有比较明确的要求，总的感觉是严格，对于某些类型的文人，其评价有时显得苛刻。相比较而言，对于女性的描述、评价都显得较为宽容。看起来，纪昀对于一部分正面女性形象评价标准有时显得特别，并且表现了相当深度的人性关注，似乎与正统思想大相径庭，值得重视。但是总的说来，这种关注的背景仍然是男权语境，作品肯定的正面形象，依然是为男性的存在而存在，作品着力塑造一批符合理想的标准女性，力图构成一种文化规范，实际上是试图从另一个角度巩固对女性的束缚。

马德重言：沧州城南，盗劫一富室，已破扉入，主人夫妇并被执，众莫敢谁何。有妾居东厢，变服逃匿厨下，私语灶婢曰："主人在盗手，是不敢与斗。渠辈屋脊各有人，以防救应；然不能见檐下。汝抉后窗循檐出，密告诸仆：各乘马执械，四面伏三五里外。盗四更后必出。四更不出，则天晓不能归巢也。出必挟主人送。苟无人阻，则行一二里必释；不释恐见其去向也。俟其释主人，急负还而相率随其后，相去务在半里内。彼如返斗即奔还，彼止亦止，彼行又随行。再返斗仍奔，再止仍止，再行仍随行。如此数四，彼不返斗则随之，得其巢。彼返斗则既不得战，又不得遁，逮至天明，无一人得脱矣。"婢冒死出告，众以为中理，如其言，果并就擒。重赏灶婢。妾与嫡故不甚协，至是亦相睦。后问妾何以办此，泫然曰："吾故盗魁某甲女。父在时，尝言行劫所畏惟此法，然未见有用之者。今事急姑试，竟侥幸验也。"故曰，用兵者务得敌之情。又曰，以贼攻贼。

【译文】

马德重说：沧州城南，强盗抢劫一家富户，已经破门而入，主人夫妇都被捆了起来，全家人谁也不敢反抗。有个妾住在东厢房里，换了衣服逃到厨房躲藏起来，悄悄对烧饭丫头说："主人落在强盗手里，所以不敢和他们斗。那伙人在房顶上也有人，以防有人来救应；但是他们却看不到房檐下的动静。你扒开后窗出去，沿着房檐走，悄悄告诉其他仆人：叫他们都骑马拿着武器，四面埋伏在三五里之外的地方。强盗在四更天时肯定撤走。四更天不走，天亮就不能回他们的巢穴了。他们撤走时肯定要挟持着主人送他们。如果没人阻拦，走一二里地就会放了主人；如果不放，他们怕主人知道他们的去向。等他们放了主人，赶紧把主人背回来，然后跟在强盗的后面，距离必须在半里之内。如果强盗回身杀来，就往回跑；他们停下来，我们也停下来；他们再走，我们也跟着走。他们再回身杀来，我们还跑；他们再停下，我们也停；他们走，我们也随着。这么反复几次，他们不再返身杀来，就跟着他们，弄清楚他们的巢穴。他们回身杀来却近不了我们，又摆脱不了我们，这么相持到天亮，就一个也跑不了了。"那个丫头冒着危险出去告诉了奴仆们，大家认为有道理，就照妾的话去做，果然强盗都被抓捕了。于是重赏做饭丫头。妾和正妻一直不大协调，至此关系也和睦起来。后来正妻问妾怎么会想出这种高招来，妾流下一行清泪道："我是过去某某强盗头子的女儿。父亲在时，曾经说过打劫就怕对方用这个办法，但是没见有人用过。当时在危急之中，试着用用，竟然侥幸奏效。"所以说，用兵须得了解敌方情况。又说，以敌攻敌。

张太守墨谷言：德、景间有富室，恒积谷而不积金，防劫盗也。康熙、雍正间，岁频歉，米价昂。闭粜不肯粜升合，冀价再增。乡人病之，而无如何。有角妓号玉面狐者曰："是易与，第备钱以待可耳。"乃自诣其家曰："我为鸨母钱树，鸨母顾虐我。昨与勃谿^①，约我以千金自赎。我亦厌倦风尘，愿得一忠厚长者托终身，念无如公者。公能捐千金，则终身执巾栉。闻公不喜积金，即钱二千贯亦足抵。昨有木商闻此事，已回天津取赀。计其到，当在半月外。我不愿随此庸奴。公能于十日内先定，则受德多矣。"张故惑此妓，闻之惊喜，急出谷贱售。廪已开，买者坌至，不能复闭，遂空其所积，米价大平。谷尽之日，妓遣谢富室曰："鸨母养我久，一时负气相诟，致有是议。今悔过挽留，义不可负心。所言姑俟诸异日。"富室原与私约，无媒无证，无一钱聘定，竟无如何也。此事李露园亦言之，当非虚谬。闻此妓年甫十六七，遽能办此，亦女侠哉！

【注释】

①勃谿（xī）：吵架，争斗。

【译文】

张墨谷太守说："德州景州间有个富户，总是囤积粮食而不积攒银子，为的是防备劫盗。康熙、雍正年间，连年歉收，米价极贵。这个富户却关着粮仓一升也不卖，指望粮价再涨。同乡的人很是不满，但也无可奈何。有位外号叫玉面狐的艺妓，说："这事儿容易，你们准备好钱等着就行了。"她自己找到富户说："我是鸨母的摇钱树，鸨母却虐待我。昨天我和她吵起来，她让我拿一千两银子赎身。
我也厌倦风月场，愿意找一位忠厚长者托付终身，再三思
量，没有能比得上您的。如果您能拿出一千两银子来，那
么我终生侍奉您。听说您不喜欢攒钱，那么有二千贯铜钱
也就凑合了。昨天有个木柴商听说了这件事，已经回天津
取钱去了。算算他回到此地的日子，估计在半月以后。我
不愿跟着这个粗俗的家伙。您如果能在十天之内先定下，
我就更加感念您的恩德了。"这个富户一直迷恋着玉面狐，
听了这番话，又惊又喜，急忙压低了价钱卖粮。粮仓打开
了，买粮的蜂拥而来，就再也关不上了，存粮都卖光了，
于是米价平定下来。粮食卖完那天，玉面狐打发人辞谢富
户道："鸨母养我很久了，我一时负气和她吵起来，以致有
了赎身的打算。如今她后悔挽留我，情义上讲起来我不能
负心。我跟您说的事等以后再考虑吧。"富户本来与玉面狐
是私下里商定的，没有媒人，没有证据，也没有一个钱的
聘礼，居然无可奈何。这个故事李露园也说过，应该不会
是假的。听说这个艺妓才十六七岁，仓猝之间就能处置得
如此干脆利落，也是个女侠呵！

　　陈半江言：有书生月夕遇一妇，色颇姣丽，挑
以微词，欣然相就。自云家在邻近，而不肯言姓
名。又云夫恒数日一外出，家有后窗可开，有墙缺
可逾，遇隙即来，不能预定期也。如是五六年，情
好甚至。一岁，书生将远行，妇夜来话别。书生言
随人作计，后会无期。凄恋万状，哽咽至不成语。

妇忽嬉笑曰："君如此情痴，必相思致疾，非我初来相就意。实与君言，我鬼之待替者也。凡人与鬼狎，无不病且死，阴剥阳也。惟我以爱君韶秀，不忍玉折兰摧，故必越七八日后，待君阳复，乃肯再来。有剥有复，故君能无恙。使遇他鬼，则纵情冶荡，不出半载，索君于枯鱼之肆矣。我辈至多，求如我者则至少，君其宜慎。感君义重，此所以报也。"语讫，散发吐舌作鬼形，长啸而去。书生震栗几失魂，自是虽遇冶容，曾不侧视。

【译文】

陈半江说：有个书生月夜遇到个女子，容貌很漂亮，书生说些轻薄的话挑逗她，她高高兴兴地投向书生的怀抱。她说自己的家就在附近，却不肯说出姓名。又说她丈夫总是几天就要出去一次，家里有后窗可以打开，院墙上有缺口容易跨过，只要有机会就来相会，但不能预定时间。这样过了五六年，感情很好。一年，书生要远行，女子晚上来话别。书生说自己跟着别人谋生，将来不可能再相会了。书生不胜伤感留恋，哽咽着说不出话来。女子忽然嬉笑着说："你这样痴情，必然要相思得病，这可不是当初与你相处的本意。实话对你说吧，我是个等待替身的鬼。凡是人和鬼亲热，没有不生病死亡的，这是因为阴气耗损阳气的缘故。只有我因为爱你年轻俊秀，不忍心一下子弄死你，所以一定要隔七八天后，等你的阳气恢复，我才再来一次。有耗损有恢复，所以你没有生病。假如你遇到别的鬼，就会尽情淫乐，不出半年，就得到干鱼摊上找你了。我这一类的鬼很多，像我一样重情的就极少，你以后可要慎重啊。我为你的深情厚谊所感动，就把这些告诉你，作为报答。"说完，她披散头发，吐出舌头，现出鬼的形状，发出长长的啸声离去了。书生吓得直哆嗦几乎丢了魂，从此以后，他即使遇到艳丽妖冶的美女，也目不斜视。

沧州城守尉永公宁与舅氏张公梦征友善。余幼在外家，闻其告舅氏一事曰："某前锋有女曰平姐，年十八九，未许人。一日，门外买脂粉，有少年挑之，怒詈而入。父母出视，路无是人，邻里亦未见是人也。夜扃户寝，少年乃出于灯下。知为魅，亦不惊呼，亦不与语，操利剪伪睡以俟之。少年不敢近，惟立于床下，诱说百端。平姐如不见闻。少年倏去，越片时复来，握金珠簪珥数十事，值约千金，陈于床上。平姐仍如不见闻。少年又去，而其物则未收。至天欲曙，少年突出曰：'吾伺尔彻夜，尔竟未一取视也！人至不可以利动，意所不可，鬼神不能争，况我曹乎？吾误会尔私祝一言，妄谓托词于父母，故有是举，尔勿嗔也。'敛其物自去。盖女家素贫，母又老且病，父所支饷不足赡，曾私祝佛前，愿早得一婿养父母，为魅所窃闻也。"然则一语之出，一念之萌，暧昧中俱有伺察矣。耳目之前，可涂饰假借乎！

【译文】

　　驻守沧州城的军官永宁与我的舅舅张梦征是好朋友。我小时候在外祖父家，听见他告诉舅舅一件事说："某前锋有个女儿叫平姐，年纪十八九岁，还没有定亲。一天她到门外买脂粉，有个年轻人挑逗她，她怒骂了一顿进门去了。父母出去看，路上没有这个人，邻居们也说没看见这个人。晚上她插上房门就寝，那个年轻人忽然从灯下钻出来。平姐知道是妖怪，也不惊叫，也不跟他说话，只是抓着一把锋利的剪刀假装睡了等着。年轻人不敢靠近，只是站在床旁边，千方百计劝诱，平姐就像没看到没听到一样。年轻人忽然走了，过了一会儿又来，拿着金银珠宝首饰几十件，约摸价值上千两银子，摊在床上，平姐仍然好像没见到没听到。年轻人又走了，那些东西却没有收走。等到天快亮时，年轻人突然出现说：'我偷偷看了你一个通宵，你竟然没有拿起来看一下！人到了不能用钱财打动的地步，那么不情愿做的事情，就是鬼神也无法勉强，何况我们这一类呢？我误会了你私下祈祷时讲的一句话，以为你是想男人了而托词说为了父母，所以才来引诱你，请你不要生气。'说完，他收起那些东西离开了。原来平姐家一向贫穷，母亲年老多病，父亲的军饷养不活全家人，平姐曾经在佛像前悄悄祈祷，希望早日找到丈夫赡养父母，没想到被妖怪偷听到了。"由此可见，说一句话，萌生一个念头，即使在暗地里都有鬼神在旁边注意着、等候着。那么，当着人的面，还想掩饰自己的意图、找托词么！

卷十九

滦阳续录一

　　1789 年到 1793 年，纪昀完成了"滦阳消夏录"、"如是我闻"、"槐西杂志"、"姑妄听之"。这段时间他写得很快，据他自己说是因为"老不能闲，又有所缀"。但纪昀毕竟年过七旬，加上公务繁忙等各种因素，之后，他写作的速度开始有所减缓。与"滦阳消夏录"等四种一样，"滦阳续录"也不是一气呵成，而是利用闲暇时间断断续续写成的；与以往的写作有所不同的是，"滦阳续录"篇幅显得短小，而且，成书之后，纪昀懒得再专门写序申明和强调自己的创作意图。其中的原因，从纪昀简短的自叙，我们可以了解到是由于作者年事已高精力不济；其实，更重要的原因是作者生活在封建正统文化发展从最高峰开始步入式微的转型时期，新的异质文化开始艰难崛起，传统儒学伦理受到冲击，更具体一点，写作"滦阳续录"时，清廷也日趋没落，因而纪昀自叙中流露的末世情绪，决不能仅仅理解为是自己即将走到生命尽头。他是为自己维护封建统治秩序所做过的不懈努力，发出了苍凉的叹息。

　　景薄桑榆^①，精神日减，无复著书之志，惟时作杂记，聊以消闲。《滦阳消夏录》等四种，皆弄笔遣日者也。年来并此懒为，或时有异闻，偶题片纸；或忽忆旧事，拟补前编。又率不甚收拾，如云烟之过眼，故久未成书。今岁五月，扈从滦阳。退直之馀，昼长多暇，乃连缀成书命曰《滦阳续录》。缮写既完，因题数语，以志缘起。若夫立言之意，则前四书之序详矣，兹不复衍焉。嘉庆戊午七夕后三日^②，观弈道人书于礼部直庐，时年七十有五。

【注释】

①景薄桑榆：太阳接近桑榆树梢，因以指日暮。也比喻晚年。景，日光。薄，靠近，迫近。

②戊午：嘉庆三年（1798）。

【译文】

　　如同日已西斜，我的精神一天不如一天，再没有著书的兴致了，只是时常作点儿杂记，姑且消遣解闷。《滦阳消夏录》等四本书，都属于随意拈笔的消遣之作。近年以来，连这种杂记也懒得写了，有时听到点儿奇闻异事，偶然写到一张纸片上；有时忽然想起往事，打算补充到前面的几卷书里。可是都没有注意整理，就像过眼云烟，所以久久没能成书。今年五月，随从皇上到滦阳。值班之馀，白天有很多闲暇，于是串连起来编成了书，命名为《滦阳续录》。书稿全部誊写完之后，顺便题写几句话，作为说明写作原由的标记。至于写此类东西的本意，前四本书的序言已经说得很详细了，这里不再赘述。嘉庆戊午年七夕后三天，观弈道人写于礼部值班房，时年七十五岁。

阿公偶问余刑天干戚事①，余举《山海经》以对②。阿公曰："君勿谓古记荒唐，是诚有也。昔科尔沁台吉达尔玛达都尝猎于漠北深山③，遇一鹿负箭而奔，因引弧殪之。方欲收取，忽一骑驰而至，鞍上人有身无首，其目在两乳，其口在脐，语啁唽自脐出。虽不可辨，然观其手所指画，似言鹿其所射，不应夺之也。从骑皆震慑失次，台吉素有胆，亦指画示以彼射未仆，此射乃获，当剖而均分。其人会意，亦似首肯，竟持半鹿而去。不知其是何部族，居于何地。据其形状，岂非刑天之遗类欤？天地之大，何所不有，儒者自拘于见闻耳。"

案，《史记》称：《山海经》《禹本纪》所有怪物④，余不敢信。是其书本在汉以前。《列子》称大禹行而见之，伯益知而名之⑤，夷坚闻而志之⑥。其言必有所受，特后人不免附益又窜乱之，故往往悠谬太甚；且杂以秦汉之地名，分别观之，可矣。必谓本依附《天问》作《山海经》⑦，不应引《山海经》反注《天问》，则太过也。

【注释】

①刑天干戚：刑天，又作"形天"。《山海经》中的人物。据传，刑天和天帝争夺神位，天帝砍断了他的

头，并把他葬在常羊山。刑天竟然以两乳为双目，用肚脐做口，一手挥舞大斧，一手操持盾牌，斗志不懈。戚，古代兵器，像斧。

②《山海经》：先秦古籍，记述古代神话、地理、物产、宗教、医药、民俗等多方面的内容，还描述了远古、海外的鸟兽等。

③台吉：清对蒙古贵族封爵名。位次辅国公，分四等，自一等台吉至四等台吉，相当于一品官至四品官。

④《禹本纪》：相传为战国时楚国人所著，着重记载大禹治水的丰功伟绩，其中记载了许多山河湖泊、地形地貌等，已失传。

⑤伯益：又作"伯翳"、"柏翳"、"柏益"、"伯鷖"等。传说他能领悟飞禽语言，被尊称为"百虫将军"，善于畜牧和狩猎，并且发明了最早的屋舍，教会先民学会了建筑房屋，凿挖水井。

⑥夷坚：字辅汉，史书又称"张陵"。汉天师，博闻强识。

⑦《天问》：浪漫主义诗人屈原的代表作，收录于西汉刘向编辑的《楚辞》中。

【译文】

阿公偶然问我刑天舞干戚的事情，我举出《山海经》的记载来回答他。阿公说："你不要认为古代的记载是荒唐的，真的确有其事。以前科尔沁台吉达尔玛达都到深山里去打猎，碰到一只中箭的鹿逃命，就拉开弓射死了那只鹿。他正想把鹿拉走，忽然有一骑飞驰而来，马上的人只有身子没有头，更怪的是眼睛长在两个乳头那里，嘴长在肚脐眼，说话时声音就吱吱呀呀从肚脐眼里出来。虽然听不懂他的话，但看他的手势比划，好像说鹿是他射的，不应该抢夺。随从们都受到突然的惊吓失魂落魄，台吉一向胆大，就比划着说你射了没死，是我补了一箭，它才死，我俩应该对半分。那个人明白了意思，也好像同意了，后来带着半只鹿走了。不知那个人是什么部族，住在什么地方。看他的模样，难道不是刑天的后裔吗？天地广大无比，无所不有，而儒生太局限于自己的所见所闻了。"

按，《史记》中说：《山海经》《禹本纪》中的所有怪物，我都是不太相信的。因为这些书出现在汉代之前。《列子》中说大禹四处奔走时看到过这些怪物，伯益知道这些怪物并给它们起了名字，夷坚听说后把它们记了下来。这种说法肯定是有依据的，只是后人难免有所增补，并加以删改弄乱了，造成了很多的错误；其中还夹杂着秦汉时代的地名，甄别之后读就很好了。如果坚持认为《山海经》是依据《楚辞·天问》写出来的，就不应当引用《山海经》来注释《天问》，那就有点儿太过分了。

宋代有神臂弓，实巨弩也，立于地而踏其机，可三百步外贯铁甲。亦曰克敌弓，洪容斋试词科，有《克敌弓铭》是也。宋军拒金，多倚此为利器。军法不得遗失一具，或败不能携，则宁碎之，防敌得其机轮仿制也。元世祖灭宋①，得其式，曾用以制胜。至明乃不得其传，惟《永乐大典》尚全载其图说。然其机轮一事一图，但有短长宽窄之度与其牝牡凸凹之形，无一全图。余与邹念乔侍郎穷数日之力，审谛逗合，讫无端绪。余欲钩摹其样，使西洋人料理之。先师刘文正公曰："西洋人用意至深，如算术借根法，本中法流入西域，故彼国谓之东来法。今从学算，反秘密不肯尽言。此弩既相传利器，安知不阴图以去，而以不解谢我乎？《永乐大典》贮在翰苑，未必后来无解者，何必求之于异国？"余与念乔乃止。"维此老成，瞻言百里。"信乎所见者大也。

【注释】

①元世祖：孛儿只斤·忽必烈（1215—1294），元朝的创建者。在位35年，谥号圣德神功文武皇帝，庙号世祖。

【译文】

宋代有一种神臂弓，实际上是大弩，立在地上用脚踏动机关，弓箭能穿透三百步以外的铁甲。又叫克敌弓，洪迈在《容斋三笔》试词科中《克敌弓铭》说的就是这种弓。宋军抗金，往往倚靠它，把它当作高效的武器。军法规定一张也不能丢失，如果打了败仗来不及带回来，宁可破坏它，以免敌军得到了大弩按照构造用来仿造。元世祖灭了宋朝，得到了克敌弓，曾用它打了胜仗。到了明代，克敌弓失传了，只在《永乐大典》中载着所有图例。但是关于它的机关原理，一个部件一张图，只有长短宽窄的尺寸，雌雄凸凹的形状，没有一张全图。我和邹念乔侍郎仔细研究了好几天，竭力拼凑，也没弄出个头绪来。我想要勾勒出它的大样，请西洋人研究一下。我的老师刘文正公说："西洋人很有心计，比如算术中的借根法，本来是中国的算法流传到西方的，所以他们称之为东来法。如今向他们学习算术，反而保密不肯完整地说出来。这种克敌弓既然是前代传下来的高效武器，怎么知道他们不会偷偷地学了去，却以不能理解来搪塞我们呢？《永乐大典》藏在翰林院里，后来人未必就弄不明白它，何必要求教于外国呢？"我和邹念乔才打消了请教西洋人的念头。"还是老师老成，站得高看得远。"他的见识想法是够深远的了。

神仙服饵，见于杂书者不一，或亦偶遇其人；然不得其法，则反能为害。戴遂堂先生言：尝见一人服松脂十馀年，肌肤充悦，精神强固，自以为得力。然久而觉腹中小不适，又久而病燥结，润以麻仁之类，不应。攻以硝黄之类，所遗者细仅一线。乃悟松脂粘挂于肠中，积渐凝结愈厚，则其窍愈窄，故束而至是也。无药可医，竟困顿至死。又见一服硫黄者，肤裂如礐，置冰上，痛乃稍减。古诗"服药求神仙，多为药所误"，岂不信哉！

【译文】
　　想成为神仙就要服用丹药，各种杂书的记载都不一样，有时偶尔也遇见这种人；但是如果服药不得法，反而会危害身体。戴遂堂先生说：他见过一个人服用松脂十多年，他的肌肤丰满，精力充沛，自认为这方法很不错。但是时间长了觉得肚里不大舒服，后来又大便干燥，服用麻仁之类润肠药物，也没有效用。后来又用硝黄一类药强攻，大便也只是细得如一条线。他这才意识到是松脂粘挂在肠子上，积聚得越来越厚，于是肠道越来越窄，终于到了这个地步。因为没有药可以医治，竟然就因为这个原因死了。他还看见一个服用硫黄的人，皮肤裂开像被刀割了一样，躺在冰上，疼痛才稍稍减轻一些。有句古诗说"服药求神仙，多为药所误"，难道不是这样吗！

　　孟鹭洲自记巡视台湾事曰："乾隆丁酉①，偶与友人扶乩，乩赠余以诗曰：'乘槎万里渡沧溟，风雨鱼龙会百灵。海气粘天迷岛屿，潮声簸地走雷霆。鲸波不阻三神岛②，鲛室争看二使星③。记取白云飘缈处，有人同望蜀山青。'时将有巡视台湾之役，余疑当往。数日，果命下。六月启行，八月至厦门，渡海，驻半载始归。归时风利，一昼夜即登岸。去时飘荡十七日，险阻异常。初出厦门，即雷雨交作，云雾晦冥。信帆而往，莫知所适。忽腥风触鼻，舟人曰：'黑水洋也。'其水比海水凹下数十丈，阔数十里，长不知其所极。黝然而深，视如泼墨。舟中摇手戒勿语，云其下即龙宫，为第一险处，度此可无虞矣。至白水洋，遇巨鱼鼓鬣而来④，举其首如危峰障日。每一拨剌，浪涌如山，声砰訇如霹雳，移数刻始过尽，计其长，当数百里。舟人云来迎天使，理或然欤？既而飓风四起，舟几覆没。忽有小鸟数十，环绕樯竿。舟人喜跃，称天后来拯。风果顿止，遂得泊澎湖。圣人在上，百神效职，不诬也。遐思所历，一一与诗语相符，非鬼神能前知欤！时先大夫尚在堂，闻余有过海之役，命兄到赤嵌来视余。遂同登望海楼，并末二句亦巧合。益信数皆前定，非人力所能为矣。戊午秋⑤，扈从滦阳，与晓岚宗伯话及。宗伯方草《滦阳续录》，因书其大略付之，或亦足资谈柄耶。"以上皆鹭州自序。

考唐钟辂作《定命录》，大旨在戒人躁竞，毋涉妄求。此乩仙预告未来，其语皆验。可使人知无关祸福之惊恐，与无心聚散之踪迹，皆非偶然，亦足消趋避之机械矣。

【注释】
①乾隆丁酉：乾隆四十二年（1777）。
②鲸波：巨浪，惊涛骇浪。三神岛：古人指蓬莱、方丈、瀛洲岛。
③鲛室：鲛人的水中居室。鲛人，古代神话传说中鱼尾人身的生物。二使星：使者的代称。《后汉书·李邰传》："和帝即位，分遣使者，皆微服单行，各至州县，观采风谣。使者二人当到益部，投邰候舍。时夏夕露坐，邰因仰观，问曰：'二君发京师时，宁

知朝廷遣二使邪？'二人默然，惊相视曰：'不闻

也。'问何以知之。郃指星示云：'有二使星向益州

分野，故知之耳。'"

④鬣（liè）：鱼颔旁小鳍。

⑤戊午：嘉庆三年（1798）。

【译文】

孟鹭洲自己记述他巡视台湾的经历时写道："乾隆丁酉年，偶然和朋友一起扶乩，乩仙赠给我一首诗说：'乘槎万里渡沧溟，风雨鱼龙会百灵。海气粘天迷岛屿，潮声籁地走雷霆。鲸波不阻三神岛，鲛室争看二使星。记取白云飘渺处，有人同望蜀山青。'当时有巡视台湾的公务，猜疑可能要派我去。几天后，果然接到圣旨。六月出发，八月到厦门，渡过海峡，前往台湾，住了半年才回来。回来时是顺风，船行了一昼夜就到了岸。去时却飘荡了十七天，异常艰难险阻。船刚离开厦门，就雷雨交加，阴云密布。只能任凭船随风鼓帆飘荡，不知到了什么地方。忽然嗅到一股腥风扑鼻而来，船夫道：'这里是黑水洋。'这里的海水比其他地方下陷几十丈，有几十里宽，长得看不到边。水又黑又深，看起来像是泼洒的墨汁。船夫摇手示意，不让说话，说海水下面就是龙宫，是最最险要的地方，过去了就没事了。到了白水洋，碰到大鱼鼓着鳃鳍游来，鱼把头抬起来时，像座高大的山峰一样把阳光都遮住了。它每一次奋鳍击水，就浪涌如山，响声轰轰隆隆像是打雷，过了好几分钟，大鱼才游过去，估计它的身长有几百里。船夫说大鱼是来迎接皇上使者的，也许是吧？紧接着又刮起了

飓风，我们的船几乎沉没。忽然有几十只小鸟，环绕着桅杆。船夫马上高兴地跳起来，说是天后来救我们了。大风果真马上停止了，我们这才把船泊在澎湖岛。看来圣人在上，百神都来效劳，这话一点儿不假。回想起我的经历，都与诗中的话一一相符，这大概是鬼神的先知先觉吧！当时我那担任大夫官职的父亲还健在，听说我被派出海，就让我哥哥到赤嵌看我。于是我就同哥哥一起登望海楼，这也与诗的末两句巧合了。因此我更加相信，命运都是前定的，不是人力能扭转的。嘉庆戊午年秋，我随从护驾到滦阳，同礼部尚书纪晓岚讲起这件事。纪尚书当时正在写《滦阳续录》，于是我就把大概内容记下来交给他，也许可以作为谈资吧。"以上都是孟鹭洲的自序。

查考唐代钟辂所作《定命录》，大意是劝诫人们不要争强斗胜，不要追求自己不应该得到的东西。乩仙向孟鹭洲预告未来的事情，句句都得到了应验。由此可知，那些虽与祸福无关的恐惧事件，那些意外团聚与分离的踪迹，都不是偶然的事情，这样，人们也就大可不必为趋福避祸而费尽心机了。

卷二十

滦阳续录二

　　纪昀把自己的写作当做实录，尽管他没有明言想要"究天人之际，通古今之变"，却也曾说过，想让自己的笔记成为正史的补充，记录那些正史上没有记载过、褒扬过的志士仁人、贞烈女子，让他们的名声和事迹得以传世。而本卷详细记载乾隆时期新疆的"昌吉之役"，的确为后人留下了宝贵的史料。"昌吉起事"在正史上只有寥寥数语，《阅微草堂笔记》的描述是最为细致、最为客观的。昌吉起事为乾隆三十三年（1768），由于纪昀与直接指挥镇压昌吉起事的乌鲁木齐办事大臣温福、守备刘德交往较多，作者本人在乌鲁木齐生活的两年时间里，对于当时当地社会各阶层的生活也有着真切细致的了解，因而对这次事件的原因、经过及其被扑灭的情况记载最为可信。在本卷之前，纪昀就曾写到昌吉起事之前"厮养"梦中拜谒旧主人的事情，这个奴仆战死后成为山神；还记载了昌吉起事被镇压之后对起事遣犯及其子女的处置。本卷中则记载了昌吉事变的来龙去脉，褒扬了在事变中智勇双全的刘德、试图平息事态而不惜身死的赫尔喜；还有昌吉事变失败的原因分析，转引昌吉事件俘虏的话，他们之所以奔入绝境，并非迷路，而是"忽见关帝立马云中"，断了他们的归路。在描述和记载这些内容时，凡是在征伐新疆的大小战役中奋不顾身的将士都得到了作者的赞扬，作战的对方则一律被称之为贼。纪昀处处表现了忠君思想，处处与当时清廷的民族政策导向保持一致。从纪昀的描述和记载我们可以看到，清朝的民族政策实际上具有典型的两面性特点，实行剿抚兼施是清朝民族政策的基本特征，而实现国家空前的大一统又需要在一定程度上建立起和谐的民族关系。本卷还有一些纠正朝野误传的篇目。在这一卷里，纪昀还提到了一个女子文鸾，追述了文鸾对自己的情谊；生前未能相见，死后未能祭奠，纪昀也感到些许遗憾。不知后人何以据此编造出纪昀与文鸾生死相恋的儿女情事，这恐怕是有违纪昀初衷的。

戊子昌吉之乱①，先未有萌也。屯官以八月十五夜，犒诸流人，置酒山坡，男女杂坐。屯官醉后，逼诸流妇使唱歌，遂顷刻激变，戕杀屯官，劫军装库，据其城。十六日晓，报至乌鲁木齐，大学士温公促聚兵。时班兵散在诸屯②，城中仅一百四十七人，然皆百战劲卒，视贼蔑如也③。温公率之即行，至红山口，守备刘德叩马曰："此去昌吉九十里，我驰一日至城下，是彼逸而我劳，彼坐守而我仰攻，非百馀人所能办也。且此去昌吉皆平原，玛纳斯河虽稍阔，然处处策马可渡，无险可扼，所可扼者此山口一线路耳。贼得城必不株守，其势当即来。公莫如驻兵于此，借陡崖遮蔽。贼不知多寡，俟其至而扼险下击，是反攻为守，反劳为逸，贼可破也。"温公从之。及贼将至，德左执红旗，右执利刃，令于众曰："望其尘气，虽不过千人，然皆亡命之徒，必以死斗，亦不易当。幸所乘皆屯马，未经战阵，受创必反走。尔等各擎枪屈一膝跪，但伏而击马，马逸则人乱矣。"又令曰："望影鸣枪，则枪不及贼，火药先尽，贼至反无可用。尔等视我旗动，乃许鸣枪；敢先鸣者，手刃之。"俄而贼众枪争发，砰訇动地。德曰："此皆虚发，无能为也。"迨铅丸击前队一人伤，德曰："彼枪及我，我枪必及彼矣。"举旗一挥，众枪齐发。贼马果皆横逸，自相冲击。我兵噪而乘之，贼遂歼焉。温公叹曰："刘德状貌如村翁，而临阵镇定乃尔。参将都司，徒善应对趋跄耳。"故是役以德为首功。然捷报不能缕述曲折，今详著之，庶不湮没焉。

【注释】
①戊子：乾隆三十三年（1768）。
②班兵：轮班执勤的军队。
③蔑如：微细，没有什么了不起。

【译文】

　　乾隆戊子年的昌吉叛乱，事先没有什么迹象。驻屯军官在八月十五日夜犒劳流放到这里的屯民时，在山坡上摆了酒，男男女女杂坐在一起。驻屯官喝醉了，硬逼着屯民的女眷唱歌，结果立刻激起民变，杀了驻屯官，抢劫军器库，占领了昌吉城。十六日早上，谍报传到乌鲁木齐时，大学士温公立即催促集结兵力前去镇压。但当时兵力都分散在各个军屯里，城里只有一百四十七名军士，幸好都是些身经百战的老兵，都没有把叛民放在眼里。温公就带着这些兵士出发，走到红山口时，守备刘德向他建议说："到昌吉还有九十里路，我们骑马必须赶一天才能到城下，结果就是敌人安逸而我军疲惫，敌人坐守而我军仰攻，恐怕不是一百多兵士就能打胜的。而且从这儿到昌吉都是平原，玛纳斯河虽然比较宽，到处都可以骑马渡过，没有什么险要的地方可以扼守，可以扼守的地方，就只有这个山口的一条窄窄的路。叛民占领了昌吉城，就决不会守在城里等着，肯定会乘胜攻来。将军不如就驻守在这儿，隐蔽在悬崖后面。叛民不知我军虚实，等他们赶到，就能据险往下猛击，这样是反仰攻为坐守，反奔劳为安逸，贼兵就能攻破。"温公采纳了刘德的意见。在叛民将要赶到山口时，刘德左手举着旗帜，右手握着利刃，命令士兵："从敌军的烟尘判断，他们不过一千来人，但都是些亡命之徒，如果拼死而战，不容易抵挡。幸好他们骑的都是屯马，没有经历过战阵，一旦受到狙击必定会往回跑。你们都举着枪蹲下一条腿，只管打敌人的马腿，马一跑，人也就乱了。"他又下令道："刚看见人影时就开枪，不但打不中敌人，火药就先打完了，敌人到眼前来时反而没有弹药。你们要看到我手中旗帜舞动，才能开枪；有谁先开枪的，我杀了他。"一会儿，叛民枪声大作，惊天动地。刘德说："他们这是空放枪，没什么用的。"等敌人的铅弹把前队的一个士兵打伤，刘德才说："敌人的枪弹打中了我们，我们开枪也能击中敌人了。"他举旗一挥，枪弹齐发。叛军的马果真横冲直撞起来，自相践踏，队伍也乱了。官兵于是呐喊着乘势冲出，叛民大败而归。温福叹息道："刘德的长相像个乡巴佬，临阵却能这样镇定自若。而那些参将、都司，只会迎来送往跑前跑后而已。"所以这次战斗就以刘德为首功。因为捷报不能把事件记述得过于详细，我这里就详加记录，希望不要埋没刘德的功劳。

由乌鲁木齐至昌吉，南界天山，无路可上；北界苇湖，连天无际，淤泥深丈许，入者辄灭顶。贼之败也，不西还据昌吉，而南北横奔，悉入绝地，以为惶遽迷瞀也。后执俘讯之，皆曰惊溃之时，本欲西走，忽见关帝立马云中，断其归路，故不得已而旁行，冀或匿免也。神之威灵，乃及于二万里外。国家之福祚，又能致神助于二万里外。猬锋螳斧①，潢池盗弄何为哉②！

【注释】

①猬锋螳斧：比喻微弱的力量。猬锋，刺猬的毛。螳斧，螳螂的前腿。

②潢（huáng）池盗弄：指微不足道的造反、叛乱。语出《汉书·循吏传》："海濒遐远，不沾圣化，其民困于饥寒而吏不恤，故使陛下赤子盗弄陛下之兵于潢池中耳。"潢池，池塘。

【译文】

由乌鲁木齐到昌吉，南面有天山阻隔，无路可行；北面是长满芦苇的湖泊，湖面连天无际，湖里全是淤泥，深有丈许，误入其中就有灭顶之灾。屯民们战败后，没有向西重新占据昌吉城，却糊里糊涂地向南北两个方向横向奔走，全部陷入绝境，以为他们是慌乱中神志迷乱了。后来，讯问屯民战俘，他们都说，战败之后，本想往西去，忽然看见关帝骑马立在云雾之中，断了他们的归路，所以不得不奔向两侧，希望能够逃脱。可见，神的威灵可以达于二万里之外。国家的福祚，又能使神于二万里之外出手相助。刺猬的锋针、螳螂的刀斧，微不足道的造反，能成什么大气候！

昌吉未乱以前，通判赫尔喜奉檄调至乌鲁木齐①，核检仓库。及闻城陷，愤不欲生，请于温公曰："屯官激变，其反未必本心。愿单骑迎贼于中途，谕以利害。如其缚献渠魁，可勿劳征讨；如其枭獍成群，不肯反正，则必手刃其帅，不与俱生。"温公阻之不可，竟橐鞬驰去②，直入贼中，以大义再三开导。贼皆曰："公是好官，此无与公事。事已至此，势不可回。"遂拥至路旁，置之去。知事不济，乃掣刃奋力杀数贼，格斗而死。当时公论惜之曰："屯官非其所属，流人非其所治，无所谓徇纵也。衅起一时，非预谋不轨，无所谓失察也。奉调他出，身不在署，无所谓守御不坚与弃城逃遁也。所劫者军装库，营弁所掌，无所谓疏防也。于理于法，皆可以无死。而终执城存与存、城亡与亡之一言，甘以身殉。推是志也，虽为常山、睢阳可矣③。"故于其枢归，罔不哭奠。而于屯官之残骸归，屯官为贼以铁屩自踵寸寸至顶。乱定后，始掇拾之。无焚一陌纸钱者。

【注释】

①通判：官名。清代时各府的通判，分掌粮运及农田水利等事务，实际上是个闲职。

②橐（tuó）鞬（jiān）：橐，弓箭鞬盒的外皮囊。鞬，马上装弓箭的器具。

③常山、睢阳：常山，指唐代颜杲卿。本为安禄山部

下，安禄山叛乱后，镇守常山（今河北正定），后
被安禄山割舌，仍大骂直至气绝。睢阳，指张巡。
安禄山叛兵攻打江淮屏障睢阳（今河南商丘境内），
与许远死守孤城，壮烈就义。

【译文】

昌吉叛乱之前，通判赫尔喜奉命调到乌鲁木齐核检仓
库。听到昌吉城被叛民攻占后，他气愤得不想活，向温公
请求道："驻屯官激起叛乱，叛民可能是出于无奈。我愿意
单枪匹马在中途迎敌，陈说利害关系。如果他们能把首犯
绑了献出来，就不必劳师征讨了；如果他们是一群食母食
父枭鸟破獍一类的忘恩负义之徒，不肯返归正途，那么我
一定要杀了他们的头子，绝对不跟他同时活着。"温公不让
他去，他不听，竟然全副武装地骑马奔去，直接来到叛民
营里，申明大义，再三开导。叛民都说："你是一个好官，
这里不关你的事。已经走到这一步，已无可挽回了。"于
是把他推到路边，扔下他走了。赫尔喜知道自己的努力无
济于事，拔刀奋力杀了几个叛民，他也在格斗中战死。当
时公众舆论很为他惋惜，说："驻屯官不是他的下属，屯
民也不是他管理的，不能说他有徇情恣意之过。叛乱发生
于一时，不是预谋的，不能说是他失于明察。他奉调离开
昌吉，当时他不在现场，所以不能说他防守不严，也不能
说他弃城逃走。被抢劫的兵器库，有营官专职把守，不能
说是他疏于防守。无论从道理上说还是从律法上说，他都
可以不死。但是他却坚决要实现城在人在、城亡人亡的誓
言，甘心以死报国。他的忠烈，可以与颜常山、张睢阳媲

美了。"因此他的灵柩被运回来时，人们无不哭着祭奠。而屯官的残骸被运回来时，屯官被叛兵用铁铡从脚开始一寸寸铡到头顶。叛乱结束后，才掇拾拢来。连给他烧一叠纸钱的人也没有。

　　先四叔母李安人，有婢曰文鸾，最怜爱之。会余寄书觅侍女，叔母于诸侄中最喜余，拟以文鸾赠。私问文鸾，亦殊不拒。叔母为制衣裳簪珥，已戒日脂车①。有妒之者嗾其父多所要求②，事遂沮格。文鸾竟郁郁发病死。余不知也。数年后稍稍闻之，亦如雁过长空，影沉秋水矣。今岁五月，将扈从启行，摒挡小倦，坐而假寐。忽梦一女翩然来。初不相识，惊问："为谁？"凝立无语。余亦遽醒，莫喻其故也。适家人会食，余偶道之。第三子妇，余甥女也，幼在外家与文鸾嬉戏，又稔知其赍恨事，瞿然曰："其文鸾也耶？"因具道其容貌形体，与梦中所见合。是耶非耶？何二十年来久置度外，忽无因而入梦也？询其葬处，拟将来为树片石。皆曰邱陇已平，久埋没于荒榛蔓草，不可识矣。姑录于此，以慰黄泉。忆乾隆辛卯九月③，余题秋海棠诗曰："憔悴幽花剧可怜，斜阳院落晚秋天。词人老大风情减，犹对残红一怅然。"宛似为斯人咏也。

【注释】

①戒日：语出《周礼·天官·太宰》："祀五帝，帅执

事而卜日，遂戒。”后以戒日为“卜日”。脂车：油涂车轴，以利运转。借指驾车出行。

②嗾（sǒu）：教唆，唆使。

③乾隆辛卯：乾隆三十六年辛卯（1771）。

【译文】

已故的四婶李安人，有个婢女叫文鸾，四婶最喜欢她。正好我寄信回家想要个侍女，四婶在几个侄子中最喜欢我，就打算把文鸾给我。她私下问文鸾时，文鸾也一点儿没有拒绝的意思。四婶就帮她准备好衣服首饰，选了日子要送她到我这里来。有嫉妒的人唆使文鸾的父亲提了很多要求，事情就泡汤了。文鸾竟然忧郁成病死了。我并不知道这些事。几年后，才渐渐地听到一些传闻，也像雁过长空，影子掠过水面一样，没有留下什么印象。直到今年五月，我随从圣驾到滦阳，临行前收拾行李有点儿累了，就坐下来闭目养神。忽然梦见有个女子翩然而来。开始时我不认识她，惊问：“你是谁？”她却伫立着一声不吭。我也一下子就醒了过来，不知这是怎么一回事。等到和家人一起吃饭时，我偶然提及这个梦。我的三儿媳，原来是我外甥女，小时候在外婆家时，常和文鸾一起玩，她熟知文鸾含恨而死的事，又惊又怕道：“会不会是文鸾？”她详细地描绘文鸾的身形容貌，与我梦中所见的女子十分相符。是不是她呢？为什么我二十年来一直都没有把那件事放在心上，她却突然无缘无故地闯进我的梦里？我就打听她葬在什么地方，准备将来为她立块碑。家人都说她的坟墓已经平了，淹没在荒榛野草里，辨认不出来了。我只好把这件事情记下来，来安慰黄泉之下的幽魂。记得乾隆辛卯年九月，我写过一首咏秋海棠的诗："憔悴幽花剧可怜，斜阳院落晚秋天。词人老大风情减，犹对残红一怅然。"简直像是为文鸾写的。

卷二十一

滦阳续录三

本卷故事的主角有一种共性：坚持，执着。描述对象不同，这种秉性所展示的现实意义也就不同。妖魅的坚持，就是邪恶；书生一厢情愿的坚持，就是迂腐；喜欢玩乐的人坚持，就是痴迷。邪恶误人杀人，终究也难逃覆灭；迂腐害人害己，唯有改变才能挽救危局；痴迷不仅仅留下笑柄，还伤了自己误了大事；只有恪守道德准则的坚持，才能到达理想的境界。纪昀强调，人们一定要毫不松懈守护好自己，要修炼得内心足够强大，对于邪恶才能有足够的免疫力，才能防范来自邪恶的各种侵扰。对于迂腐、痴迷，纪昀一向不以为然，常常是以讥讽和嘲笑来劝诫。他劝人们，一味痴迷，原本的快乐就成了苦难；一旦明白事理，苦难也能转化为快乐。

德州李秋崖言：尝与数友赴济南秋试，宿旅舍中，屋颇敝陋。而旁一院，屋二楹，稍整洁，乃锁闭之。怪主人不以留客，将待富贵者居耶？主人曰：“是屋有魅，不知其狐与鬼，久无人居，故稍洁。非敢择客也。”一友强使开之，展襆被独卧，临睡大言曰：“是男魅耶，吾与尔角力；是女魅耶，尔与吾荐枕。勿瑟缩不出也。”闭户灭烛，殊无他异。人定后，闻窗外小语曰：“荐枕者来矣。”方欲起视，突一巨物压身上，重若磐石，几不可胜。扪之，长毛鬌鬌①，喘如牛吼。此友素多力，因抱持搏击。此物亦多力，牵拽起仆，滚室中几遍。诸友闻声往视，门闭不得入，但听其砰訇而已。约二三刻许，魅要害中拳，嗷然遁。此友开户出，见众人环立，指天画地，说顷时状，意殊自得也。时甫交三鼓，仍各归寝。此友将睡未睡，闻窗外又小语曰：“荐枕者真来矣。顷欲相就，家兄急欲先角力，因尔唐突。今渠已愧沮不敢出，妾敬来寻盟也。”语讫，已至榻前，探手抚其面，指纤如春葱，滑泽如玉，脂香粉气，馥馥袭人。心知其意不良，爱其柔媚，且共寝以观其变。遂引之入衾，备极缱绻。至欢畅极时，忽觉此女腹中气一吸，即心神恍惚，百脉沸涌，昏昏然竟不知人。比晓，门不启，呼之不应，急与主人破窗入，噀水喷之②，乃醒，已儽然如病夫③。送归其家，医药半载，乃杖而行。自此豪气都尽，无复轩昂意兴矣。力能胜强暴，而不能不败于妖冶。欧阳公曰："祸患常生于忽微，智勇多困于所溺。"岂不然哉！

【注释】

①鬖鬖（sān）：毛发垂下来的意思。

②噀（xùn）：含在嘴里喷出来。

③儽（léi）然：疲惫、颓丧的样子。

【译文】

德州人李秋崖说：他曾经和几个朋友去济南参加秋试，住进了一家旅店，旅店的房子十分破旧。而旁边一个院子，有两间房屋，看上去比较干净，房门却锁着。他们责怪旅店主人不想给客人住，难道想留给有钱人住？主人说："这两间房有魅怪，不知是狐还是鬼，好久无人敢住，所以比别处干净一些。不是我敢挑选客人。"有个朋友坚持叫主人打开那两间房，铺开被褥独自躺下，临睡前放出大话说："如果碰上男鬼，我就比比力气；若是女鬼，正好陪我睡觉。别缩着不敢出来。"他关门吹灭蜡烛睡下了，也没发生什么事。夜深人静后，他听到窗外有人小声说："陪你睡觉的来了。"他正要坐起来看，突然有个大家伙压到他身上，重得像磨盘，简直受不了。摸一摸，满身披挂着长长的毛，喘气的声音像牛吼一般。这个朋友一向很有力气，就同那个家伙搏斗起来。那个家伙力气也很大，双方撕扯滚打，几乎在屋子里滚遍了。另外几个朋友听到声音来看，房门紧紧关着，只听见里面"砰砰訇訇"的。约摸过了两三刻钟，那个怪物被一拳击中要害，"嗷"地一声逃走了。

这个朋友开门出来，见众人围绕着站在门外，就指天画地描绘起与怪物搏斗的情状，看上去很是得意。当时刚交三更，大家各自回房睡下。这个朋友将睡未睡时，又听窗外小声说："陪你睡觉的真来了。刚才我本想来，家兄非要先跟你较量较量，因而有所冒犯。如今他已经是羞愧不敢来了，我恭恭敬敬前来赴约。"说罢，女子已经来到床边，她用手抚摸他的脸，手指纤细若春葱，润滑如玉，脂粉香气扑面而来，沁人心脾。这个朋友明知她居心不良，却喜欢她温柔妩媚，就想暂且与她同床，看看她怎么变怪。于是他将女子拉进被窝，极其缠绵亲热。正觉得欢畅时，他忽然觉得女子腹中猛一吸气，立即心神恍惚、血脉沸腾起来，不一会儿就昏昏沉沉不醒人事了。早上，他不开门，叫也没人应声，朋友们急忙和主人一道破窗而入，用水喷醒他，已经有气无力是个病人了。众人将他送回了家，他求医问药治了半年，才勉强能够拄着拐杖走路。从此后他豪气丧尽，再也没有那种趾高气扬的样子了。这个人的勇力可以胜强暴，却不能不败于妖艳女子之手。欧阳修说："祸患常起于微小的疏忽，智勇者多败于他所溺爱的事物。"难道不是这样么！

　　余家水明楼与外祖张氏家度帆楼，皆俯临卫河。一日，正乙真人舟泊度帆楼下。先祖母与先母，姑侄也，适同归宁，闻真人能役鬼神，共登楼自窗隙窥视。见三人跪岸上，若陈诉者；俄见真人若持笔判断者。度必邪魅事，遣仆侦之。

仆还报曰：对岸即青县境。青县有三村妇，因拾麦，俱僵于野。以为中暑，舁之归。乃口俱喃喃作谵语，至今不死不生，知为邪魅。闻天师舟至，并来陈述。天师亦莫省何怪，为书一符，钤印其上①，使持归焚于拾麦处，云姑召神将勘之。数日后，喧传三妇为鬼所劫，天师劾治得复生。久之，乃得其详曰：三妇魂为众鬼摄去，拥至空林，欲迭为无礼。一妇俯首先受污。一妇初撑拒，鬼揶揄曰："某日某地，汝与某幽会秫丛内。我辈环视嬉笑，汝不知耳，遽诈为贞妇耶！"妇猝为所中，无可置辩，亦受污。十馀鬼以次媟亵，狼藉困顿，殆不可支。次牵拽一妇，妇怒詈曰："我未曾作无耻事。为汝辈所挟，妖鬼何敢尔！"举手批其颊。其鬼奔仆数步外，众鬼亦皆辟易，相顾曰："是有正气，不可近，误取之矣。"乃共拥二妇入深林，而弃此妇于田塍，遥语曰："勿相怨，稍迟遣阿姥送汝归。"正旁皇寻路，忽一神持戟自天下，直入林中，即闻呼号乞命声，顷刻而寂。神携二妇出曰："鬼尽诛矣，汝等随我返。"恍惚如梦，已回生矣。往询二妇，皆呻吟不能起。其一本倚市门，叹息而已；其一度此妇必泄其语，数日，移家去。

余尝疑妇烈如是，鬼安敢摄。先兄晴湖曰："是本一庸人妇，未遭患难，无从见其烈也。追观两妇之贱辱，义愤一激，烈心陡发，刚直之气，鬼遂不得不避之。故初误触而终不敢干也。夫何疑焉！"

【注释】

①钤（qián）印：盖印章。

【译文】

我家的水明楼和外祖父张氏家的度帆楼，都俯临着卫河。有一天，正乙真人的船泊在度帆楼下。先祖母和先母是姑姑和侄女，恰好一同回娘家，听说真人能驱神役鬼，就一同上楼从窗缝里偷看。只见有三个人跪在岸上，好像陈述什么；接着看见真人拿着笔好像在写判书。估计肯定是邪魅的事，就打发仆人去探问。

仆人回来报告说：对岸就是青县境内。青县有三个女人去拾麦子，都直挺挺倒在地里。以为是中暑，抬了回来。这三个人嘴里喃喃说着胡话，至今不死不活，这才知道是中了邪魅。听说天师的船到了，就一道来陈述。天师也不知道是什么怪，就给他们写了一道符，在上面盖了印章，叫他们拿回去，在拾麦子的地方烧化，说是先召神将来查查。过了几天，人们哄说三个女人被鬼劫持，经天师镇治苏醒过来了。好久之后，才了解到详情是这样的：三个女人的魂被鬼摄去，推拥到一片树林里，要挨个玷辱。一个女人低头顺从先被侮辱了。一个女人起初还挣扎着抗拒，鬼嘲弄道："某天在某地，你和某某在高粱地里幽会。我们围着你们看着你们嬉笑，只是你不知道而已，这会儿忽然又假装起贞妇来了！"这个女人一下被揭了老底，无话可说，也被污辱了。十多个鬼依次强暴这两个女人，把她们折磨得死去活来，几乎不行了。接着又来拉扯第三个女人，这个女人怒骂道："我从来没做无耻的事，却被你们挟持来，妖鬼怎么敢这样！"抬手就抽鬼的耳光。挨打的鬼倒退好几步，其他鬼也被吓退了，互相看了看，说："这个人有正气，不能靠近，我们找错了人。"于是一起拥着那两个女人进了深林，把这个女人扔在田埂上，远远地说："别怨我们，过会儿打发某姥姥送你回去。"她正在慌慌张张找回去的路，忽然有一个神拿着戟从天而降，直奔树林，随即就听见呼叫哀求饶命的声音，不一会儿，哀叫声消失了。神把那两个女人领了出来，说："鬼都被诛杀了，你们跟我回去。"恍恍惚惚像做了一场梦，三人又都醒了过来。人们去看望另两个女人，她俩都呻吟着起不了床。其中一个本来是卖淫的，只有叹气而已；另一个女人揣度没有受辱的那个女人肯定要把鬼说的话传出去，几天后，搬了家。

我曾怀疑，没有受辱的那个女人这么刚烈，鬼怎么敢摄她的魂。先兄晴湖说："她本来是个平常人的妻子，没有经过灾难，也就无从表现她的刚烈。等她看到另外两个女人受辱，激于义愤，刚烈之气陡然冲起，鬼也不得不避开。所以鬼起初误犯了她，却终于不敢对她动手动脚。这有什么疑问呢！"

刘书台言：其乡有导引求仙者①，坐而运气，致手足拘挛②，然行之不辍。有闻其说而悦之者，礼为师，日从受法，久之亦手足拘挛。妻孥患其闲废致郁结，乃各制一椅，恒异于一室，使对谈丹诀。二人促膝共语，寒暑无间，恒以为神仙奥妙，天下惟尔知我知，无第三人能解也。人或窃笑，二人闻之，太息曰："朝菌不知晦朔，蟪蛄不知春秋③，信哉是言，神仙岂以形骸论乎！"至死不悔，犹嘱子孙秘藏其书，待五百年后有缘者。或曰："是有道之士，托废疾以自晦也。"余于杂书稍涉猎，独未一阅丹经。然欤否欤？非门外人所知矣。

【注释】

①导引：古代健身法，由意念引导动作，配合呼吸，由上而下或由下而上运气。

②拘挛：肌肉收缩，不能自如伸展。

③"朝菌"二句：语见《庄子·逍遥游》。一是形容人见识短浅，二是表示人生短暂。"晦"指的是每月最后一天，"朔"指的是每月的第一天。蟪蛄，一名寒蝉。旧说，寒蝉春生夏死，夏生秋死，寿命不到一年，所以说不知春秋。

【译文】

刘书台曾说：他的乡里有个人练导引术，以求成仙，他坐着运气，以至于手足痉挛蜷缩，但是他仍然修炼不停。另外有个人听到这人的言论很感兴趣，就恭敬地拜这个人为师，天天跟他学习，时间一长，他的手脚也痉挛蜷缩起来。这两个人的妻子儿女们都担心他们这么残废了闲坐下去会抑郁成病，就各做了一把椅子，常常把这二人抬到一个房间里，让他们面对面谈论炼丹的秘诀。二人促膝交谈，不管是冬天还是夏天，都从不间断，他们常以为神仙的奥秘，这个世界上就只有他们二人知道，再没有第三个人能够领会。有人在背后笑话他们，这二人听到了，叹息道："朝菌不知道月初月底，蟪蛄不知道有春天有秋天，这句话千真万确，神仙怎么能用外形来评判呢？"这二人直到死也不悔悟，还嘱咐子孙好好地保存他们的书，等待五百年后有缘分的人来读。也有人说："这二人是有道之士，假装残废隐藏自己的真实面目。"我读过不少的杂书，只是没有读过丹经之类的书。所以上面的说法是对还是错呢？就不是我这个门外汉所能知道的了。

　　嘉庆丙辰冬①，余以兵部尚书出德胜门监射②。营官以十刹海为馆舍，前明古寺也。殿宇门径，与刘侗《帝京景物略》所说全殊③，非复僧住一房佛亦住一房之旧矣。寺僧居寺门一小屋，余所居则在寺之后殿，室亦精洁。而封闭者多，验之，有乾隆三十一年封者④，知旷废已久。余住东廊室内，气冷如冰，爇数炉不热⑤，数灯皆黯黯作绿色。知非佳处，然业已入居，姑宿一夕，竟安然无恙。奴辈住西廊，皆不敢睡，列炬彻夜坐廊下，亦幸无恙。惟闻封闭室中，喁喁有人语，听之不甚了了耳。轿夫九人，入室酣眠。天晓，已死其一矣。

　　饬别觅居停，乃移住真武祠。祠中道士云，闻有十刹海老僧，尝见二鬼相遇，其一曰："汝何来？"曰："我转轮期未至，偶此闲游。汝何来？"其一曰："我缢魂之求代者也。"问："居此几年？"曰："十馀年矣。"又问："何以不得代？"曰："人见我皆惊走，无如何也。"其一曰："善攻人者藏其机，匕首将出袖而神色怡然，乃有济也。汝以怪状惊之，彼奚为不走耶？汝盍脂香粉气以媚之，抱衾荐枕以悦之，必得当矣。"老僧素严正，厉声叱之，欻然入地。数夕后，寺果有缢者。此鬼可谓阴险矣。然寺中所封闭，似其鬼尚多，不止此一二也。

【注释】

①嘉庆丙辰：嘉庆元年（1796）。

②监射：主持科举考试。

③《帝京景物略》：清代刘侗撰。详细记载了明代北京城的风景名胜、风俗民情等。

④乾隆三十一年：1766 年。

⑤爇（ruò）：烧，烤。

【译文】

嘉庆丙辰年冬，我以兵部尚书的身份出德胜门主持科举考试。营官安排我住在什刹海，这是前明时的一座古庙。庙里的殿堂门径，与刘侗在《帝京景物略》中记载的完全不一样，不再遵循僧住一房、佛住一房的老规矩了。和尚们住在庙门内的一间小屋里，我住在寺庙后殿，殿内殿外清洁而雅致。可是有不少殿堂的门都被封了起来，我察看了一下，有的竟然是乾隆三十一年封的，看来旷废已久了。我住在后殿东廊下的一间屋里，屋内气温冷得像冰窖，生了几个火炉都不暖和，点燃的几盏灯都昏黄暗淡发出绿莹莹的光。我知道这不是什么好地方，可是已经住进来了，姑且住一夜，最终也没发生意外。奴仆们住在西廊下各间屋里，到了晚上都不敢睡觉，点着灯彻夜坐在廊下，也没遇到什么麻烦。不过，他们听到被封闭的殿堂里有嘀嘀咕咕的说话声，只是听不太清楚。九个轿夫，到屋子里蒙头大睡。天亮时，发现死了一个。

我下令收拾行李另找了住处，换到真武祠。祠里的道士说，听说什刹海的老和尚，曾亲眼见到两个鬼相遇，其中一个说："你干什么来了？"另一个说："我转轮之期还没到，偶尔到这里闲游。你到这里干什么？"前一个说："我是个吊死鬼，在这里等着找替身。"后一个问："来几年了？"前一个答："十几年了。"又问："怎么还没找到替身？"答："人一见到我都吓跑了，我实在没办法。"后一个说："善于攻击者总是暗藏杀机，匕首将要出袖却仍然神情坦然，这才有成功的把握。你现出怪相吓唬人，人哪有不跑的道理？你若是幻化成涂脂抹粉的美女去迷惑他，搂着他上床睡觉让他高兴，然后乘机行事，必定可以得手。"老和尚一向秉性严正，厉声将他们斥责了一顿，这两个鬼倏地缩进地下不见了。几天后，庙里果然有人上吊自尽了。这两个鬼真是太阴险了。不过庙里那些封闭的殿堂，这种鬼恐怕还很多，不止一两个。

卷二十二

滦阳续录四

　　本卷中，纪昀认真描述了老奴和老尼的事迹，再一次表达了对于那些生活在社会底层、没有接受过教育的善良百姓的敬重，也又一次表达了对于这个人群的一种遗憾之情。这种遗憾之情，在《阅微草堂笔记》的其他篇目里也曾经流露过，比如为了生存而勇敢大胆"越礼"的两个女子，比如为了赡养老人"至孝"而"至淫"的郭六一样的弱女子，比如那个因为痛悔自己顶撞兄长以至于"一踊而绝"的郭三槐，等等，都引发了纪昀深沉的感慨。纪昀希望用温柔敦厚的君子人格，来规范人们的修养，进而调节人际关系，缓和社会矛盾，维护社会秩序。《阅微草堂笔记》以故事加议论的方式表现了孟子在儒学思想上的发展，本卷中再次提到的"质美而未学"，其实就是孟子思想的图解式发挥：人天生就有"恻隐、羞恶、辞让、是非"四种善端的萌芽，经过一番"修身"、"养性"的培养，就可以发展成为仁义礼智"四德"。纪昀以这样的故事，试图唤起官员和文人重视普通百姓的教育和关注，这样的思考，是有着积极意义的。

老仆施祥尝曰："天下惟鬼最痴。鬼据之室，人多不住，偶然有客来宿，不过暂居耳，暂让之何害？而必出扰之。遇禄命重、血气刚者，多自败；甚或符箓劾治，更蹈不测。即不然，而人既不居，屋必不葺，久而自圮，汝又何归耶？"老仆刘文斗曰："此语诚有理，然谁能传与鬼知？汝毋乃更痴于鬼！"姚安公闻之，曰："刘文斗正患不痴耳。"

祥小字举儿，与姚安公同庚，八岁即为公伴读。数年，始能暗诵《千字文》；开卷乃不识一字。然天性忠直，视主人之事如己事，虽嫌怨不避。尔时家中外倚祥，内倚廖媪，故百事皆井井。雍正甲寅①，余年十一，元夜偶买玩物。祥启张太夫人曰："四官今日游灯市，买杂物若干。钱固不足惜，先生明日即开馆，不知顾戏弄耶？顾读书耶？"太夫人首肯曰："汝言是。"即收而键诸箧。此虽细事，实言人所难言也。今眼中遂无此人，徘徊四顾，远想慨然。

【注释】

①雍正甲寅：雍正十二年（1734）。

【译文】

老仆人施祥曾经说："天下只有鬼最痴。鬼占据的房间，人大多不去住，偶尔有客人来住，不过是临时居住而已，暂时让出来又有什么害处？但鬼一定要出来扰乱客人。遇到禄命旺盛、血气刚强的人，鬼就大多败露坏了自己的事；甚至遭到符箓的劾治，更是在劫难逃。即使不这样，人既然不来居住，房屋一定不再修整，时间一长就坍塌了，鬼又住到哪里去呢？"老仆人刘文斗说："这话确实很有道理，但是谁能把这话转告给鬼呢？你岂不是比鬼更痴！"姚安公听到这话，说："刘文斗的毛病就在于不痴。"

　　施祥，小字举儿，与姚安公同年出生，八岁就成为姚安公的伴读。几年后，他才能默诵《千字文》；而打开书本，他还是一个字都不识。但是，他秉性忠直，把主人的事当作自己的事看待，即使遭到怨恨也不退避。当时，家中事务外面的依靠施祥，家里的依靠廖媪，所以每件事都井井有条。雍正甲寅年，我十一岁，元宵夜偶尔买了玩具。施祥启禀张太夫人说："四官人今天游玩灯市时，买了几件杂物。这点儿钱财本来不足惜，只是先生明天就开馆上课，不知四官人是顾得游戏呢，还是顾得读书呢？"太夫人赞同说："你说得有道理。"就收去玩具锁在箱子里。这虽然是件小事，他却实在是说了别人不好开口的话。现在，我眼前已经没有这个人了，徘徊四顾，遥想过去，感慨万分。

　　老仆施祥，尝乘马夜行至张白。四野空旷，黑暗中有数人掷沙泥，马惊嘶不进。祥知是鬼，叱之曰："我不至尔墟墓间，何为犯我？"群鬼揶揄曰："自作剧耳，谁与尔论理。"祥怒曰："既不论理，是寻斗也。"即下马，以鞭横击之。喧哄良久，力且不敌；马又跳踉掣其肘。意方窘急，忽遥见一鬼狂奔来，厉声呼曰："此吾好友，尔等毋造次！"群鬼遂散。祥上马驰归，亦不及问其为谁。次日，携酒于昨处奠之，祈示灵响，寂然不应矣。祥之所友，不过厮养屠沽耳，而九泉之下，故人之情乃如是。

【译文】

老仆施祥，曾经骑马夜里赶路到张白。四野空旷无人，黑暗里有几个人扬泥沙，马惊叫不往前走。施祥知道是鬼，呵叱道："我没有进到你们的坟墓，为什么来侵犯我？"群鬼们嘲弄道："我们自己在玩，谁和你讲道理。"施祥怒道："既然不讲道理，就是要找架打了。"随即下马，用鞭子横扫。喧哗哄闹了好久，他渐渐支持不住了；马又乱蹦乱跳碍事。正当他又急又窘之时，忽然远远看见一个鬼狂奔过来，厉声叫道："这是我的好朋友，你们不要乱来！"群鬼都散去了。施祥骑上马跑了回来，也没来得及问那个鬼是谁。第二天，他带着酒来到昨夜打斗的地方祭奠，祈求鬼魂显示声响，却静悄悄没有回音。施祥的朋友，不过是砍柴、喂马、屠户、卖酒之类的人，但是在九泉之下，还这样念念不忘老朋友的情谊。

沧州甜水井有老尼，曰慧师父，不知其为名为号，亦不知是此"慧"字否，但相沿呼之云尔。余幼时，尝见其出入外祖张公家。戒律谨严，并糖不食，曰："糖亦猪脂所点成也。"不衣裘，曰："寝皮与食肉同也。"不衣绸绢，曰："一尺之帛，千蚕之命也。"供佛面筋必自制，曰："市中皆以足踏也。”焚香必敲石取火，曰：“灶火不洁也。”清斋一食，取足自给，不营营募化。外祖家一仆妇，以一布为施。尼熟视识之，曰：“布施须用己财，方为功德。宅中为失此布，笞小婢数人，佛岂受如此物耶？”妇以情告曰：“初谓布有数十匹，未必一一细检，故偶取其一。不料累人受箠楚，日相诅咒，心实不安。故布施求忏罪耳。”尼掷还之曰：“然则何不密送原处，人亦得白，汝亦自安耶！”后妇死数年，其弟子乃泄其事，故人得知之。乾隆甲戌、乙亥间①，年已七八十矣，忽过余家，云将诣潭柘寺礼佛，为小尼受戒。余偶话前事，摇首曰：“实无此事，小妖尼饶舌耳。”相与叹其忠厚。临行，索余题佛殿一额。余属赵春涧代书。合掌曰：“谁书即乞题谁名，佛前勿作诳语。”为易赵名，乃持去，后不再来。近问沧州人，无识之者矣。

又，景城天齐庙一僧，住持果成之第三弟子。士人敬之，无不称曰三师父，遂佚其名。果成弟子颇不肖，多散而托钵四方。惟此僧不坠宗风，无大刹知客市井气②，亦无法座禅师骄贵气；戒律精苦，虽千里亦打包徒步，从不乘车马。先兄晴湖尝遇之中途，苦邀同车，终不肯也。官吏至庙，待之礼无加；田夫、野老至庙，待之礼不减。多布施、少布施、无布施，待之礼如一。禅诵之馀，惟端坐一室，入其庙如无人者。其行事如是焉而已。然里之男妇，无不曰三师父道行清高。及问其道行安在，清高安在，则茫然不能应。其所以感动人心，正不知何故矣。尝以问姚安公，公曰："据尔所见，有不清不高处耶？无不清不高，即清高矣。尔必欲锡飞、杯渡③，乃为善知识耶？"此一尼一僧，亦彼法中之独行者矣。三师父涅槃不久④，其名当有人知，俟见乡试诸孙辈，使归而询之庙中。

【注释】

①乾隆甲戌、乙亥：乾隆十九年（1754）、乾隆二十年（1755）。

②知客：禅林中司掌迎送与应接宾客之职称。

③锡飞：佛教语。谓僧人等执锡杖飞空。杯渡：传说中的高僧，因为他常常凭借一只大木制杯子渡河，所以人称"杯渡"。

④涅槃：佛教用语。佛教认为，轮回是一个必然过程。人死以后，"识"会离开人体，进入另一个刚刚出生的新生命体内，该新生命体可以是人类，也可以是动物、鬼、神。只有到达涅槃的境界方可摆脱轮回。

【译文】

沧州甜水井有位老尼姑，叫慧师父，不知道这是她的名字还是她的号，也不知是不是这个"慧"字，只是人们都这么沿袭着称呼。我小时候，曾经见到她在外祖父张雪峰先生家出出进进。她守戒极严，连糖也不吃，说："糖也是用猪油点成的。"她不穿皮草，说："穿皮衣服跟吃肉一样。"她也不穿绸绢做的衣服，说："一尺绸绢，是上千条蚕的性命换来的。"供佛用的面筋，她一定要自己做，说："市上卖的，做的时候都用脚踩。"烧香时一定要用火石打火，说："灶火不干净。"她的斋饭清淡，自给自足，从来不忙忙碌碌去募化。外祖父家有一位女仆，施舍她一匹布。她仔细审视了布之后认了出来，说："施舍必须是自己的东西，才能成为功德。府上因为丢了这匹布，有好几个小婢挨了打，佛怎么能接受这样的东西呢？"女仆坦白说："原先以为有几十匹布，未必能一一点查，所以就拿了一匹。不料连累了别人挨打，天天诅咒，我的心中实在不安。所以布施这匹布忏悔恕罪。"老尼把布扔还她说："你为什么不悄悄送还原处，这样别人也可以洗清自己，你也可以心安！"女仆死了几年之后，老尼的弟子把这事透露了出来，所以人们才知道。乾隆甲戌、乙亥年间，她已经七八十岁了，有一天她忽然来到我家，说要去潭柘寺拜佛，为小尼姑受戒。我偶然说到前面的事，她摇头说："哪有这事，是小尼姑们乱说。"在座的无不叹息她的忠厚。临行，她求我为佛殿写一幅匾额。我托赵春硐代写。她双手合十说："是谁写的，就请签署谁的名，在佛前不要打诳语。"换上赵春硐的名字后，她才拿走了，后来她再也没来过。近来问起沧州人，竟然没有人知道她。

又，景城天齐庙有位和尚，是住持僧果成的第三个弟子。士绅们敬重他，都称他为三师父，倒把真名忘了。果成的弟子大多不怎么样，都托钵游食四方。只有这位三师父坚持师祖的作风，他没有名山大刹中知客僧的那种市侩气，也没有法座禅师的那种傲气贵气；他守戒勤苦，即便是千里路程也背着包袱步行，从来不乘车骑马。先兄晴湖曾经在路上遇到他，苦苦邀请他上车，他始终不肯。官员来到庙里，他对待他们的礼节并没有增加；农夫村叟来到庙里，他对待他们的礼节并不减少。布施多的、布施少的、不布施的，他都同样对待。他诵经之馀，端坐在一室之中，到庙里来的人以为庙里没有人。他的行事也只是如此而已。可是乡里无论男女，没有不说三师父道行清高的。等问到道行表现在哪儿，清高表现在哪儿，人们就茫然回答不上来了。三师父能够感动人心，不知是什么原因。我曾经问姚安公，他说："据你所见，他有不清高的地方么？没有不清不高的地方，就是清高。你认为必须像飞锡杖行空、乘木杯渡水那样才算是了悟一切的和尚么？"这一尼一僧，也是佛门中独有的志节高行者呵。三师父涅槃不久，他的姓名应当有人知道，等见到来参加乡试的诸孙辈，让他们回去到庙里打听清楚。

卷二十三

滦阳续录五

　　在复杂多变的社会上生存，在危机四伏的官场上周旋，纪昀到底有着怎样过人的智慧？《阅微草堂笔记》字里行间深藏着纪昀的生存谋略。写到本卷，是纪昀小说创作收尾阶段了，纪昀还是讲因果报应，还是讲各种奇闻异事，但是，写作的重心有所偏向处世哲学的探讨和说教。上一篇还是讲稀奇古怪的虚幻故事，下一篇却骤然写到了如何巧妙应对的生活琐事；有的指东说西；有的就直接是人生处世方式的断想。这其间隐去了实际事件的发生背景和生活状况的空间形态，从叙事的角度来看显得极其突兀；而领会其精神实质，其实还算得上自然。从日常生活事件领悟生存智慧，本身就是一种智慧。纪昀常常形象地阐释老子的"柔弱不争"思想。他一再表示，一味执拗不知变通是无法长久的，这种认识来源于对社会人生的洞察和体悟。他在自己的著述中一再强调除了官员理政以外的情形一律要"安命"。这些并不是被某些人所曲解的消极厌世、自甘落后，也不是投机取巧、圆滑狡黠，而是一种独特的取胜之道和全身保家的生存处世之道，又是有效调节人际关系、人与社会关系的重要原则。在黑暗专制的社会，选择老庄思想作为心理支撑，为生存找理由、找秘方，也不失为一种两全的办法。纪昀的处世智慧不是"厚黑学"，他告诉我们，为人处世都要有退让一步的态度才算高明，因为让一步就等于为自己谋得了获取更大进步的福地；待人接物能够宽容大度就是有福，因为给人方便实际上是为自己留下了日后的方便。这种处世态度，才是修养品德的方向。

戴东原言：其族祖某，尝僦僻巷一空宅。久无人居，或言有鬼。某厉声曰："吾不畏也。"入夜，果灯下见形，阴惨之气，砭人肌骨。一巨鬼怒叱曰："汝果不畏耶？"某应曰："然。"遂作种种恶状，良久，又问曰："仍不畏耶？"又应曰："然。"鬼色稍和，曰："吾亦不必定驱汝，怪汝大言耳。汝但言一畏字，吾即去矣。"某怒曰："实不畏汝，安可诈言畏？任汝所为可矣！"鬼言之再四，某终不答。鬼乃太息曰："吾住此三十馀年，从未见强项似汝者。如此蠢物，岂可与同居！"奄然灭矣。或咎之曰："畏鬼者常情，非辱也。谬答以畏，可息事宁人。彼此相激，伊于胡底乎？"某曰："道力深者，以定静祛魔，吾非其人也，以气凌之，则气盛而鬼不逼；稍有牵就，则气馁而鬼乘之矣。彼多方以饵吾，幸未中其机械也。"论者以其说为然。

【译文】

　　戴东原说：他家族的祖辈某人，曾经在荒僻街巷租了一座空宅子。这里长久没有人住，有人说有鬼。某祖厉声道："我不怕。"到了夜里，鬼果然在灯下显形，阴森惨毒的气息，侵人肌骨。一个大鬼怒叱道："你真的不怕么？"某祖应道："不怕。"鬼做出种种可怕的样子，过了好一会儿，又问："还不怕么？"某祖又说："不怕。"鬼的脸色稍缓和了些，说："我也不是非要把你吓走，只是怪你说大话。你只要说一个怕字，我就走了。"某祖发怒道："我真不怕你，怎么能撒谎说怕？随便你怎么办好了。"鬼再三劝说，他还是不答应。于是鬼叹息道："我住在这里有三十多年了，从没看见像你这么固执的。这种蠢家伙，怎么能同住在一起！"鬼一下子消失了。有人责备他说："怕鬼是人之常情，并不是什么难堪的事。撒谎说个怕字，可以息事宁人。如果彼此相互激惹，什么时候是个头？"某族祖道："道力深的人用定静来驱逐魔鬼，我不是道力深的人，只能以盛气对付他，我气盛鬼就不敢进逼；稍有迁就，我气馁鬼就趁机而入了。鬼想方设法引诱我，幸好我没进它的圈套。"谈论这件事的人认为某祖说得对。

有与狐为友者。天狐也，有大神术，能摄此人于千万里外。凡名山胜境，恣其游眺，弹指而去，弹指而还，如一室也。尝云："惟贤圣所居不敢至，真灵所驻不敢至，馀则披图按籍，惟意所如耳。"一日，此人祈狐曰："君能携我于九州之外，能置我于人闺阁中乎？"狐问何意，曰："吾尝出入某友家，预后庭丝竹之宴。其爱妾与吾目成，虽一语未通，而两心互照。但门庭深邃，盈盈一水，徒怅望耳。君能于夜深人静，摄我至其绣闼①，吾事必济。"狐沉思良久，曰："是无不可。如主人在何？"曰："吾侦其宿他姬所而往也。"后果侦得实，祈狐偕往。狐不俟其衣冠，遽携之飞行。至一处，曰："是矣。"瞥然自去。此人暗中摸索，不闻人声，惟觉触手皆卷轴，乃主人之书楼也。知为狐所弄，仓皇失措，误触一几倒，器玩落板上，碎声砑然。守者呼："有盗！"僮仆坌至，启锁明烛，执械入。见有人瑟缩屏风后，共前击仆，以绳急缚。就灯下视之，识为此人，均大骇愕。此人故狡黠，诡言偶与狐方忤，被提至此。主人故稔知之，拊掌揶揄曰："此狐恶作剧，欲我痛抶君耳②。姑免笞，逐出！"因遣奴送归。他日，与所亲密言之，且詈曰："狐果非人，与我相交十馀年，乃卖我至此。"所亲怒曰："吾与某交，已不止十馀年，乃借狐之力，欲乱其闺阃。此谁非人耶？狐虽愤君无义，以游戏儆君，而仍留君自解之路，忠厚多矣。使待君华服盛饰，潜挈置主人卧榻下，君将何词以自文？由此观之，彼狐而人，君人而狐者也。尚不自反耶？"此人愧沮而去。狐自此不至，所亲亦遂与绝。郭彤纶与所亲有瓜葛，故得其详。

【注释】

①绣闼（tà）：装饰华丽的门。

②抶（chì）：用鞭、杖或竹板之类的东西打。

【译文】

有个人和狐狸是朋友。这是一只天狐，有神通法术，能把这个人摄起到千里万里之外。凡是名胜古迹，任他游玩观赏，弹指间去了，弹指间又回来，好像在一间房子里走动。狐狸曾经说："只有圣贤住的地方不敢去，真正神仙住的地方不敢去，其馀地方都能按照地图书籍的标示，想到哪里都可以如愿。"一天，这个人请求狐狸说："你能把我带到九州之外，那么你能把我带到人家的闺阁里去吗？"狐狸问他是什么意思，他说："我曾经在某个朋家往来出入，参加了在他家后院举行的歌舞宴会。朋友的爱妾和我眉目传情，虽然没有说一句话，但是两个人的心思却互相明白。只是他家宅屋深大，就像牛郎织女一水相隔，只能怅然相望罢了。你如果能够在夜深人静时把我弄到她的闺房里，我的好事就成了。"狐狸沉思了好久，说："这没有什么办不到的。如果刚好主人在怎么办？"他说："等我打听到主人住到别的姬妾那里时我才去。"后来，他果然打听清楚了，请求天狐带他前往。狐狸不等他穿戴好，就马上带着他飞行。到了一个地方说："是这里了。"转眼就不见了。这个人在黑暗中摸索，听不见人的声音，只是感觉到手触摸到的都是卷轴，原来是主人的书楼。他知道被狐狸耍了，仓皇失措，不小心碰倒了一张案几，器玩落在地板上，发出"砰砰"摔碎的声音。守夜的喊："有贼！"僮仆一起赶来，打开锁点亮烛火，拿着棍棒进了房间。看见有人瑟缩在屏风后面，一起上前把他打倒，用绳子捆起来。在灯下仔细一看，认出是他，都很吃惊。这个人也很狡猾，撒谎说偶然和狐友闹翻了，被拎到这儿。主人和他很熟悉，拍着手掌嘲弄他说："这是狐狸的恶作剧，想要我痛打你罢了。现在暂时免去鞭打，驱逐出境！"于是派奴仆把他送了回去。后来有一天，他和好友悄悄说起这件事，还骂道："狐狸果然不是人，和我交往了十多年，还这样把我卖了。"好友怒道："你和某某相交，已经不止十多年，还想借助狐精的力量，勾搭他的妻妾。究竟谁不是人呢？狐狸虽然为你不讲义气而生气，开个玩笑警告你，却还给你留下脱身的后路，这就很忠厚了。假如等你穿得衣冠楚楚，偷偷把你弄到主人的床下，你还有什么借口来解释呢？由此看来，狐精倒是人，你虽然有人的外表却实际上是狐狸。你还不自己反省吗？”这个人惭愧沮丧地走了。从此，狐精不再与他来往，朋友也和他断绝了关系。郭彤纶和此人的密友有些交情，所以知道这件事的详细经过。

门联唐末已有之，蜀辛寅逊为孟昶题桃符①，“新年纳馀庆，嘉节号长春”二语是也。但今以朱笺书之为异耳。余乡张明经晴岚②，除夕前自题门联曰：“三间东倒西歪屋，一个千锤百炼人。”适有锻铁者求彭信甫书门联，信甫戏书此二句与之。两家望衡对宇，见者无不失笑。二人本辛酉拔贡同年③，颇契厚，坐此竟成嫌隙。凡戏无益，此亦一端。又，董曲江前辈喜谐谑，其乡有演剧送葬者，乞曲江于台上题一额。曲江为书“吊者大悦”四字，一邑传为口实，致此人终身切齿，几为其所构陷。后曲江自悔，尝举以戒友朋云。

【注释】

① “门联”二句：孟昶（chǎng，919—965），初名仁赞，字保元。后蜀末代皇帝，934—964年在位。据传，后蜀广政二十七年（964）春节前夕，孟昶下

令，要群臣在"桃符板"（画有神像的桃木板，旧
时认为可以避邪）上题写对句，以试才华。他亲笔
在"桃符板"上写了"新年纳馀庆，佳节号长春"，
被认为是我国有文字以来第一副对联。据考证，其
实中国对联第一人比孟昶早四百多年，是南朝梁代
的刘孝绰。刘孝绰曾在建康（今江苏南京）做官，
辞官后不愿被打扰，书写"闭门罢庆吊，高卧谢公
卿"二句贴在门上，成为中国第一副对联。

②明经：汉朝时出现的选举官员科目，到唐代时科举
以诗赋取士谓之进士，以经义取士谓之明经。明清
时代，明经成为贡生的别称。

③辛酉：乾隆六年（1741）。

【译文】

门联从唐代末年已经有了，蜀国辛寅逊为孟昶题写在
桃符板上的"新年纳馀庆，嘉节号长春"两句就是。不过
现在用红纸书写，和以前不同罢了。我的同乡张晴岚贡生，
除夕时自己在门口题一副门联："三间东倒西歪屋，一个千
锤百炼人。"刚好有个打铁匠请彭信甫写门联，彭信甫顺手
就把这两句写上送给打铁匠。这两户人家房子靠近，门户
相对，看到这两副门联的人，没有不笑出声来的。张晴岚
和彭信甫本来是辛酉年拔贡生的同榜，情谊相当深厚，却
因为这件事有了误会隔阂。凡是戏弄别人都没有好处，这
就是个例子。还有，董曲江前辈喜欢开玩笑，他家乡有家
葬礼上演戏的，主人请董曲江给戏台题个匾额。董曲江给
他写了"吊者大悦"四个字，乡间相传开来，成为话柄，

以致这个人恨他一生，几乎被这个人陷害。后来，董曲江也很后悔，曾经用这件事例来劝诫朋友。

陈云亭舍人言：其乡深山中有废兰若①，云鬼物据之，莫能修复。一僧道行清高，径往卓锡②。初一两夕，似有物窥伺。僧不闻不见，亦遂无形声。三五日后，夜有野叉排闼入，狰狞跳掷，吐火嘘烟。僧禅定自若。扑及蒲团者数四，然终不近身；比晓，长啸去。次夕，一好女至，合什作礼，请问法要。僧不答，又对僧琅琅诵《金刚经》，每一分讫，辄问此何解。僧又不答。女子忽旋舞，良久，振其双袖，有物簌簌落满地，曰："此比散花何如？"且舞且退，瞥眼无迹。满地皆寸许小儿，蠕蠕几千百，争缘肩登顶，穿襟入袖。或龁啮③，或搔爬，如蚊虻虮虱之攒咂；或抉剔耳目，擘裂口鼻，如蛇蝎之毒螫。撮之投地，爆然有声，一辄分形为数十，弥添弥众。左支右绌，困不可忍，遂委顿于禅榻下。久之苏息，寂无一物矣。僧慨然曰："此魔也，非迷也。惟佛力足以伏魔，非吾所及。浮屠不三宿桑下④，何必恋恋此土乎？"天明，竟打包返。余曰："此公自作寓言，譬正人之慑于群小耳。然亦足为轻尝者戒。"云亭曰："仆百无一长，惟平生不能作妄语。此僧归路过仆家，面上血痕细如乱发，实曾目睹之。"

【注释】

①兰若：梵语"阿兰若"的省称，寺庙。

②卓锡：僧人居留为卓锡。卓，植立。锡，锡杖。锡
　杖为僧人外出所用。

③龁（hé）：咬。

④浮屠不三宿桑下：佛陀时代，出家人乞食托钵，居
　无定所。因为印度是热带，所以出家人一般夜里都
　在树下休息。为了避免对住所的执着，一般出家人
　不能在同一棵树下连续休息三天。

【译文】

中书舍人陈云亭说：他家乡的深山里有座破庙，说
是被鬼类占据着，没有人能修复。一个和尚道行清高，径
自住进寺里。刚去的一两夜，似乎有什么怪物来偷看。和
尚当作不闻不见，这个怪物没有显形也没出声。三五天
后，夜间有夜叉推门闯进来，面目凶恶又蹿又跳，吐火喷
烟。和尚静坐自若。夜叉多次扑到他坐的蒲团边，却始终
靠近不了和尚的身体；天亮后，夜叉长啸一声离开了。第
二天晚上，来了个美女，合掌行礼，向和尚请问佛经的意
思。和尚不答，她又对着和尚琅琅念诵《金刚经》，她每念
一段，就问这一段是什么意思。和尚还是不回答。美女忽
然旋转着舞起来，舞了好久，一抖双袖，里面有东西"籁
籁"落了满地，她说："这比天女散花怎样？"她一边舞着
一边后退，转眼不见了。只见满地都是一寸左右的小孩，
蠕动着有几千几百个，争着沿着和尚的肩膀爬上头顶，或
从衣襟、袖子钻进去。或者乱啃乱咬，或者爬来爬去，好

像蚊虻虮虱聚堆叮咬；有的还扒眼睛耳朵，撕嘴、拉鼻子，好像是蛇、蝎用毒刺螫人。抓住它往地上一扔，还发出一声爆响，一个又分裂成几十个，越来越多。和尚左右挣持，疲惫得支持不住，于是瘫在禅床下。过了好久他才醒来，已经安安静静的什么也没有了。和尚感慨地说："这是魔，不是迷人的妖物。只有佛力才足以降伏魔，这不是我所能的。僧人不在同一棵桑树下住三夜，我何必依恋这里呢？"天亮后，径自打包回去了。我说："这是陈先生自己编的寓言，比喻正人君子受到众多小人的欺负。但这也足以让那些贸然采取行动的人引以为戒。"陈云亭说："我什么长处也没有，唯有一生不说谎。这个和尚回来时路过我家，脸上的血痕细如乱发，我确实亲自看到过。"

卷二十四

滦阳续录六

本卷是纪昀小说创作的收官之作。一卷书只有 18 则，看起来，纪昀的写作，写到本卷，真有点儿强弩之末的味道了。始于 1793 年"滦阳续录"的创作，直至嘉庆戊午三年（1798）才完成，纪昀自己说过，如同日已西斜，精神一天不如一天，再没有著书的兴致了，只是时常作点儿杂记，姑且消遣解闷。"滦阳续录"六卷，从篇目数量上而言，已经远远少于前四种之任何一种。由此我们也可以看到，《阅微草堂笔记》创作至此，所谓"景薄桑榆，精神日减"，并非虚词。值得注意的是，在最后一篇，纪昀不再像刚开始写作那样坚称自己小说的真实，他从一件事情有几种传闻意识到，所见相同而讲法不同，所听相同而讲法不同，传闻相同而讲法又不同，鲁国史书都是这样，何况野史小说呢！别人记录我家的事，哪些符合事实，哪些不符合，我是知道的，其他人不知道。那么，我记录别人的事，是根据听说的人转述的，有的假，有的真，有的遗漏，人家会知道，我也不会知道的。他自谦地称自己的作品，只要不丧失忠厚的意思，稍为保存劝善惩恶的目的，不像《碧云》那样颠倒是非；不像《周秦行记》那样带着个人恩怨；不像《会真记》那样描绘才子佳人；不像《杂事秘辛》那样描写男女淫乱，希望不被君子唾弃就是了。这种态度实在而诚恳，符合这位考据家的品行和素养。

景城北冈有玄帝庙①，明末所建也。岁久，壁上霉迹隐隐成峰峦起伏之形，望似远山笼雾。余幼时尚及见之。庙祝棋道士病其晦昧，使画工以墨钩勒，遂似削圆方竹。今庙已圮尽矣，棋道士不知其姓，以癖于象戏，故得此名。或以为齐姓误也。棋至劣而至好胜，终日丁丁然不休。对局者或倦求去，至长跪留之。尝有人指对局者一着，衔之次骨，遂拜绿章②，诅其速死。又一少年偶误一着，道士幸胜。少年欲改着，喧争不许。少年粗暴，起欲相殴。惟笑而却避曰："任君击折我肱，终不能谓我今日不胜也。"亦可云痴物矣。

【注释】

①玄帝：指颛顼。为上古五帝之一。

②绿章：旧时道士祭天时所写的奏章表文，用朱笔写在青藤纸上，故名。

【译文】

景城北面的山冈上有座玄帝庙，是明末建造的。由于年代久远，庙堂的墙壁上出现了霉斑，这些霉斑形成了隐隐约约的峰峦起伏的形状，看上去像是笼罩着烟雾的远山。我小时候还曾亲眼见过。庙中的住持棋道士不喜欢这样阴晦暗淡的色调，就让画工用笔墨勾勒渲染，就像把方竹削圆了一样煞风景。如今，这座庙早已坍塌废弃了，棋道士这个人，谁都说不上他的姓名，因为他酷好下象棋，因而得了这个名号。有人认为是姓齐，误为棋字。棋道士的棋术极差却极其逞强好胜，终日叮叮当当下个没完。有时候棋友累了想走，他拼命挽留，甚至跪下来一再恳求。曾经有个人为他的对手支了一着棋，他对人家恨之入骨，暗中写了符咒，咒人家赶快死。还有一次，一个年轻人错了一着，道士侥幸获胜。年轻人想悔棋，他吵吵嚷嚷坚决不答应。那个年轻人性情粗暴，站起身来要打他。他一边躲闪一边笑着说："即便你打断了我的胳膊，你也不得不承认我今天赢了你。"这个道士真称得上是棋痴了。

高官农家畜一牛，其子幼时，日与牛嬉戏，攀角捋尾皆不动。牛或嗅儿顶、舐儿掌，儿亦不惧。稍长，使之牧。儿出即出，儿归即归，儿行即行，儿止即止，儿睡则卧于侧，有年矣。一日往牧，牛忽狂奔至家，头颈皆浴血，跳踉哮吼，以角触门。儿父出视，即掉头回旧路。知必有变，尽力追之。至野外，则儿已破颅死；又一人横卧道左，腹裂肠出，一枣棍弃于地。审视，乃三果庄盗牛者。三果庄回民所聚，沧州盗薮也。始知儿为盗杀，牛又触盗死也。是牛也，有人心焉。

又西商李盛庭买一马，极驯良。惟路逢白马，必立而注视，鞭策不肯前。或望见白马，必驰而追及，衔勒不能止。后与原主谈及，原主曰："是本白马所生，时时觅其母也。"是马也，亦有人心焉。

高官的农民家里养了一头牛，他儿子小时候，天天和牛玩耍，攀牛角拉牛尾，牛都不乱动。有时这头牛嗅嗅孩子的头，舐舐孩子的手，孩子也不怕。孩子长大了一些，家里叫孩子去放牛。孩子出门，牛跟着出门；孩子回家，牛跟着回家；孩子走，牛就走；孩子停，牛就停；孩子睡下，牛就躺在旁边，这样有几年了。有一天，孩子去放牛，忽然那头牛狂奔回家，牛头牛颈都沾满鲜血，又跳又叫，还用牛角撞门。孩子的父亲出来看时，牛又回头向原路跑去。孩子父亲知道一定出事了，就极力追赶。到了野外，看见孩子脑袋破裂死了：又有一个人横卧在路边，肚子开裂，肠子流出来，一根枣木棍丢在地上。仔细一看，原来是三果庄的偷牛贼。三果庄是回民聚居的地方，是沧州的强盗窝。孩子父亲这才知道，孩子被强盗杀死，牛又把强盗顶死了。这头牛，是有人的心肠的。

还有一个西北商人李盛庭，买了一匹马，十分驯良。只是在路上碰到白马，一定站下来仔细看，鞭子抽打也不肯前进。有时远远望见有白马，一定飞跑过去追上，硬拉马缰也控制不住。后来和这匹马的原主人讲到这件事，原主人说："这匹马本来是白马生的，经常要寻找它的母亲。"这匹马，也有人的心肠。

　　余八岁时，闻保母丁媪言①：某家有牸牛②，跛不任耕，乃鬻诸比邻屠肆。其犊甫离乳，视宰割其母，牟牟鸣数日。后见屠者即奔避，奔避不及，则伏地战栗，若乞命状。屠者或故逐之，以资笑噱，不以为意也。犊渐长，甚壮健，畏屠者如初。及角既坚利，乃伺屠者侧卧凳上，一触而贯其心，遽驰去。屠者妇大号捕牛。众悯其为母复仇，故缓追，逸之，竟莫知所往。时丁媪之亲串杀人，遇赦获免，仍与其子同里闬③。丁媪故窃举是事为之忧危，明仇不可狎也。

余则取犊有复仇之心，知力弗胜，故匿其锋，隐忍以求一当。非徒孝也，抑亦智焉。黄帝《巾机铭》曰④："机"是本字，校者或以为破体俗书，改为"機"字，反误。"日中必熭，按，《汉书·贾谊传》引此句，作"蕙"。《六韬》引此句⑤，作"彗"。音义并同。操刀必割⑥。"言机之不可失也。《越绝书》子贡谓越王曰⑦："夫有谋人之心，使人知之者，危也。"言机之不可泄也。《孙子》曰⑧："善用兵者，闭门如处女，出门如脱兔。"斯言当矣。

【注释】

①保母：古代宫廷或贵族之家负责抚养子女的女妾。后泛称为人抚育、管领子女的妇女。

②牸（zì）：雌性牲畜。

③闬（hàn）：里巷的门，又泛指门。引申为乡里。

④《巾机铭》：相传为黄帝所作。

⑤《六韬》：古代兵书，又称《太公六韬》《太公兵法》，战国末期人托姜望之名而撰。全书有六卷，

共六十篇，最精彩的部分是战略论和战术论。

⑥日中必熭（wèi），操刀必割：太阳到了中午，一定要晒东西，手里拿着刀，就一定要割东西，比喻做事应该当机立断，不失时机。熭，曝晒。

⑦《越绝书》：又名《越绝记》，全书共十五卷。记载古代吴越地方史的杂史。

⑧《孙子》：又称《孙子兵法》《吴孙子》等，孙武撰。古代最著名的兵书，"武经七书"之一。世界公认现存最早的"兵学圣典"。

【译文】

我八岁时，听保姆丁妈说：某家有头母牛，瘸了腿不能耕地，就卖给了附近的屠户。母牛生的牛犊刚断奶，看见屠宰母牛，"哞哞"叫了好几天。后来它见了这个屠夫就逃，来不及逃避就趴在地上发抖，好像哀求饶命的样子。有时屠夫故意追它，用来取乐，并不在意。牛犊渐渐长大，很是壮健，还像小时那么怕屠夫。等到牛角长得坚硬锋利，瞅准屠夫侧卧在凳子上，用角一下把屠夫的心脏刺穿了，之后急忙逃跑。屠夫的妻子狂呼捉牛。众人都同情牛为母报仇，故意慢慢追赶，牛逃跑了，最终不知它到哪儿去了。当时丁妈的一个亲戚杀了人，遇到大赦获免，这个亲戚却和被害者的儿子住在一个胡同里。所以丁妈就悄悄讲了这个故事来说为亲戚担忧，说明明是仇人就不能过于亲密闹着玩。

我认为可取的是，牛犊有报仇的心思，知道力气胜不过对方，就故意隐藏锋芒，忍耐着以求将来一次成功。它不仅有孝道，而且聪明。黄帝在《巾机铭》中说："机"是本来的写法，校书的人以为是俗体，改为"機"字，反而错了。"日中必慧，按，《汉书·贾谊传》引用这句时写成"慧"字，《六韬》引用这句时写成"暳"字。三个字音义并同。操刀必割。"说的是时机不可丧失。《越绝书》中，子贡对越王说："人有谋害别人的心思，又被别人知道，那就危险了。"说的是心机不能泄露。《孙子》中说："善于用兵的人，关上门像女孩子那样安静，出门时像逃跑的兔子那样敏捷。"这句话说得恰当极了。

同年胡侍御牧亭[①]，人品孤高，学问文章亦具有根柢。然性情疏阔，绝不解家人生产事，古所谓不知马几足者，殆有似之。奴辈玩弄如婴孩。尝留余及曹慕堂、朱竹君、钱辛楣饭，肉三盘，蔬三盘，酒数行耳，闻所费至三四金，他可知也。同年偶谈及，相对太息。竹君愤尤甚，乃尽发其奸，迫逐之。然积习已深，密相授受，不数月，仍故辙。其党类布在士大夫家，为竹君腾谤，反得喜事名。于是人皆坐视，惟以小人有党，君子无党，姑自解嘲云尔。后牧亭终以贫困郁郁死。死后一日，有旧仆来，哭尽哀，出三十金置几上，跪而祝曰："主人不迎妻子，惟一身寄居会馆，月俸本足以温饱。徒以我辈剥削，致薪米不给。彼时以京师长随[②]，连衡成局，有忠于主人者，共排挤之，使无食宿地，故不敢立异同。不虞主人竟以是死。中心愧悔，夜不能眠。今尽献所积助棺敛，冀少赎地狱罪也。"祝讫自去。满堂宾客之仆，皆相顾失色。

陈裕斋因举一事曰："有轻薄子见少妇独哭新坟下，走往挑之。少妇正色曰：'实不相欺，我狐女也。墓中人耽我之色，至病瘵而亡。吾感其多情，而愧其由我而殒命，已自誓于神，此生决不再偶。尔无妄念，徒取祸也。'此仆其类此狐欤！"然余谓终贤于掉头竟去者。

【注释】
①侍御：监察御史。
②长随：官员雇用的仆人。

【译文】

和我科举同榜的胡牧亭侍御，性格清高，学问文章功底深厚。但是性情粗略直爽，一点儿都不了解家务事和如何料理生计，古代所说那种不知道马有几只脚的人，他大概有点儿相似。仆人们把他当孩子一样糊弄。他曾经请我以及曹慕堂、朱竹君、钱辛楣吃饭，只有三盘肉，三盘蔬菜，几杯酒，听说花了三四两银子，其他可想而知。科举同榜的朋友谈到这些事，都感慨叹息。朱竹君更加愤怒，就把胡牧亭仆人的坏事都揭发出来，迫使他把仆人赶出去。但是仆人的坏习惯已经形成很久，彼此相互传授，不到几个月，胡牧亭家的仆人仍然和过去一样。仆人的同党分布在士大夫家里，到处诽谤朱竹君，反而让朱竹君得了个喜欢管闲事的名声。于是，人们都只能对胡牧亭袖手旁观，只能用小人有党、君子无党来姑且自我解嘲。后来，胡牧亭终于因为贫困忧郁而死。死后一天，有个以前的仆人来吊丧，痛哭流涕表达悲伤之情，拿出三十两银子放在桌上，跪下祷告说："主人不接妻子来京，只一个人寄住在会馆里，每月的俸银本来足以温饱。只是因为我们的剥削，以致饭食都不能保证。当时因为京城的仆人都互相串联勾结形成了一种局势，有对主人忠心的，大家一起排挤他，让他找不到吃饭住宿的地方，所以没有敢表示不同意见。没想到主人竟然因此而死。我心里又惭愧又后悔，晚上也睡不着。现在我把自己的积蓄都拿出来帮助安葬主人，希望能稍稍赎抵我下地狱的罪过啊。"祷告完就走了。满堂宾客带来的仆人，都相互看看，脸色都变了。

　　陈裕斋接着也讲了一件事，说："有个生性轻薄的人看见一个少妇在新坟前哭泣，就过去调戏她。少妇严肃地说：'实在不骗你，我是狐女。坟墓里的人沉迷我的美色，以致病重身亡。我感激他多情，同时惭愧他因为我而送命，我已经向神发誓，今生决不再找男人。你不要胡思乱想，白白招来祸患。'这个仆人大概类似这个狐女吧？"不过，我认为这个仆人和狐女毕竟胜过那种主人死了掉头就走的仆人。